「胸の先に指で触るな——？　我が儘ばかり言って——
じゃあ、指じゃなきゃいいんだな」

Illustration©Pan Yamada

Tiara Label

ティアラ文庫

ロイヤル・スウィート・クルーズ

藍杜 雫

presented by Aimori Shizuku

プランタン出版

イラスト／山田パン

目次

※本作品の内容はすべてフィクションです。

プロローグ　魅惑と波乱のクルーズへようこそ！

「……おい、おまえ。少しじっとしていろ」

不機嫌そうな声に命じられ、動きを止めたところで、頭の天辺が引き攣《つ》れるような痛みに、シンシアの血の気が引いた。

わたし、どうして、こんなとこに倒れているの——!?

王子の膝の上に頭を預けながら、船室メイドのシンシアは黄昏《たそがれ》の蒼穹を映したような青紫の大きな瞳に戸惑いの色を浮かべる。

夢見るように美しい豪華客船の中。王侯貴族ばかりのパーティーの席。

衆人環視に拘束され、動転して立ちあがろうとしても、髪が引っ張られてままならない。

珍しいストロベリーブロンド——薄紅と金色が入り交じったような髪が、束ねたシニョンから零れて揺れる。

今日に限って、シンシアのふわふわした髪は収まりが悪く、うしろに結いあげ、あちこちをピンで留めてどうにか整えたはずなのに、ふと気づくとメイドの頭につける飾り——ホワイトブリムからピンク色の後《おく》れ毛《げ》がくるんと零れてみっともない。シンシアは今日一日、気にかけながら、業務にあたっていたところだった。

けれども。

まさか、こんなことになるなんて——。

何億ものクリスタルを飾り立て、降るような光を放つシャンデリアが、瞳に刺さる。扇に口元を隠してひそひそと眉をひそめる淑女に、怒りを顔に滲ませて、近くのウェイターを呼びつけている紳士たち——。

目の片隅に映る光景にシンシアは、わたし、クビになるかも……と、絶望していた。

『君、たしか紅茶を淹れるのが上手だったよね？』

不意にレストランパーサーから問いかけられ、頷いたのが運のつき。

宵闇《よいやみ》に月が昇るころ。

昏《くら》い海を駆ける真っ白な豪華客船は、洋上の社交界となって、乗り合わせた貴族や金持ちたちが、華やかな装いを競いあう。出港した夜のお決まりとして、大広間では、クルーズの始まりを祝う船長主催の歓迎パーティーが開かれていたところだった。

人の背の二倍はありそうな重い扉の向こう——天井を飾る豪奢《ごうしゃ》なシャンデリアに照らさ

れた大広間では、晩餐のために盛装した紳士淑女が集っていた。

丸テーブルが一面に並び、真っ白なテーブルクロスの上には手のこんだ細工を施した銀の燭台に、銀のカテラリがきらりと光る。今日のパーティーのために、テーブルには何万本もの生花の薔薇、そして室内には蔓薔薇のアーチが至るところに設えられ、贅沢に慣れた紳士淑女をさえ、驚かせていた。

壁面の飾り燭台、複雑な植物文様を描く絨毯は、何度見ても息が止まるほど美しい。けれども、何より人々の目を集めていたのは――。

王冠と渡り鴉《レイブン》を意匠した紋章旗。

大広間の一角に細長い紋章旗が垂れ下がる下――特別に象眼《ぞうがん》を施した背の高い椅子と、そこに座る人物こそ、特別の光を放っていた。

ユージン王子殿下――若く見目麗しい王子は、いあわせた高貴な人々の中でも、圧倒的な存在感を示して人々の噂の的になっている。広間の注目を一身に集める王族の傍らで、シンシアは何故か、紅茶を給仕する羽目に陥っていた。

客室を担当する船室メイドの身分にすぎないシンシアだったけれど、紅茶を上手に淹れるのは乗務員の間で有名な話で、これまでもたびたび、乞われて客室以外でもお茶を淹れることがあったせいだ。

とはいえ、王族にお茶を淹れるなんて、初めてなのに――。

緊張のあまり、手を震わせてしまう。それでも手順通り、王室御用達のティーセットと茶葉でお茶を淹れ始めると、ふわりと心地よいさわやかな香りが部屋の中に漂った。

真っ白なテーブルクロスに花びらの形を模したランプの灯りが美しい影を描く中に、白磁にロイヤルブルーと金の模様が描かれたカップを温めて、ソーサーの上には銀のスプーンと、わずかに屈んだ姿勢で並べていく――。

その瞬間のことだった。

体を傾けたところで大きく船が揺れ、ふわりと体が浮きあがったところに、折悪しく、やはり体を傾けた誰かがシンシアにぶつかってきた。あ、と思ったときには倒れこんで、悲鳴をあげるまもなく、頭に痛みを覚えていた。

「………え?」

暖かい感触の上に、崩れるように体を預けている――そう気づいたところで、遠くで女性の悲鳴が聞こえ、よくわからないまま、体を起こそうとしたら、鋭い頭の痛みに、今度は「いたっ」と声をあげていた。

「……おい、おまえ。少しじっとしていろ」

王子の膝に頭を載せながら、シンシアは混乱にくらくらと息苦しくなった。

なんで、こんなことになっているの――!?

冷たい汗が背中を伝う。そんなときでさえ、ふと見上げれば、切れ長の双眸《そうぼう》がシンシアを見下ろしているのが視界に入り、シンシアの胸の鼓動は不規則に跳ねてしまう。

状況を忘れて、王子を間近で見る奇跡に浸ると、その相貌は本当に整って麗しく、それでいて女性らしい美しさとも違っていた。

端整な凜々しさというのは、こんな顔立ちをいうのかな――。

さらりと流れる黒髪に縁取られる高い頬骨も、整った鼻梁《びりょう》も優雅な精悍さが溢れている。

どうやら殿下のベストのボタンにシンシアの髪が絡まっているようだけれど、船室メイドのもつれた髪を解くようなことでさえ、姿勢といい、表情といい、なんでだかまるで王宮で、優雅にお茶を飲んでるかのような佇まいにも見えるから不思議だ。

そんなふうに凝視していたからだろうか。不意に王子殿下と視線が絡んだ――気がした。

ハルニレの葉色《エルムグリーン》の瞳とシンシアの黄昏色《トワイライトブルー》の瞳が、まっすぐ互いを映す。瞬間、まるで魔法にかけられたかのように、シンシアはユージンの瞳にぼーっと見蕩れてしまっていた。

気品溢れる怜悧な顔立ちの中では、そのけぶる緑色の瞳だけが、唯一どこか親しみを感じさせる色を帯びて煌《きら》めいて見えた――と思ったのに。

「……ちょっと……ひっかかっただけなのに――何故、こんなに複雑に巻きつくんだ……まったく――ずいぶん、絡まりやすいんだな、このピンク頭……」

苦々しげに呟かれた言葉に、ふわふわと心で蠢いていたはずの憧れが吹き飛んだ。

失態でクビになるかもと思うのに、頭上から降る押し殺した呟きに、ふつふつと怒りが湧きおこる。

「これはピンク頭じゃなくて、ストロベリーブロンドって言うんです!」

小さいけれど、きっぱりとした声で告げた途端、髪の引き攣れが解けて、シンシアは素早く立ちあがり、居住まいを正した。

「なん……だと⁉」

王子が呆気にとられて呟く前で、やおらスカートの端を摘み、腰を沈めて礼をするなり、

「殿下、大変失礼いたしました」

そう言って、まるで子猫のように身を翻して、その場をあとにした。


ピンク頭だなんて言い方、ひどい！

廊下を早足で歩きながら、シンシアは次から次へと目蓋《まぶた》に浮かびあがってくる涙を堪えていた。たとえどんなに自分が傷ついたとしても、あんな言い方をすべきではなかったし、これが元でよくて減俸、悪ければ解雇されても不思議はないだろう。でもピンク頭という言葉には、染めた鳥の羽の色を揶揄するように、蔑みが入り交じっている気がして、どうしても我慢できなかった。

赤毛は珍しいから、子どものころから何度もからかわれてきた。けれども、

『金色に光る薄紅色はストロベリーブロンドっていうんだよ』

シンシアの両親は、そう言ってシンシアの髪の色を、いつも綺麗だねと褒めてくれた。

だからシンシアは自分の髪の色を綺麗だと思えるようになったのに、ふとした拍子に、髪の色を揶揄されると、今も心の奥底に、劣等感の塊があるのだと思い出してしまう。

整った顔立ちの――さらには血筋まで由緒正しい王子に、あんな侮蔑的な言葉で、自分の髪の色を貶《おとし》められたことで、シンシアの心はすっかり沈んでしまっていた。

「あんな綺麗な顔をして、なんて感じの悪い人なの!?」

怒りのままに歩きだして、そもそも雲の上の存在の王子が、どんなに感じが悪くても、関係ないことを思い出す。他の娘たちと違って、『王子様』のことなんてどうでもよかったはずなのに、こんなことを考える自分に、なんだか、がっかりしてもいた。

「――関わり合いにならなくて、結構だわ」

自分に言い聞かせるように呟いて、本来の仕事に戻ろうと回廊を通り抜けた。


大広間に残された人々は、いったい何が起きたのかと、ざわめいていた。

盛装の乗客が騒然とする中、ユージン王子だけが静かに紅茶を口に含み、小さく呟いた。

「――……見つけた」

その言葉の意味を、シンシアは知ることもなく、この黒髪の王子に振り回されるなんて、夢にも思わないまま――。


愛・感動・驚きが待ち受ける――。

魅惑と波乱のクルーズは、今まさに始まったばかり。

第一章　海賊の女王と海賊船の船長の誘惑のワルツ

紺碧《こんぺき》の海に浮かぶ白い女王は、公海を滑るように進んでいた。

周辺各国にその名を馳せる豪華客船レジーナフォルチュナ――その貴婦人のように優雅な姿に、行き交う他の船は、そっと感嘆のため息を漏らし、近づいてくれば、まるで小高い丘に聳《そび》えたつ城のような威容に目を瞠《みは》る。

甲板から見上げれば、船長がいる船橋《ブリッジ》がぐるりと四方を見張るように窓を開き、その向こうで、何度見ても啞然としてしまうほど太く巨大な煙突が空を突き刺して、黒い煙をもうもうと吐きだしていた。

「ようこそ――我が白い女王……豪華客船レジーナフォルチュナへ！」

そう言って大広間の壇上に現れた人物に、みな、はっと息を呑むのを感じた。

王子《プリンス》ユージン――。

誰に言われずともわかる、この船を所有する――アルグレーン連合王国自慢の王子。

青みがかってさえ見える鴉の濡れ羽色をした黒い髪は、肩に届くか届かないかのところで、さらさらと流れる。背の高い均整のとれた体軀に身につけた襟章と肩章のついた丈の長い上着の裾を翻して、歩くたびに垣間見える下衣筒《トラウザーズ》に覆われた脚は、すんなりと長い。濃紺のコートを身に纏う黒髪の王子は一歩足を踏み出す間に、まるで足下まで届くマントをばさりと翻して立ったかのような錯覚を見るものに与え、ただ姿を現しただけで、大広間の空気を掌握してしまう。

恩寵《おんちょう》を持つということは、こういうことなの――。

船室メイドのシンシアは担当するお客様に言伝《ことづて》をしにきたにもかかわらず、一瞬、動きを止めて、壇上に見入ってしまっていた。

煌めきを返すシャンデリアの光がそこだけに降り注いでいるかのように集まって、その存在の眩しさのあまり、この場の衆目を集める。

「噂には聞いていたが、本当にユージン王子殿下が乗船されているとは――運がいい」

「あとでご挨拶さしあげなければ！」

先日、船長主催のパーティーでも、本来のホスト――もてなし役である船長の代わりにユージン王子が乾杯を取り仕切ったけれど、今日は王子主催のパーティーが開かれ、王室からのぶどう酒と食事が振る舞われていた。

豪華客船という場所柄、貴族や大金持ちは珍しくはないけれど、さすがに王族というのは格別らしく、周りにいた貴族らしい人々が色めき立つ様子が、嫌でも目に入る。

なんといっても、若く容姿の秀麗なユージン王子は独り身だ。

娘を持つ親や、その娘たち自身の秋波《しゅうは》が壇上の王子に熱く注がれる中、シンシアは熱気から逃れるように言伝を終え、スカートの端を指で抓み、メイドの頭につける白い飾り――ホワイトブリムをかすかに揺らしながら一礼して下がった。

シンシアが身につけている深い海の色のワンピースと真っ白なエプロンドレス。それは大きな屋敷にでも行けば、よく見かけるメイド服に似ていた。

けれども、白い襟にはマリンブルーのラインと、同じ色で『RF』とレジーナフォルチュナのイニシャルが刺繍され、胸元にはやはりマリンブルーのストライプ柄のアスコットタイを金色の飾りボタンで留めているのは、豪華客船レジーナフォルチュナの乗務員であることの何よりの証。

同じような客船の乗務員であっても、レジーナフォルチュナで働いているというだけで、誰しもが「あの……」と一目置くほど、この船は格式が高い。ひけらかすように、メイド服で港におりれば、他船のメイドたちのうらやましそうな視線がこそばゆいくらいだ。

その愛らしい装いは、船室メイドのささやかな矜持《きょうじ》を満たし、いつもいい気分にしてくれる――はずなのに。

ユージン王子殿下なんて――あんな嫌な人、見ちゃダメ。

シンシアは目を奪われていたことを忘れて、ふわふわと零れている自分のストロベリーブロンドを揺らしながら、ふいっと舞台から顔をそむけた。

お気に入りの服にもごまかしきれない苛立ちに煩悶しながらも、壁際に沿うように歩きだす。そこに、ふと視線を感じて顔をあげると、敵意を持つ目で睨みつけられていた。

「おまえ――出港の夜のパーティーで、殿下に粗相したメイドじゃないか」

短くそろえた茶色の髪に、そろいの茶色の瞳の神経質そうな青年――シンシアの記憶がたしかなら、王子の侍従で、名前はハリスと呼ばれていたはずだ。

「はい――あの……何か、ご用でしょうか？」

侍従ハリスは目を鋭く光らせて、シンシアの頭からつま先まで、まるで品定めするように眺めている。その不躾な視線になんだか身の置きどころがない。

「ユージン王子殿下が、寛大にも許してくださったからといって、調子に乗るなよ」

ぐ。とシンシアは言葉に詰まる。

出港の夜――歓迎パーティーでの失態で、シンシアは解雇されなかった。

しかもなんの呼び出しもないままで、不審に思って上司に尋ねると、船長が青ざめて今のメイドをクビにしますと申し出たところを、王子殿下がシンシアが淹れた紅茶の味を褒めてくださり、失態を不問に付すように口添えしてくださったのだという。

船の上では通常、船長の言葉は絶対だ。

それを一言で覆して、本当にお咎めがないなんて――と、シンシアは複雑な気持ちで考えながら、あらためて王族の威光を感じていた。

「たかが船室メイドのわたしのことなど、殿下は記憶に留め置かれてないと存じますが、もちろん、殿下のお慈悲には深く感謝しております――失礼いたします」

シンシアは視線を落として、形だけ侍従に頭を下げる。

だからといって、髪をピンク頭と言われたことを忘れるつもりはないんだから――。


「これで、ベッドはよし」

担当する客室で、ベッドメイキングを終えて、シンシアは満足そうに頷く。

母港ロングストーンを出港して、二週間。

いつものように忙しく業務に励むうちに、あっというまに日が過ぎていた。

シンシアたち船室付きメイドは、部屋にお客様がいるときには船内新聞を届けたり、お湯を届けたりといった小間使いを務める。部屋のお客様が留守にしている間に清掃し、バスルームのタオルやマットを新しいものに替え、室内を整える――それが主な仕事。

ぼーっという汽笛の音に、どこかの船とすれ違っているのだろうな、と思いながら、最後にささやかな遊び心で、タオルをウサギの形に飾りつけて枕元に置くと、シンシアは自分の仕事の仕上がりに気をよくしながら、客室をあとにした。

アルグレーン連合王国の最新の蒸気汽船レジーナフォルチュナは幾度かの上陸地でのツアーを経て、順調に航海を続け、船内には幾分落ちついた空気が漂い始めていた。

シンシアは人の多いラウンジを避けて回廊を通り抜ける間、ふと辺りに視線を走らせ、人目を惹く姿を、つい探してしまう自分に気づいていた。

ユージン王子を間近に拝見したことこそ、奇跡のようなものなのに——。

レジーナフォルチュナは豪華客船ではあったけれど、王族などが過ごす区画は上級乗務員で固められ、関係のないメイドなど立ち入ることはないし、部屋には専属の客室執事《バトラー》が控えている。

王族の誰かが今回のクルーズに来るかもしれない——そんな噂にメイドたちは、何かの間違いを期待して、のぼせあがっていた。けれども貴族の娘ならいざ知らず、そもそも船室メイドとの間違いなんて、あるはずもなかったのだ。

シンシアはため息をひとつ吐いて、船室メイドたちの控え室へと戻っていった。

狭い飾り気のない部屋に、どこかほっと落ちつきながら、たった今ベッドメイキングを終えた担当の部屋を清掃表にチェックする。これで仕事は一段落。勤務表が書かれた黒板を見て、シンシアは思わず顔をほころばせる。

「シンシア、これから朝まで公休でしょ？　今日のパーティーに忍びこむの？」

一番仲のいい同室のアマデアにおっとりと聞かれたにもかかわらず、シンシアはもったいつけるように首を傾げてみせた。

船上の勤務は、基本、年中無休だ。

大陸同士を繋いで大洋を横断する定期航路船《オーシャンライナー》ではなく、クルーズ客船でも、ひとつの航海が終われば船のメンテナンスをすませ、食料や水などの必要な物資を積みこめば、また何ヶ月という次のクルーズに出る。港で羽を休められる日は、ほんの数日にすぎない。そのため、レジーナフォルチュナでは仕事が少ない時間帯に完全な休養がとれるように公休が組まれている。船室メイドの場合、午後遅くから翌朝までが多い。

「仮面仮装舞踏会だったら、きっと王子殿下とお話しする機会もあるんじゃない?」

誰かがシンシアの公休を聞きつけて、うらやましそうな声をあげる。

今日開かれるのは無礼講の仮面仮装舞踏会。さまざまな催しがある中でも人気が高く、長いクルーズだと必ず数回は組まれる趣向といっていい。

公休があっても船上暮らしとあって、行くところは限られてしまう。

こっそり夜会に紛れこむにしても、顔見知りが多い貴族たちの中では、どうしても浮いて見える。しかも、本来パーティーは乗客のためのものだから、上級乗務員にでも見つかったら問題視されるかもしれない。けれども仮面仮装の上、無礼講とあれば、滅多なことでは怪しまれないから、仮面仮装舞踏会の夜に公休があたるのを船室メイドたちはいつもひそかな楽しみにしていた。

「でも、仮面をつけて仮装してらしたら、誰が王子殿下かわからないんじゃないの?」

アマデアが当然の疑問を口にする。

それもそうね……と、何故か意気消沈する声がして、そこに船室からの用事を伝える他のメイドが現れ、おしゃべりは終わり。

仕事をする同僚に別れを告げて、シンシアは公休に入る。

「魅惑と波乱のクルーズへようこそ！　か……わたしも楽しまなくっちゃ！」

シンシアは、またしてもピンから零れているストロベリーブロンドを指に巻きつけて、心なし足取りも軽く、レジーナフォルチュナの長い回廊を歩きだした。

† † †

水平線に日が沈む宵《よい》の刻《こく》、暗闇の中に、洋上の社交界が花開く。

豪華客船レジーナフォルチュナは、昼の白い船体から夜の淑女に鮮やかに変わる。

エメラルドグリーンの色調の装飾にウォールナットの木目を基調にした船内は、仄明るい橙色が光と影のコントラストを形作り、客船の顔である吹き抜けのアトリウムでは、ひときわ目を惹くレリーフ——幸運の女王をイメージする浮き彫りの飾りがやわらかな色の電灯に照らされて宵闇に浮かびあがっていた。

壮麗なアトリウムを貫く階段を、着飾った紳士淑女の代わりに中世の魔女の格好や、どこかの民族衣装らしきものを身に纏った人々が、腕を組んで通り過ぎていく——。その顔にはスパンコールやガラス玉の飾りのついた仮面をつけて。

天井の高い大広間は、ところどころにエンパイアスタイルの柱が目を惹いて、その中央では美しい光を乱反射するシャンデリアが集まって談笑にさざめく人々を照らしだす。

優雅な曲線を描く長椅子も、船窓にかかる豪奢な刺繍を施したカーテンも、壮麗な空気を彩り、いあわせた人々を魅了していた。

ざわざわと期待に満ちた喧噪の中、最初の楽曲が奏でられると、ダンスフロアの真ん中にいた人たちが近くの異性を誘い、示し合わせたように腕を組む。ワルツのリズムに合わせて踊る人々のドレスが、燕尾服のテイルコートが、さざ波のように揺れる。その優雅な振る舞いと艶やかさに見蕩れながらも、シンシアはじりじりと後退りして壁の花に収まることにした。注目度の高い最初のダンスに加わる勇気など初めからない。

仮装衣装と優雅なダンスは眺めているだけでも充分目に楽しく、シンシアは思わず両手で頬を押さえて、感嘆のため息を漏らしてしまう。そこに、

「失礼、キャプテン――レディ？　それとも海賊の女王《パイレーツクィーン》と呼ぶべきかな？」

呼びかけられて振り向くと、羽根飾りのついた帝政時代風の二角帽子が目についた。

さらには海軍の提督外套《アドミラルコート》を着崩した風の――いわゆる海賊船の船長《キャプテンオブパイレーツ》の衣装を纏う青年が立っていた。

目を惹く濃紺の上着は、ボタン留と袖の折り返しが、滑らかな黒い革製の仕立て。同じく艶のある黒革のベストに幅広の帯を結んで、やわらかそうな白い開衿《かいきん》のシャツは、喉元を大きく開いて、魅惑的な鎖骨の上に、どくろのついた金の十字架がアクセントに煌めく。

青年の海賊姿は仮面の上に眼帯を身につける念の入れようで、一見軍服のように見えながら、大胆不敵な奔放さを醸し出すのに成功している。

すらりとした長身によく似合って、思わず見蕩れてしまう美丈夫振りだ。

金糸の縁取りをした高い襟と肩章のついた長上着を品がいい立ち振る舞いで翻し、手に胸をあててシンシアに挨拶する間にも、革の長靴はカツカツと小気味いい音を響かせる。

歩きながら背後で揺れる髪は影のところが黒く見えさえする濃い金髪——といっても、これは仮装舞踏会だから、つけ毛かもしれないと、シンシアは考えた。

「まぁ、ほら、あなた見て、海賊のカップルだわ」

声がしたほうに目を向けると、古めかしいエンパイアスタイルのドレスを着こんだ奥様が、扇で差し示してシンシアたちを眺めている。

無理もないか——。

シンシアは苦笑いして、青年と自分を見比べた。偶然にも、シンシアは女海賊——海賊の女王の仮装だ。ふたり並んでいると、まるで誂えたように対になって見える。

「どうやら私たち、連れだと思われたようですね」

青年の笑いを含んだ言葉に、シンシアは自分の気持ちが解れるのを感じた。

シンシアの海賊の女王は白いブラウスについた編みあげの紐で留めるビスチェの上衣に、フレアのスカート。その上にやはり肩章付きの臙脂《えんじ》の提督外套《アドミラルコート》を羽織り、銀の十字架のピンを飾りつけた帝政時代風の二角帽子を被っていた。

海賊とはいえ、人の上に立つような立場になるなんて、シンシアは想像したことすらないのに、アクセントに身につけている幅の広い革のベルトに手をかけると、
野郎共、あの船を襲え——!!

とでも口にしたくなるから、仮装というのはつくづく不思議だと思う。

この女海賊の衣装は、かつて担当したお客様からチップ代わりに下賜《かし》されたもので、船に乗るときは必ず持ちこんでいる。お客様の中には一度着た衣装はもう二度と着ない上、船室のサービスに満足すると、ドレスや仮装衣装をくださる気前のいい方が時々おり、それは船室付きメイドのささやかな特権として、みんなそんな来歴のドレスか仮装衣装を一着や二着を所持しているものだった。

「海賊の女王は、どちらの海を支配されているか、お伺いしても？」

ユーモアたっぷりに声をかけられ、シンシアは片眉をあげてもうひとりの船長を流し見る。

「あなたこそ、どこの海で稼いでいるの？　南？　東？」

問いかけながら、白い手袋をした手をさしだされ、うっかりと手を重ねていた。

次の瞬間、手をとると言うことは、ダンスの申し入れを受け入れることだと気づいて、咄嗟《とっさ》に動きを止めた。

それに気づいているのかいないのか、海賊船長《キャプテン》がシンシアの手の甲に唇を押しつけると、その仕種があまりにも自然で、シンシアは目を瞠りながらも頬が緩むのを感じた。

せっかく紛れこんだからには、一度くらい踊らないと、もったいないないし。

手を引かれてダンスフロアの中ほどに導かれると、シンシアがスカートの端を抓んで体を屈める間に、青年は海賊にしては優雅な動きで片手を胸にあてて、体を折った。

「あの……わたし、ダンスはあまり得意じゃないの」

組んだところで控えめに申し出ると、海賊船長はくすりと笑って、

「了解、女王陛下。ちゃんとリードしますから、任せていただけませんか」

と冗談めかした口調で答えて、片手をシンシアの腰に回し、もう片方の手はシンシアの指に絡めてくる。

シンシアは簡単なステップくらいは覚えていたものの、きちんと習ったわけでもないから、上流階級の人のように息をするようには踊れない。けれども海賊船長のリードで踏み出すと、何故か考える前に足が動いて、ダンスがうまくなったような錯覚を覚えるほど。

「海賊船長は、ダンスがとてもお上手なのね」

感嘆のあまり、シンシアは目を瞠って呟いた。すると、

「俺の支配する海域では踊れない海賊は尊敬されなくてね。うちの船員にもみんな踊れるように指導してるんだ」

などと、得意げな声で答えが降ってくるのも楽しい。シンシアの頰は自然と緩んで、紅潮してしまっていた。

「あら、船長の船では、ダンスの習熟《スキル》が乗務員の条件なの？　他にはどんな採用条件があるの？」

問いかけられて、青年は組んだ状態で姿勢を保ちながらも、器用に首を傾げて、くるりとシンシアの体を回したあとで、背後から耳元に囁いた。

「……紅茶……かな？　船員にはいつもおいしい紅茶を淹れるように命じてる。不味《まず》いお茶を淹れるやつは縛り首。おいしいお茶を淹れれば、多少の失敗くらいは目こぼししてやる——ってね」

耳朶《じだ》に息がかかるのを感じて、シンシアは思わず心臓が飛び出したかと思った。

低い声はまるでシンシアの情欲をかきたてるかのように蠱惑的に響いて、上着の上を青年の細長い指が滑る間にも、背筋が震えてしまう。

「……そ、そう……奇遇ね。わたしも紅茶にはうるさいほうだけど……おいしいお茶を淹れられたら、どのくらいの失敗まで許されるのかしら？」

「お茶の味が気に入れば——なんなりと。陛下……ただ、お茶の好みが合う人なら、攫ってしまうかもしれないな」

俯いたところでうしろ髪を分けるように首筋に高い鼻梁があたるように囁かれて、体がびくりと震える。曲の最後で決めポーズをとったあとでもう一度手を組み直すと、今度は抱き合うように顔を寄せられて、シンシアは軽い眩暈を覚えた。

貴族の人から、こんなに親しく話しかけられるなんて——シンシアは青年とのやりとりに蕩けそうになっていた。

これも、舞踏会の魔法なのかしら？

贔屓目《ひいきめ》でダンスのパートナーは感じよく思えるものなのかも——浮かれすぎないようにと理性で自分を戒めながらも、体は正直だ。口角をあげて微笑まれれば、心臓はどくどく

と鼓動を速めてままならないし、誘いかけるように体を寄せられれば、仮面に隠しても顔は真っ赤。意識しないままに、シンシアの零れ落ちそうに大きな瞳はわずかに潤んで、海賊船長の誘いかけに、応えるように色を帯びてしまう。

これまでにも、何度かこっそりとパーティーに忍びこんで、ダンスを踊っていたはずなのに、こんなにも体を近づけるものだったと初めて気づいたようだった。

時折、手袋をはめた手と体が触れあうのさえ、もどかしい。

「今度ぜひ海賊の女王《パイレーツクィーン》のお茶もいただきたいところですが……いかがでしょう？」

青年に顔を寄せられ耳元に囁かれると、体が反応し、体の力が抜ける心地にシンシアは呻いた。さらには鼻先が耳殻《じかく》にあたったと思うと、耳朶を唇に食《は》まれる感触に、「ひゃっ」と小さく悲鳴をあげてしまう。

「キャ……海賊船長《キャプテン》――？」

シンシアが戸惑って呼びかけると、青年はこれもダンスの流れのひとつとでもいわんばかりにすました顔で身を離し、シンシアの体をくるりと回転させてみせる。

「この無礼講の夜に、何か？　お茶を――所望されるのは不愉快ですか？」

そう言うと首筋にひやりと唇があたるのを感じて、軽く肌を啄《ついば》む感触に、今度こそシンシアは立ってられなくなって、かくんと力を失った腰を青年の腕に抱きとめられた。

無礼講って、こんなことまでしていいってことなの？

今まで、何度か仮面仮装舞踏会に忍びこんだけれど、こんなことは初めてだ。とはいえ、いつも船室メイドであることがばれないようにと、貴族との会話は最小限に抑えていたから、あるいはシンシアの知らない貴族同士のルールがあっても、不思議はない。

「あ……ちょっ……くすぐった……待っ……んんっ」

背後から抱きすくめられて、耳朶を甘噛みされると、くすぐったさと体を貫く甘く痺れる感覚に、思わず喉を鳴らしてしまう。ごくりと生唾を飲みこむ瞬間、青年がくすりと笑う声が聞こえた気がして、シンシアは羞恥に真っ赤になって俯いた。

わたし——何か、変なことを言ったのかしら。

貴族の中で、浮きあがって見えないようにしないと——そう心に呟いて、青年の唇に耳を弄ばれる感触をどうにか堪えるうちに、やっと曲が終わり、空気を吸いこもうと口をぱくぱくと開け閉めしてしまうのは、ダンスで動いたためだけじゃなかった。

火照った顔が熱い——。

腰に下げている扇をとってあおいでいると、次の曲が始まって青年はまたシンシアをダンスへと誘ってくる。互いに組み合ったところで見上げると、帽子と仮面の陰で、青年の瞳はやはりよく見えない。しかも片眼は眼帯に覆われているのだから、青年の瞳がどこか面白そうな光を湛えているように見えるのは、きっと自分の気のせいなのだ——。

そう思おうとシンシアは必死に努力していた。

青年は、そんなシンシアの努力に気づいているともなく、再び顔を寄せ話しかけてくる。

「俺は、紅茶をおいしく淹れられる人と結婚するのが、子どものころからの夢でね」

「わ、わたしも……!!」

聞かされた言葉に勢い答えていた。

「わたしも……そう……そうなの……紅茶をおいしく淹れられる人と結婚して、たまの休日には朝になったら、旦那様にベッドまでお茶を運んでもらうのが夢……なの……」

なんで初めて会った人に、こんな話をしているのかしら——?

思わず言葉を続けてしまったあとで、霞がかかったような頭でぼんやり考える。そこに、くすりと笑う声が聞こえた気がして、シンシアはきっと笑い飛ばされて馬鹿にされるのだろうと俯いてしまった。ところが。

「そんなことなら、おやすいご用だ、女王陛下《ユアマジェスティー》……俺——私が陛下のベッドまで、アーリーモーニングティーを運んでさしあげますよ」

笑われるどころか、簡単なことと低い声で耳元に囁かれ、シンシアの鼓動は大きく跳ねた。このまま、くらりと腕の中に落ちてしまいそうだった。

「他に何かご要望は——陛下?」

そう言われても、シンシアの心臓はとっくに壊れてしまっていた。

どくどくどくとうるさいくらい鼓動が激しくなり、今にも口から飛び出してきそうな勢いで、何か答えるどころか、小さく首を振るしかできない。大体これまで何度か、シンシアのささやかな夢を語ったときには、結婚した男が妻にお茶を運ぶなんてするわけないと、嘲笑われてばかりだったのだ。冗談混じりにとはいえ、運んでさしあげますよと言われただけで、好感度の針は大きく正《プラス》のほうに振れている。

夢——みたい。こんな人いるんだ……。

どうしよう……顔もよく見えないのに、わたし、この人が……気になって仕方ない——。

吐息が耳にかかって、そのままやわらかい耳朶に鼻先が触れているのが、本当に恋人にする仕種《しぐさ》のようで、もう陥落寸前。それでなくても、ちらちらと広間を照らす灯りが頭の中で点滅する錯覚に陥って、辺りの雰囲気にすっかりと酔わされている。

音楽も他の人々の話し声も遠離《とおざか》って、眼帯をしていない片方の目と、シンシアの黄昏の蒼穹を映したような青紫の瞳が見つめあう空間だけが、すべてのように感じてしまう。

シンシアは上目遣いに何度も青年と視線を絡めて、次第にその時間が長くなると、背を摑む腕に強く引き寄せられた。

口付けられる——そう思った瞬間、シンシアは動揺のあまり、体のバランスを大きく崩した。力強い手に抱きとめられて、転びこそしなかったけれど、被っている帽子から長い後れ毛が零れ落ち、顔の前で揺れる。慌てて耳にかけようとシンシアが手をあげる前に、白い手袋に覆われた大きな手に掬いとられた。

「綺麗な——ストロベリーブロンドだ」

そう言って海賊船長が、シンシアの髪に口付けると、また心臓が大きく跳ねた。頭が真っ白になって、もうダンスのステップを踏むどころではない。震えるあまり力の入らない体を、大きな手に抱きしめられ、うしろ髪を弄ばれる感触にぼんやりと考えてしまう。

ほら、ちゃんとわかる人にはわかるんだから!!

ひどい言葉を吐いた王子を思い起こして、頭の片隅で勝ち誇ってみせる。

心臓の鼓動を押さえて、どうにか理性を呼び覚ましながらも、滅多にない甘い言葉に今にもまた自分を見失いそうだった。蕩けそうな感覚が怖かった。

「あ、あの……わたし……そろそろ部屋に戻らなくちゃ……」

大きな手の感触に心臓が高鳴るのを無視して、体を引き離そうと試みる。

声は震えて、動揺は相手に伝わってるに違いない。なのに、体に回された大きな手は緩むどころかさらに力をまして、手袋をしているのに、掴まれたところが熱く燃えるような気さえした。

「まだ夜は始まったばかりですよ、女王陛下《ユアマジェスティー》。同じ海賊の誼《よしみ》でもう少しつきあっていただけませんか」

そうまでいわれ、どう返せばいいか途方に暮れていると、手を引かれ広間をあとにした。

「人に酔ったのなら、少し甲板《デッキ》に出ませんか」


船の上は意外なほど明るかった。

エレベーターに乗って階層を上り、留め金を外して重い扉を開くと、少し気分が落ちついたのがわかる。広間の喧噪を離れ、静かさと暗闇を感じるうちに、風景を楽しむ余裕が戻ってきたらしい。

船縁に沿って歩き、救命ボートがいくつも設えられた場処を通り抜けて船尾へと向かうと、広い甲板は設えられたベンチやシンシアには使い道がよくわからない船の器具が月明かりに照らされ、白く光り、その下に濃い影を形作る。

甲板は青白く発光するように光り、その上を渡ってくる風が心地よい。

「ああ、ほら、月が出てる」

指し示された先を見やると、海上に一筋の煌めく白い道ができて、その先で月が今にも水平線を離れて昇るところだった。

「綺麗……」

シンシアは思わず呟いて、船縁に近寄った。

乗務員は普段、よほどのことがない限り、甲板に出ない。しかもこんな時間にはなおさらとあって、シンシアは船上で月の出を見た記憶がない。見つめている間にも、月はあっというまに水平線を離れ、高く昇るにつれて、海に浮かぶ白い道は薄らぎ、波頭の煌めきを映すだけに様変わりする。

四方を闇に囲まれ、船室からの灯りが漏れでる洋上の貴婦人は、豪奢な麗しさを波間に振りまいていた。時折すれ違う船から、呆然としたように白い女王を見つめる顔さえ、レジーナフォルチュナの光に照らされて、はっきりと見える。

降るような星の中に真っ黒な煙がたなびくのさえ、まるで空をも支配するかのような存在感だ。視線を上向けると、船籍を示すフェンネルマーク――赤い線の引かれた真っ黒な煙突が聳えたつ。頭上には濃い藍色の天空。夜空一面に光を撒き散らしたように星が瞬くのを、シンシアは今にも星が流れないかと、瞬きするのも忘れて見入ってしまう。

今にも星空に吸いこまれそう――そう思いながら息を呑むと、不意に髪に触れる気配がして、はっと、シンシアは自分がひとりじゃないことを思い出した。

「あ、あの……」

肩越しに振り向くと、背後に立つ海賊服の青年がシンシアの髪をとって、再び口付けるところだった。しかも青年は、やおら手にはめた手袋を外して、髪の感触をたしかめるように指に滑らせている。その仕種を目にした途端、シンシアはやっと落ちついてきたはずの心臓が再び騒ぎだして、耳元で脈打ってるかのように跳ね回るのがわかった。

「な、何して……るの?」

「……いや……細くて滑らかな髪だな……と思って……触れてみたかっただけだ」

青年は両手でシンシアの体を覆って縁に手を付いた。すると、海賊の女王は、青年の体と手摺りの間で身動きできなくなって、壁際に追いつめられたウサギのような心境で身を縮めるしかない。青年の穏やかな息づかいが、耳のすぐ近くで聞こえる。

か、かお、あげられない――。

青年の腕の中で、シンシアが真っ赤になって俯くと、長い指で弄んでいたストロベリーブロンドを赤く染まった耳にやさしくかけ、そのまま流れるような動きで、指先が嫋《たお》やかな輪郭をたしかめるようになぞっていく。まるで愛撫されるような感触に、体が震えて、ごくりと生唾を嚥下する。

放して——そう言いたいのに、心臓が鼓動を速めるあまり、息苦しく感じて、声がうまく出なくなっていた。やがておとがいをついと摑まれ、顔をあげさせられると、ゆっくりと仮面の端が擦れあうほど青年の顔が近づく。

口付けられる——そう思った瞬間、やっと桜桃色《チェリーピンク》の唇から震える声が漏れた。

「わ……たし……だ、ダメ……」

シンシアはとっさに青年の唇を手のひらで押し返すように防いでいた。高い鼻梁があたるのを指先に感じたまま、シンシアが俯くと、そのまま手のひらに唇を押しつけられた。

「……っ……ふ……」

ただ触れるだけの口付けにも、手のひらの感覚が愉楽に開かれて、シンシアの唇から吐息が漏れる。それだけならまだしも、手をとられて、指と指の間にも舌を這わされると、唇の代わりに手を人質にとられた心地になる。

「駄目……？　こんなに真っ赤になって……おまえは、俺をじっと見つめていたのに？」

小さく頷きながらも、断りを口にしたことが申し訳なくて、顔があげられない。急に青年が余裕をなくしたように口調を変えたことさえ、気づかないまま。

ダンスを受けたあとで、キスを断るなんて失礼だったのかも——。

ごめんなさいごめんなさい。シンシアが心で何回も謝る合間に、海から吹き抜ける風がふわりと広がるスカートをはためかせる。今度こそ、放してくれるに違いない――。

そんな期待はあっさり裏切られて、提督外套《アドミラルコート》を纏った背の高い体がわずかに屈みこんだ。

「おまえは――本当に……可愛らしいな……今すぐ、攫っていきたいくらいだ」

「あ………」

暖かな感触に声を漏らすと、青年の大きな手がシンシアの両頬を挟んで、覗きこむように顔を近づけていた。腕と体と両手に追いつめられ、シンシアは俯いていても、視線を外すことも逃れることもできなくて、びくりと身を強張らせる。

「い、や……」

シンシアは今にも青年の言葉に溺れそうになりながら、あまりにも自分に都合のいい言葉ばかり浴びせかけられて、怯えてもいた。こんなの、全部、夢に決まってる――そんなシンシアの戸惑いを引き取るように、青年はシンシアの額に親愛の口付けをするに止めて、やさしい声音で問いかける。

「……じゃあ、名前は？」

かけられた言葉はさりげなく、怯えきっていたシンシアはどこか拍子抜けしたのと同時に、一気に現実に引き戻された。

「な……ま、え……？」

乗客のふりをして舞踏会に紛れこんでいたのだから、当然のことだけれど、青年はシンシアを乗客のひとりだと思って話しかけたのだろう。

もう少し級《クラス》の低いクルーズ客船ならともかく、レジーナフォルチュナは最上級の豪華客船だ。この船の乗客は、ほとんどが上流階級か大金持ち。ただの船室メイドにすぎないシンシアが名乗ったところで、恋愛関係になるような間違いがあるはずもない――。

浮かれた気分でいた分、突きつけられた現実に、一気に血の気が引いた。

「おい、どうした急に――気分でも悪いのか？」

そう声をかけられるシンシアの顔色は青ざめて、今にも倒れそうに見える。

「……わたし……もう行かなきゃ……」

青年の手を振り切って、シンシアはスカートの端を持ちあげて、駆けだした。

重い扉を開いて急ぎ船内に入ると、すぐ近くのエレベーターに乗ろうとして、手を止める。下の階層まで行くのを見られるかもしれない――そう考えて、とっさに階段へと体の向きを変えて走りだす。静かな薄暗い空間に自分の足音だけが響いて、青年がシンシアのあとを追ってこなかったとわかると、肩で息を繰り返すまま、近くのソファに倒れこんだ。

いったい、あれは何だったのだろう――。

髪に口付けられ、ほとんど見えもしない目が合った気がして、そのまま唇に唇を寄せられそうな雰囲気が漂っていた。仕事柄、乗客とある程度打ち解けることはあっても、こんなことは初めてで、今もまだ心臓は早鐘を打っている。

何を、考えていたの、わたし――。

感じよく洒落た言葉。誘いかけるような触れあい――それらは全部、メイドの自分に向けられるものじゃない。貴族同士であることが大前提の駆け引きのはずなのに――。

海賊船長の顔が近づいてきた瞬間、そんなことは忘れてしまっていた。仮面仮装と舞踏会が魔法をかけて、自分が貴族と恋仲になれるような錯覚に陥っていたに違いない。

そんなことは、あるわけないのに――自分を戒めるように、細い肩を抱いて強く拳を握りしめる。

その瞬間、自分の身長よりも背の高い、古めかしい柱時計が真夜中の鐘を響かせた。


魔法の時間は、もう終わり――。


「明日も仕事なんだから、部屋に戻って寝なきゃ……」

シンシアは急に重たくなったように感じる体をどうにか動かして、よろよろと別の――従業員用のエレベーターホールへと歩いていった。

第二章　王子の我儘《わがまま》ティールーム

眩暈がするような夜が明けて、シンシアはいつもの仕事に戻っていた。

メイド服を身に纏い、お客様の客室の近くに控える。

用がありそうな様子で部屋から顔を出されれば、急いで近づき、用向きを伺う。廊下を行き来する間に他のお客様とすれ違うときには、立ち止まって視線を落とし、決して呼ばれるまでお客様と目を合わせない。

それがシンシアの日常。

用事を言いつかりキッチンに出向いたところで、慌てた足音がして、ロイヤルクィーンズスウィートの――ユージン王子の客室付き執事を務めるグレアムが現れた。

しかもシンシアに気づいて、慌てた様子で近づいて来る。

「シンシア！　ちょうどよかった。今、捜しに行くところだったんだ」

呼ばれて、シンシアは何だろうと首を傾げた。

何か大きな失敗をしたかしら――。

王子に対しての失態を、いまさら咎められるというふうでもなかったけれど、じゃあ他に何かあったかと考えても、どうにも心あたりがない。

「あのぅ……どんなご用件でしょう……ミスター？」

あえて言うなら、昨夜、仮面仮装舞踏会に忍びこんでいたことくらいだけれど、あれはいわば従業員たちの公然の秘密でもあり、その場でばれたのでない限り、咎められたなんて話を聞いたことがない。

それにしたって、客室執事のただごとではなさそうな様子に、心がざわめく。

多くの場合、客室執事はみな、その職業柄、落ち着き払った顔をしている。執事の国家資格を持ち、しかも最上級のクィーンズスウィートにつくほどなら、滅多に慌てず、感情を表に出さず――といった訓練を受けているはず。

それがこうまで珍しく慌てているというのは――。

「もしかして、王子殿下のことで、何か……？」

シンシアが上目遣いに〝王子〟と口にした瞬間、にこやかな表情が凍りついたのを目に捉えて、やっぱりと思う。今、この船で、客室執事を動揺させられる人物なんて他に考えられない。大仰にため息をつきながら、壮年の客室執事はようやっと口火を切る。

「どうも私が淹れるお茶は殿下の口に合わないらしくて、お叱りを受けてしまった……シンシア、君の出したお茶は褒められたと聞いている。悪いが――お茶の時間に殿下のところへ行って、給仕してくれないか」

「は、はい」

なんだ、そんなことか——シンシアは詰めていた息をほっと吐きだした。

「頼むから、王子殿下の命令には従ってくれ。殿下はうるさい方のようだから」

そう弱り切った様子で念を押されたときには、

「大丈夫です。任せてください」

そう笑顔で答えて、易々と承知してしまった。


けれども、実際やってみると、これが想像以上に厳しい仕事だった。

王子のいるロイヤルクィーンズスウィートは甲板《デッキ》のすぐ下——九階層にある。

船尾近くのバルコニー付きメゾネットは、言ってしまえばこの船の一等地にあったけれど、シンシアが担当している区画は階層も違う上、船首に近い客室群にあって、互いにとても離れている。キッチンからお湯をいただいて、階層が違う王子の部屋に向かうだけでも、かなりの時間がかかって、それが往復ともなると重労働といってもいい。

なんといっても、レジーナフォルチュナは巨大な船だ。

しかもユージン王子は、日に何回もお茶を飲む。

起き抜けのアーリーモーニングティーに始まり、朝食のあとにも一杯。十一時のお茶をとって、昼食の際にももちろん。午後遅くにミッディティーブレイクかフォーマルアフタヌーンティーを飲み、夕方遅くにハイティー、夕食後の一杯と、さらには寝る前にナイトティーをいただく。

朝食と夕食のあとはレストランで出してもらえるとはいえ、昼食は部屋でとることが多く、計六回は王子の部屋に出向かなくてはならない。

そこまで時間を割かれると、担当するお客様のご用をこなすのにも支障を来して、しかも船内を何度も往復するのには慣れているはずなのに、三日目には疲れで頭が回らなくなったような気さえしてきた。やっと頼まれていた用をこなして、王子の部屋の扉をノックすると、許可を得て中に入るや否や不機嫌な声が飛んでくる。

「遅い！　もうミッディティーブレイクじゃなくて、ハイティーの時間だぞ！」

「申し訳ありません……！　担当の部屋の仕事が、どうしても終わらなくて……」

言い訳めいたことを口にすると、怜悧なまなざしが険を強める。

「この船では、仕事をきちんとできない乗務員に言い訳を許すのか」

堅い口調にぴしゃりと抑えつけられて、シンシアは小さくなった。

黒髪がさらさらと流れて、整った容貌に睨みつけられると、心の奥底からいたたまれなくなってしまう。

「い、いえ……その……すぐにお茶のご用意にかからせていただきます！」

そう答えるや否や、逃れるように紅茶の缶とティーセットをしまってある食器棚に飛んでいった。

だって、どうしたらいいのよ——ため息をひとつ吐き、お茶の準備を始める。

時間に余裕さえあれば、お茶を淹れること自体は苦痛じゃない。

なんといっても、王子の部屋には王室御用達の茶葉をそろえてあって、庶民には一生香りを嗅ぐことすら許されないような高級な紅茶がいくつもあるのだ。

シンシアは色とりどりの紅茶缶をうっとりと眺めるたび、王子の部屋で、初めてお茶を淹れたときのことを思い出してしまう。

† † †

ノックに応えて、「入れ」という尊大な声がしたところで、震える指でノブを回して、命じられた部屋——ユージン王子の客室の扉を開いた。

すると、シンシアの目に、豪奢ながらも品のいい最高級の部屋の内装が飛びこんでくる。

「なんて……美しいの……」

王冠と渡り鴉《レイブン》の紋章盾が飾られた扉をくぐった途端、シンシアはそっとため息を押し殺した。ロイヤルクィーンズスウィート——船室メイドをしていても、滅多に入ることのないこの部屋は、王族しか使うことが許されていない。

ロイヤルファミリーはこの船——レジーナフォルチュナのオーナーでもあるから、クィーンズスウィートの一室は王族が使うときのために特注されたスウィートルームの中のスウィートルームとして、広さも設備も最上級のものが用意されている。

そもそも、レジーナフォルチュナの内装は、豪華客船というだけあって、一番クラスの低い部屋であっても、優美な曲線を描くソファや大きめのベッド。その刺繍付きのベッドカバーも、シンシアたち庶民には手が届かないほど贅沢なものが用意されている。

大広間やレストラン、人々が行き交うラウンジにさえ、古典的でありながらも、贅沢な細工を施した——つまりは非常に高級な家具が設えられ、働きながら、乗務員は自然と贅沢な家具や装飾品に目が肥えてしまう。

そんな贅沢に慣れた目で見ても、ロイヤルクィーンズスウィートの落ちついた色調の内装は、明らかに抜きんでていた。足下で踏みしめる毛足の長い絨毯は、複雑な文様が描かれ、壁紙は、ところどころに金箔を施しながらも、高貴さが漂う優美な植物文様。緩やかな曲線を描きながら花びらの形に精緻な細工を施した電灯が、暖かな光を投げかける。

灰色がかった木製の大きなクローゼットの扉には、美しい木目を引き立てるように細かくも目に綾な螺鈿《らでん》細工が施されていた。

職人がいったいどれだけの年月をかけて、これらの品を仕上げたのだろう——。

ここに置かれた家具は、家具と言うよりむしろ一級の美術品に近かった。

しかもロイヤルクィーンズスウィートの特別な趣向として、部屋の中はメゾネット——二階造りになっており、やはり金と黒の色調が美しいエナメル装飾を凝らした螺旋階段が半円を描いて二階へと続く様は、それだけで邸宅のホールを思わせる趣《おもむき》が漂う。

階段を上った先には、広いバスルームと、シンシアの家族七人全員で乗ってもまだ充分余裕がありそうなほど広いベッドが置かれた寝室が設けられている。

そして——。

シンシアは正視できずに、部屋の中央にちらりと目を向けた。

まるで絵画のように美しい空間の中で、心地よさそうなソファに腰かけ、長い脚を組んで座る王族の佇まいに感嘆せずにいられなかった。

過日の失態以来、久しぶりで間近に見る王子は、にこりとも笑わずにシンシアを出迎えて、それでいて醸し出された優雅な雰囲気が辺りを支配している。

シンシアはその存在が気にかかって何度も目を向けたいのと、緊張して今にも逃げ出したい衝動とに引き裂かれそうな心地で固まってしまっていた。

「……おまえが……今日はお茶を淹れるのか？」

顔にかかる黒髪をさらりと揺らしながら、優雅な肢体が身じろぎする。

シンシアにしてみれば、美術品が動いた！　と叫びだしたくなるくらいの美しさだ。

「聞こえなかったのか？　その手に持っているポットはお茶のためのお湯じゃないのか？」

訝しそうな声音が、わずかにやわらぐと、一瞬、何かが頭を掠める。

あれ？　殿下の声ってこんな声だったかしら——。

わずかに首を傾げながらも、掠めた記憶を追いかけようとしたところで、硬い怒声が飛んできた。

「俺のミッディティーブレイクのお茶を淹れるつもりなら、とっとと用意を始めろ！」

「ふぁっ、は、はい！　申し訳ありません！」

慌てて、サイドボードからお茶セットを取り出し、ティーワゴンに並べ始める。

そうして作業を始めると、形の曖昧な何かはあっというまに霧散してしまった。

「おい」

はっと気づくと、背の高い姿がシンシアの背後に立って、低い声を響かせる。

「な、なな、なんでしょうか？」

並んでみると、ユージン王子はシンシアより、頭ひとつ分以上背が高い。緊張に震えながら見上げると——あれ？　と、やっぱりまた何かが掠めた。

「——殿下？」

シンシアをじっと見下ろす緑色の瞳に、なんだろうとばかりに問いかけると、ふいっと顔を横にそむけられる。

「カップはふたつ用意しろ。お茶はダージリン。ファーストフラッシュ」

「あ、は、はい」

シンシアは慌ててサイドボードから、もうひとつカップを取り出して、
これからお客様でもくるのかしら——と何の気なしに考えつつも、ファーストフラッシュ——春摘みのダージリンの缶を手にとった。

ポットに茶葉を入れてお湯を注ぐと、香りがくゆりとたちのぼる。

その香りが鼻をつくと、シンシアは幾分緊張が解けるのを感じて、カップを温めるのもポットにウォームをかぶせるのも、手が震えないで手順に集中できた。

セットした砂時計の砂が最後まで落ちるのを待って、カップにお茶を注ぐまで、自分がお茶を淹れる相手がユージン王子殿下だということを忘れているくらい。

「殿下、お茶が入りました」

ローテーブルに置いた途端、白い磁器のカップに、紅茶にしては青みがかった液体が、ゆらりと揺れるのが美しい。

「ああ」と、簡易な返答を受けて、シンシアはうまく淹れられたことに気をよくしながらも、これで自分の仕事は終わり、とばかりに肩の力を抜き、片づけを始めた。すると、

「おい、おまえ」

と声をかけられて、何か他のご用でもあるのかしら？　と思うそばから、不機嫌そうな声が命令を口にする。

「ここに座れ」

「え……」

ユージン王子が座るソファの隣を手で示され、シンシアは戸惑ってその場に固まった。

途端、

「——おまえは客から要望を聞かされて、いつもそのようにたじろぐのか？　もし、いつ

もそんな調子なら、レジーナフォルチュナではそういう教育をしているのかと客から怒られはしないのか？」

今まで寡黙な受け答えしかなかったユージンが、急に立て板に水とばかりに、乗務員としてどうなんだと説教してきて、シンシアはびくりと背筋を正してしまう。

「え、あ、いえ！　も、申し訳ありません！」

シンシアは頭の中を疑問符だらけにしながら、指し示された場処――ユージン王子の右隣へと身を縮めながら、腰をおろした。すると、自然と視界に入るのは、たった今シンシアが淹れて、まだ湯気を立てているティーカップ。

ど、どうしよう――。

シンシアは何をどうしたらいいかわからずに途方に暮れた。

「あの、殿下……さしでがましいようですが……これから、お客様がどなたかいらっしゃるのでは……？」

「……いつ俺が、誰か来ると言った？」

不機嫌そうな声にシンシアはびくりと身を竦める。

「いえ、でもあの……お茶をふたつとおっしゃられたじゃないですか？」

シンシアのこれまでの経験上、それはお客様が、これから誰かが来訪するという意味のことが圧倒的に多い。それなのに、メイド服を身に纏うシンシアがソファに座っていたら、きっといらした方は不審に思うに違いない。

「そのお茶はおまえの分だ」

「は?」

シンシアは思わず唖然と口を半開きにして、隣に座るユージンの横顔を見つめた。

「ひとりで——飲むのも味気ないというものだ。……だから……ここでお茶を淹れるときは、必ずカップはふたつ。おまえの相伴《しょうばん》を許す——おまえも一緒に飲むがいい」

飲むがいい——それこそ本当になんの冗談だろうかと思い、もしかして、王子殿下が口にするほどの高級なお茶を飲んだ途端、メイドごときが本当に口にするとは——などと怒られるのではと、怖い方向に想像が膨らまないでもなかったのだけれど、目の前のカップからたちのぼる青みがかったさわやかな香りは王子の言葉と共に、シンシアに誘いかけている。でも。

「どうした? 紅茶は——おまえもわざわざ呼び出されて淹れさせられるほどの腕前なら……お茶が好きなんじゃないのか? それとも毒でも入っているのか?」

「まさか! そ、そんなことはございません! とんでもありません!」

慌てながら恐縮しきりに否定しても、そんな答えは想定のうちだったらしく、鼻で笑われた。からかわれたことに気づいて顔を真っ赤にしている間も、じっと視線を向けられ、シンシアも覚悟を決める。

なんといっても、こんな高級そうなお茶を飲む機会なんて、これが生涯最初で最後かもしれない。シンシアは震える指を、そっとカップへと伸ばした。

ロイヤルブルーと金のラインが入った白磁のカップを口元に寄せる。こくり。と、ひとくち、口に含んだところで、シンシアは、胸が高鳴るのを感じながら目を瞠ってしまう。

青みがかった茶葉からは苦みの手前で甘みが出たようなふくよかな味わいが滲んで、喉から鼻に抜けるときのさわやかな香りは、今まで味わったことがないものだ。

「……どうだ？　このダージリンの味は？」

静かな声には、どこか面白がるような調子が入り交じっていた。

シンシアがはっと横を向くと、ユージンは太腿に肘をつきながら、シンシアがお茶を飲むのをじっと見つめている。

「た、大変、おいしいです！　こんなおいしいダージリン、初めて飲みました！　殿下、ご相伴を許してくださり、ありがとうございます！」

シンシアが緊張のあまり大きな声をあげると、ユージン王子は目を瞠って、またすぐにふぃっと横を向いてしまった。

† † †

きっと殿下は、わたしごときメイドからの礼なんて、失礼だと思われたのだろう――。

殿下にとってはほんの気まぐれにすぎないかもしれないけれど、きっと、シンシアは、あの春摘みのダージリンの味を一生忘れない。

ダージリンは安い茶葉だと苦みが出やすいから自分で買うときには避けてしまいがちだったけれど、王子の部屋にあるお茶なら、『どれでも好きなものを――』と言われたらダージリンを選んでしまいそうなほど、ひとくちでそのおいしさの虜囚《とりこ》になっていた。

シンシアが感動しきっているそばで、王子は面白くもなさそうに書類を読みながら飲んでいたから、王子にとっては日常的な味なのかもしれない。

そう思うと、今も一緒に同じお茶を飲んでいても、遠い存在なのだと思う瞬間があって、急にお茶が苦くなったような錯覚を覚えてしまう。なのに。

「おい、おまえ――ショートブレッド」

と短く言われて、なんのことだろうとお茶請けに並べたお菓子を見ていると、

「ひとつくれ」

その言葉にシンシアは首を傾げる。

「え、えと……」

シンシアが戸惑ううちに、王子のつむじが曲がっていくのがわかる。

「書類を持つ手が汚れるから、自分で持ちたくないに決まってるだろう。おまえが口元まで給仕して食べさせろと言ってるんだ」

強い口調で言われて、シンシアは開いた口が塞がらない。けれども。

「船室メイドであるおまえは、客から言われた仕事を拒否すると……そういうことか？

豪華客船レジーナフォルチュナのホスピタリティー――手厚いもてなしとは、その程度の

ものなのか？　もしそうなら、オーナーのひとりとして、この船のありようを考え直さなくてはなるまい」

「そ、そんな……！　や、やります――ちゃんと、やりますから！」

暗に、レジーナフォルチュナのメイドとしての誇りはないのかと問われ、ただ嫌だと言うだけで拒絶できるわけがない。

王子殿下の命令は絶対――呪文のように自分に言い聞かせていると、

「いいから、とっとここに座れ」

隣に座るように促され、シンシアは覚悟を決めて、ソファに並んで腰をおろした。

といっても、身長の高いユージンにショートブレッドを食べさせるのにはかなり体を近づけなければ難しい。右利きのシンシアが、左に座る王子の口元へと運ぶのに、ともすればバランスを崩して王子の肩に手をついたり、膝や手に触れてしまう。

「も、申し訳……ありませんっ」

「ああ、別に構わない。先日も思ったけれど、おまえは大して重いわけでもないし」

重いわけでもないって――。

シンシアは変な動悸に襲われながらも震えあがっているのに、ユージンは意に介する風でもない。しかも、シンシアが食べさせたショートブレッドをおいしそうに頬張っている。

その最後の一欠片《かけら》を押しこもうとすると、華奢《きゃしゃ》な指先を、舌がぐるりと舐めあげた。

「きゃっ、で、殿下!!」

「……まだ何かあるのか？　ショートブレッドが食べたいなら、おまえも食べればいい。他の菓子が欲しいなら、とってきていいし——注文したいなら、俺の名前を好きに使って構わない」

　まるで嚙み合わない答えを返されて、シンシアのほうがいきり立つ。

「そうじゃなくって！　で、殿下、今、わたしの指、食べませんでしたか？」

　非難がましく訴えると、

「おまえの指は細い……な——。うん、たしかに食べたかもしれないが……それが何だ？　ただちょっと唇に挟んだくらいで、歯を立てたりしてないぞ——それとも、嚙んでないのが問題なのか？」

　と書類を手に弄びながら、訝しげに視線を向けてくる。

　歯を立てたとか立てていないとか、そういう問題じゃないんですが!!

　シンシアは真っ赤になって、何をどう言えばいいのかわからなくなってしまった。さらには、ユージン王子は不意にシンシアの手首を摑むと、ショートブレッドの粉のついたシンシアの指を舌に舐め始めてしまう。

「ひ……で、殿下……や……」

　指先からザワザワと肌が粟立つ気配に、反射的に目を瞑り、手を引こうとする——のに、強く摑んだ手に阻まれてままならない。ありえない成り行きに、シンシアの黄昏色《トワイライトブルー》の瞳がにわかに潤む。

こんなことを王城でもさせているのかしら――。

シンシアは顔を真っ赤にして考えるけれど、口にする勇気はない。

「あの、わたし、そろそろお客様のところに船内新聞を届けないと……」

暗に仕事があるからと、この苦行からの解放を訴え出ると、不機嫌そうな顔で睨みつけられて、その理不尽に心が軋む。

だって、いくらユージン王子殿下の命令は絶対と言っても、担当のお客様のお世話だって、わたしの仕事なんだもの――。

仕事と仕事の板挟みになり、四日目には音をあげた。

王子の部屋に行くのは嫌だと客室執事に訴えたところ、夕刻、部屋に帰ったときには、シンシアの荷物がなくなっていた。

「え？　あれ、なんで――あ、部屋を間違えた!?」

慌てて扉のプレートを確認するけれど、間違いはない。しかも薄暗いスタンドの灯りでも、間違えるわけがない――同室のアマデアが寝具に休んでいる。

「……シンシア？」

寝惚けた声に我に返って、落ちつこうと深呼吸していると、アマデアがむくりと起き上がるのが見えた。

「ミスターグレアムにいわれて、シンシアの荷物まとめたの……貴重品を持って、レセプションの事務室にくるようにって」

「え？」

勝手にごめんね……というアマデアに、ううん、と、簡単に答えるのが精一杯だった。

船を降ろされるんだ――シンシアはわずかな貴重品を備えつけの金庫から取り出して、深夜の船内廊下を歩き始めた。

こんなの、ひどい――。

忙しくなって仕事が疎《おろそ》かになったのは、あの王子のせいなのに――。

あの綺麗な――人を寄せつけない相貌をした王子。

表情豊かにとはいわないけれど、せめてもっと笑ってくれるなら、まだ一緒にいても、気が休まるかもしれないのに――ついそんなことを考えてしまう。

不機嫌になるときもあるといっても、それはまだ表情があるほうで、普段は淡々と物静かで、時折皮肉そうに口角を歪めるくらいしか見た覚えがない。ただ眺めているだけなら、青みがかった黒髪も怜悧なまなざしも目の保養で、嫌いじゃない。というか、むしろ好みの相貌をしている。少し苦手なのはハルニレの葉色《エルムグリーン》の瞳ぐらいで、時折、視線を向けられると、シンシアはいつもどきりと心臓が飛び跳ねるくらい、動揺してしまう。

あの顔も、もう間近に眺めることはないんだわ――そう思うと、解雇は王子のせいだとも思うのに、どこか残念な気がしてくる。

物思いにふけって歩くうちにレセプションに辿り着き、シンシアは扉をノックした。

どうぞと促されて中に入ると、上司にあたる客室長は神妙な顔をして壮年の客室執事と話をしているところだった。いよいよか——と思うと、妙に落ちついてきて、シンシアは一番気になっていたことを切り出した。

「あ、あの解雇だと、紹介状はもらえないものでしょうか」

「は？　解雇？」

客室長が怪訝そうな顔で問いかけてくる。

「このところ失敗が多かったのはわかってますし、言い訳しようもありません、でも——」

「そうだ、シンシア。このところ君はあまりにも失敗が多かった。それで苦情が来てね」

やっぱり——わかっていても落胆せずにいられなくて、シンシアは俯いた。ところが、続く言葉に目を瞠った。

「グレアムと話し合った結果、今回だけ、君には殿下の客室執事をしてもらうことにした」

「は？」

「これは殿下からの要望で、君が他の仕事で、殿下のお茶の時間に間に合わないことがたびたびあったことに、大変な苦言をいただいている。それで、明日からは他の仕事はなしにして、クィーンズスウィートの空いているベッドルームで寝起きするようにとのことで、勝手ながら、荷物は先に移させてもらった」

「え、で、でも……」

シンシアは成り行きについていけずに、救いを求めるような目線をミスターグレアムに向けた。けれども、客室執事はゆっくりと首を振って、これが断れるものではないことを、暗に伝えてくる。

「君も知ってのとおり、たいていの王族は自分たちの侍女や下男――場合によってはシェフさえ連れて旅に出る。けれども、殿下はいつも侍従だけをお連れになって、このレジーナフォルチュナをご利用くださっている――それは、この船の手厚いもてなしを信じてくださるが故だ」

そんなことはシンシアだってもちろんわかっている。わかっているけれど――。

「君もこの豪華客船レジーナフォルチュナの乗務員としての矜持があるなら、充分、殿下の期待に応えてくれると信じている」

そう口を挟むのは、本来の担当である客室執事のグレアム。

「客室の担当は通常、航海の間中代わることはないが、今回は特別だ。今まで君が担当していた区画は他の船室メイドと共にグレアムがフォローする。もちろん、君は執事の資格は持っていないから、身分が変わるわけではないが、仕事は同じだ――わかるね？」

問いかけの形をとっていても、シンシアには頷くことしか許されていない。しかも客室長の目が鬼気迫って見えたのは、決してシンシアの見間違いではないと思う。

「くれぐれも、王子殿下に失礼のないように、かつ、殿下の要望には速やかに、絶対に応えるように!!」

最後通牒だった。


王冠と渡り鴉《レイブン》の紋章盾が飾られた扉の前で何度か逡巡したけれど、どうしてもノックの手が止まる。

どうしよう——早くしないと、また怒られるかもしれないのに——。

それでも中に入る勇気が出ないでいると、

「シンシア」

と声をかけられ、心臓が飛び上がらんばかりに驚いて、振り向く。ミスターグレアムだ。手に持ったポットを軽く持ちあげてわずかに肩を竦めてみせる。

「もうナイトティーをお出しする時間なのに、お湯を持たないで行ったろうと思って」

その言葉に偽りはなくても、もしや逃げ出さないかと監視されていたのでは——という気がしてならない。

事実、これが港にいるときだったら、シンシアは逃げ出していたかもしれなかった。

空いた手にポットを受け取って、半ば強制的に客室執事の見る前でノックをさせられると、中から答える声がして、シンシアは刑を宣告される囚人さながらの気分で美しいロイヤルクィーンズスウィートに足を踏み入れた。

「遅い！　呼び出してから何刻かかってると思うんだ⁉」

黒髪の王子の端整な顔を目に捉えた瞬間、不機嫌な声に出迎えられて、シンシアは思わず後退りする。

「も、申し訳ありません、殿下。今すぐお茶をご用意いたします」

ホワイトブリムをつけた頭で一礼をし、部屋に備えつけのティーワゴンを引き出す。

「ロイヤルレディグレイ。ふたつ」

と声が追いかけてきて、かしこまりました。と、反射的に答える。

温めたティーポットに量ったように適量の茶葉を入れて、ウォームをかぶせたところで砂時計を引っくり返す。その間にカップを用意して——と手順を繰り返しているところで、王子がいつになく、シンシアの動きを注視していることに気づいた。

「あの……何か？」

「別に他意はない。おい、余所見《よそみ》していると、すぐに砂が落ちるぞ」

「え、あ……」

言われて振り向くときに、うっかりミルクピッチャーを倒してしまい、慌てて元に戻す。

幸い被害はほんのわずかで、布巾《ふきん》で簡単に拭いとれたけれど——。

「……おまえは本当に——そそっかしいと、人からよくいわれないか？」

慇懃《いんぎん》に呆れた口調で問いかけられると、真実であるが故に、傷口に塩を塗られたような呻きをあげたくなる。

わたし、殿下に怒られてばかりだ――。

考えてみれば、パーティーでシンシアが淹れた紅茶の味を王子が褒めていたとは聞いたけれど、それは上司である客室長から聞かされただけで、そのあと何回も王子にお茶を淹れたけれども、褒めてもらったことなど一度もない。そう思うと、どうにかカップにお茶を注ぐ間にも、目頭が熱くなってきて、目の前が霞む気がした。

別に褒めてほしいわけじゃないけど、いつも不機嫌な声で、苦情ばかり言うんだもの。

担当するお客様が気難しく、できない無理ばかり言ってくることは決して珍しくない。荒天で港に接岸できず、丸三日、船に缶詰になったときに、どうにか陸地に降ろさせろと我《わ》が儘《まま》を言う人もいて、そんなときは、なんて無茶を言う人だろうと思いながらも、心のどこかで同情してもいた。

ずっと船内で同じ人と顔をつきあわせていると、どうしても耐えられない瞬間があるものね――などと同室のアマデアに愚痴を聞いてもらうと、それで終わり。

翌日には同じ人と向き合う気持ちが戻ってくる。

けれども、この王子に言われる言葉は我が儘ともまた違って、おい、とか、おまえ、とか呼びかけられるたびに、剝き出しの心に刺さるような痛みを感じてしまう。

俯いたまま沈黙していると、長いため息の音が聞こえた。

「おい、そう――すぐ……俯くな……。べ、別に……怒って聞いたわけじゃない……ただ

「……ああ、もうっ」

戸惑うような声音に振り向くと、王子は肘かけにもたれかかり、片手で頭を押さえていた。その手元で、さらりと流れるように黒髪が揺れている。

なんで——殿下が頭を抱えてるんだろう？

わけがわからなくて、途方に暮れているのはわたしのほう——そう思うのに、殿下でも何か手に負えないことがあるのかしらと思うと、なんだかおかしくなって、シンシアは手で口元を隠すようにして思わず笑ってしまった。するとすぐに、

「……おい、自分が失敗したくせに、何を笑っているんだ」

と声が飛んできたけれど、いつになく迫力のない声で、横目に見る表情も怖いと言うより、どこか拗ねているように見える。

「えっと、その——弟がよく、いたずらが見つかって開き直るときに、そんな声を出すなと思いまして……」

話しながらローテーブルにティーカップを並べると、隣に座れと手で指し示されて、シンシアは緊張の面持ちで、ソファの並びに腰をおろした。

「おまえは——姉弟が——弟がいるのか」

「はい。妹も——そういえば殿下も妹君がいらっしゃいましたよね」

明るい声で答えているのに、聞いている王子の声はいつもと同じ。淡々と抑揚がない。

「ああ、そうだな——妹は多分、おまえとそう年が変わらない——それで、おまえは——」

「はい」と答えて、なんでしょうとばかりに顔を向けると、一瞬、視線が絡みあい、王子が口を開きかけては苦い顔になり、言い淀む仕種にシンシアは首を傾げる。

「前から何度か、聞こうと思ったんだが――」

返事をして待つ間も、つい王子の顔に見入ってしまう。

迷っている顔は淡々とした顔より親しみが持てるかもしれない――シンシアは紅茶のカップに手を伸ばして、そんなことを考えた。

「――おまえ、名前はなんと言うんだ……？」

「……………な、ま……え？」

問いかけを繰り返して、シンシアはあれ？　と大きく首を傾げる。

こんなことが、前にもなかったかしら――。

「お、とうと……のですか？　マイケルですけど……？」

と言う言葉を、最後まで言う前に怒声が返った。

「そんなことを何故、今、尋ねなければならないんだ！　おまえのだ。おまえの名前！」

「……………は？　…………あ、わた、し……？」

普通、出港とともにお客様の担当になりましたと名乗って挨拶回りをするのだけれど、そもそもシンシアは王子の担当ではなかったし、最初に部屋に伺ったときも、特に挨拶はしていない――そう気づいて、シンシアはとっさに立ちあがった。

「申し訳ありません、殿下。今後お世話させていただくことになりましたシンシア・ソールズベリと申します。何かご用がございましたら、なんなりとお申しつけください」

片手を胸にあて、もう片方の手でスカートの端を摘んで、腰を屈めてみせる。

「シンシア――か。いい名前だな」

黒髪に縁取られた端整な顔立ちに怜悧なまなざしを向けられると、ハルニレの葉色の瞳に見入ってしまう。シンシアは頭に血が上るのを感じて、思わず、生唾を飲みこんだ。

名前――初めて、呼んでもらえた。

おまえ、とか、おい、とか呼びかけられるより名前で呼ばれるほうがずっとうれしい。

そう思って、初めて気づいた。

そうか……今まで、名前で呼ばれなかったから、王子に威圧感があるように感じていたんだわ――さっきまで泣きだしそうに惨めだった原因がはっきりすると、恨みがましい気持ちが幾分収まって、代わりに鼓動が高鳴る。

「シンシア――」

「はい……何かご用でしょうか」

やわらかく名前を呼ばれ、どきどきと早鐘を打ち始める胸を押さえて、次の言葉を待つ。

「シンシア、ひとまず、もう座っていい」

「え、あ、はい」

すぐ隣を指し示されて、身を縮めるようにしてソファに腰をおろす。

横目に王子を見ると、顎に手を添え、シンシアを吟味《ぎんみ》するように目を眇《すが》めている。

「で、殿下、あの何か――？」

わずかな時間だったにもかかわらず、沈黙に耐えかねてシンシアが問いかけると、ユージンは不意に手を伸ばして、

「ちょっと、こっちへこい」

と、シンシアの体を抱き寄せた。

「で、でで殿下!? な、なんですか？」

動揺のあまり、甲高い声をあげるシンシアの背後で、何やらもぞもぞと蠢く気配が伝う。髪の上を指が滑り、ピンを引き抜かれて、頭に指を挿し入れられる。

「……ん……」

髪を梳かれる感触が心地よく、思わず目を閉じた瞬間、喉の奥から声が漏れた。

「変な声を出すな……馬鹿……」

だって、ダ、ダメ――慌てて身を縮める間に、はらりと後れ毛が零れて、シンシアはいつもの癖で零れた髪を掻きあげようと手をあげた。その途端、

「おい、もぞもぞ動くな、シンシア」

と命令され、あげかけた左手は所在なくなった。

他人に――しかも王族のひとりに髪や首を触られているという異常な出来事に、シンシアの心臓はとっくに壊れてしまっていた。ばくばくとうるさいほど音を立てているし、緊張のせいか、段々息苦しくなってくる。

ひとつひとつ髪に留めてあったピンを引き抜かれ、まとめあげた髪が解かれていく。ひとつ解かれるたびに、王子の前に痴態を晒されているような気がして、羞恥のあまり、心が悲鳴をあげる。やめてください——そう抗いたかったけれど、動くなと、厳然とした口調で命じられている以上、逆らうなんてできそうもない。

これは初めて会ったときに反抗したことの罰なんだろうか——そうまで思ったとき、すっかりピンを外され、はらりと広がる髪を撫でつけられたところで、やっと肩を放された。

「おまえは髪はおろしてるほうが似合っている。この部屋にいる間は、髪はいつも束ねないでおろしておけ」

その言葉にシンシアは目を瞠る。

え、何、それ——。

いったいなんの懲らしめだろうかと身構えていただけに、単に王子の趣味の問題だったのかとただただ啞然とするばかり。対して黒髪の王子は、どこか一仕事終わって満足したような面持ちで、紅茶に口をつけている。その涼しい顔を見て、シンシアはなんだか悔しくなって、自分も気を落ちつかせようとカップに手を伸ばした。

ロイヤルレディグレイ独特のベルガモットの香りが、すぅっと鼻孔をついて、深く息を吸いこむと、香りが体に広がる心地に、不思議なほど気持ちが凪《な》いでいく。

「おいしい〜〜」

思わず顔をほころばせて、香りごともうひとくち、こくんと喉に流しこむ。

「うん……そうだな……いい味だ。おまえはたしかになかなかお茶を淹れるのが巧《うま》い」

「え、あ……ありがとうございます。お褒めに……あずかり、光栄です、殿下」

初めての褒め言葉に、シンシアは胸が苦しくなった気がした。けれども。

「お茶を淹れるのだけ、はな」

からかいを含んだ調子で言われ、シンシアはわずかに唇を尖らせた。

隣から、くすくすと笑い声が漏れるのさえ、癪《しゃく》に障りながらもくすぐったい。そんなシンシアの様子を王子がつぶさに眺めている視線が痛いくらい。

殿下って、こんな方だったのかしら――。

もっと厳《いか》めしくて、近寄りがたいものだと思っていたのに、気づくと失礼な振る舞いだったのでは――と思うようなやりとりさえ、楽しまれているような気配が漂う。その気配が何か――奇妙に心にかかって、シンシアは胸が痛い。どこか、落ちつかない心地にさせられてしまう。

「……どうだ……シンシアはこれまで飲んだ中で、どのお茶が一番気に入っている？」

「え？」

横を向くと、ユージン王子は怜悧な瞳を細めて、じっとシンシアを見つめていた。

あ……とシンシアは音もなく声をあげる。初めて大広間で見たときのように、視線が絡みあう。

ハルニレ《エルムグリーン》の葉色の瞳。

まるで互いの視線が惹かれあうような錯覚に、シンシアは動けなかった。

違う――こんなの、おかしい……。

「シンシア？　具合でも……悪いのか？　それとも船員にあるまじきことに――船酔いでもしたか？」

「ま、まさか！　あ、あの……そうですね。最初にいただいた春摘みのダージリンがやっぱり……あ、でもコクがあるアッサムブレンドも捨てがたいかも……このロイヤルレディグレイも最高の味と香りだし……う……でも……」

「つまりは気分によって、どの味も一番だと――そういうことか？」

「そう！　そうなんです、殿下！　おっしゃるとおりです！」

シンシアが勢いこんで答えると、ユージン王子は目を瞠って、ふぃっと横を向いた。

あ、あれ？　こんなこと――前にもあった……と首を傾げながら見ていると、ユージンの肩がわずかに震えていた。

もしかして――怒ってるんじゃなくて……笑っていらっしゃる？

「殿下……あの……き、聞いておいて、答えを笑うなんて……し、失礼じゃないですか！」

もしかして、最初に部屋でお茶をお出ししてご相伴に預かったとき、顔をふぃっとそむけられたのも、シンシアが礼を述べたことが気に入らなかったと言うより、何かからかわれて笑われていただけなのかもしれない。シンシアは何か大変なことをしでかしたかと気が気じゃなかったのに、ユージンにしてみれば、笑いの種というわけだ。

釈然としないまま、またお茶に口をつけてむしゃくしゃする気持ちを押し流す。

ユージン王子は笑いが収まったところでソファに深く腰かけて、右手をシンシアの座るほうの背もたれにかけ、口をつけたカップをローテーブルに戻した。ゆったりと長い脚を組み替える。シンシアが思わず見蕩れてしまうほど、優雅な仕種で。

「そうだ。来た早々言おうと思って忘れていたが、明日は寄港地に出かける予定だ」

「あ、はい。かしこまりました。明日のリッツェンバルトは比較的大きな街ですから、観光にも、お買い物にも充分楽しめると思います」

お仕事の話に、すっと頭が切り替わる。満面の笑顔で答えて、その間にお部屋の掃除をしようと、頭の中で算段を始めたところで、王子が言葉を続けた。

「〝楽しめると思います〟――とか、他人事《ひとごと》のように言うな。言っておくが、おまえも一緒に上陸するんだからな」

「…………え？」

「明日は朝八時半に入港か。一番に出て街を回る。それと、おまえが普段どんな服を着てるか知らないが、そのメイド服で外に出るのは却下だ」

何ですって～～～～!?

シンシアの動揺をよそに、ユージンはすました顔で、おやすみと告げただけだった。

† † †

シンシアは、途方に暮れていた。

一日の終わりにするにはあまりにも過酷な仕事じゃない？　これ――。

船室メイドにあるまじきことに、ドレスを身につけ、ユージン王子にエスコートされて、回廊を歩く――だけでなく、王子の侍従からは今すぐ消えろと言わんばかりの顰《しか》め面《つら》。

「殿下、本当にこの娘を連れてディナーに行かれるんですか？」

「――ハリス、俺はそう言わなかったか？　それとも、おまえが俺の言葉を聞いてなくて、繰り返し問うてるのか？」

暗に、黙れ。と威圧的な視線を向けられて、侍従は悔しそうにシンシアを睨んでくるから、やめてほしい。

「これはユージン殿下――今からクィーンズグリルまでお出かけですか？　娘と共にご一緒させていただけませんか？」

恰幅のいい貴族らしい男性が、ちらりとシンシアに蔑むような目を向ける。

クィーンズグリル――最上級のスウィートルームに泊まる乗客だけが食事できるレストランに行こうと誘いかけるからには、この貴族もスウィートルームの乗客に違いない。

「悪いが、ウェント伯爵――今日はそんな気分ではなくてな。同席は遠慮してもらおう」

ユージンは伯爵の誘いを撥ねのけ、周囲に見せつけるかのように、シンシアの手をうやうやしく大きな手にとった。

まるで、貴婦人の扱いを受けているみたい――。

周りの人々が唖然として、シンシアのことを見ているのがわかる。

今ここにいるような、最上級クラスの乗客はみな、ユージン王子を見知っているし、下手をすれば、パーティーの夜にしでかしたシンシアの失態を覚えているのだろう。

伯爵のひとりが王子に断られたことで、他は話しかけてこそこなかったけれど、遠巻きに眺めては、王子が連れている相手――シンシアのことを、いったい誰だ、とひそひそ噂しているのは間違いない。

これはいったいどういうことなんだろう――そう思いながらも、ユージンが、シンシアをエスコートするように腰に手を回してくると、胸の鼓動がとくんと跳ねて、周囲のことなどどうでもよくなってしまう。

素敵な紳士にエスコートされて、クィーンズグリルとはいかないまでも客船のレストランにエスコートされたなら――それは船室メイドの誰もが、一度は見る夢。

叶うはずのない妄想――のはずだったのに……。

シンシアは夢見心地にふわふわとしながら、客として足を踏み入れることなど、夢にも思わなかったクィーンズグリルでの晩餐へと出向くことになった。


日中は、リッツェンバルトの街へ連れ出されていた。

船室メイドなんかを連れてどこに行くのかと訝しんでいたところ、乗りこんだ馬車がいかにも老舗らしい仕立屋に着いて、寸法の合う既製のドレスを山ほど見せられる事態に、さらにわけがわからなくなった。

他の色は、とか、違うデザインは？ などと王子が指示するのを、ただ茫然《ぼうぜん》と聞き流し、

「あの～殿下、これ、どうされるんですか？」

そう尋ねたところで、わずかに眉根を寄せた端整な顔に睨みつけられては、それ以上どうすることもできない。そのあとも、帽子屋に宝飾店にと連れ回され、馬車の中にどんどん積みあげられる荷物を見て、もしかして帰国したときに、どなたかにさしあげるものを選んでいるのかも――。

シンシアにできることは、せいぜいそんな推察をすることだけだった。

夜になって、着つけと髪結いにと美容師が呼ばれて、イブニングドレスを着させられたときには、なんの冗談だろうと首を傾げていたくらい。

クィーンズグリルに出かけると言われて初めて、ベルベットの光沢のあるドレスが自分のためのものだったのかと愕然としてしまった。

ひだ飾りのついたティアードスカートはひだごとにストライプが描かれ、ふわりと広がる。上衣《ボディス》は裾にフリンジ、前身には縦にシャーリングが入り、胸元と肩のリボン飾りが歩くたびにさわさわと音を立てて揺れる。

偶然すれ違ったメイド仲間が、髪の色から気づいて、目を瞠る姿に、自分自身も返す言

葉がないほど、戸惑っていた。いったいなんの意趣返しだろう——そう訝しみながらも、身につけたドレスに胸が高鳴ってしまう。

訪れたレジーナフォルチュナの最高級レストラン——クィーンズグリルでは、さすがに、ウェイターが淡々と給仕してくれたけれど、最高の美味である食事がうまく喉を通らないほど緊張していた。どうしてこんな目に——そう思うたびに、

『くれぐれも、王子殿下に失礼のないように、かつ、殿下の要望には速やかに、絶対に応えるように!!』

という客室長の言葉がよみがえって、苦情を腹の底に飲みこむ。

どうにかフルコースの食事を食べ終え、最後のデザートに手をつけると、この美味なる苦役にも終わりが見えて、シンシアはほっと息をついて、給仕された紅茶に口をつけた。

コクのあるアッサムのブレンドティーは甘くおいしい。

おいしいのだけれど——……ほんのちょっと、苦いかな？

そう思ってほんの少し苦笑いを浮かべた途端、目の前に座る王子ユージンが顔を顰めたのが目に入った。

「あ……」

これはまずいのでは——そう警戒するまもなく、王子はナプキンで口元を拭うと、あまり表情を表さない面に、かすかな不快感を滲ませて立ちあがっていた。

「シンシア、食事を食べ終えたのなら、すぐに部屋へ帰るぞ」

有無を言わせない口調で促されて、慌ててシンシアも席を立つ。

まだ食べ終わってないデザートに未練を残しながらも、王子に腕を掴まれてクィーンズグリルをあとにする。

またのお越しをお待ちしております——という少し焦ったような声がうしろから聞こえてくると、シンシアは胸が苦しくなった。


「あの、殿下、もう少しゆっくり、歩いてくださいませんか」

手を引かれて歩くシンシアは、いつドレスに躓《つまず》いて転んでも不思議はないほど、足下が覚束ない。

宵の口を過ぎて、レジーナフォルチュナの回廊はすでに人がまばらだったけれど、燕尾服のテイルコートを翻し、肩で風を切るように歩くユージン王子の姿に、みんな振り返って目を瞠り、そのたびにシンシアのほうがいたたまれなくなってしまう。そもそも身長も脚の長さも違うから、早足で歩かれると、それだけでついていくことさえ、精一杯だ。

「早く帰って、口直しの紅茶を飲みたいだけだ」

振り向かないまま言われて、シンシアは細い体で抵抗するように立ち止まる。

「そんな言い方、やめてくださいっ」

回廊の壁に備えつけられた手摺りを掴んで、どうにか王子の歩みを止めると、唇を固く

切り結んで、背の高い王子を見上げた。すると、

「何を言う——おまえだって、はっきりと不味いという顔をしていたじゃないか」

いつになく冷たいまなざしに、突き放されたように言われるのが、シンシアはひどく怖かった。それでも、船の乗組員《クルー》でもあるシンシアの心が、どうしても、受け入れられなくて、生唾を飲みこんで、抗いの言葉を口にする。

「ま、不味いと言うほどではなかったし、好みの問題ですっ。それに食事は十二分においしかったでしょう？　殿下だって、食べてるときは何もおっしゃらなかったのだから、食後のお茶だけが、問題だったのでしょう？」

「どんなに食事に満足しても、最後に気分を害されたら、同じことだ——おまえだってそう思ったから、顔に出したのだろう？」

これ以上の反論は許さないと細い手首を摑む指に力が籠められ、無言の圧力を感じる。

「それは、でも……みんな、殿下が乗船されて、とてもはりきっているんです……もし殿下が、食事はとてもおいしかったと声を、お褒めの言葉をかけてくだされば、どんなに喜んだことか——その上で、お茶はもう少し、蒸らし時間を短くと助言をくださっても、いいじゃないですか……」

そしたら次からは、きっと、王子の好みの味で、お茶が出てきたはず——。

シンシアは最後の言葉を絞り出すと、震えながら俯いた。こんなこと口にしないほうがいい——頭のどこかで注意信号が点滅しているのに、言わずにはいられなかった。

だって、こんなふうに簡単に切り捨てられるのは、辛いもの。

長い沈黙の間に、急に回廊の空気が冷えてきたように感じられ、シンシアは無意識に、自分の腕を抱き寄せた。その仕種に、王子の顔が少しやわらいだのも気づかないまま俯いていると、大きなため息が耳に届く。

「言いたいことが――それで終わりなら、もう帰るぞ」

呆れたような声と共に、体に手を回されると、シンシアは今度こそ、腰に回された手を払うことができずに、歩きだしてしまった。

† † †

こういうとき、同じ居住空間で過ごすなんて、顔を合わせづらい――。

そう思っていたのは、シンシアだけのようだった。

翌朝になって、アーリーモーニングのお茶を給仕したときには、王子はもういつもの淡々とした表情をして、わだかまっていたシンシアは拍子抜けしてしまった。

そうこうしているうちにユージンが出かけていったので、シンシアは梳《くしけず》っただけの髪をシニョンにまとめると、「よし」と気合いを入れて、朝の清掃にかかることにした。

バスルームのタオルを替え、掃き出しをすませて、バルコニーに続くガラスを透明になるまで綺麗に磨く。ガラス窓は船にあたって砕ける波の花で、いつもあっというまに塩まみれになるけれど、こうしておけば、朝、カーテンを開くだけで綺麗な海が眺められる。

「こんな——ものかしらね」

一通り清掃を終えたあとで、ふと、船内新聞をまだとりに行ってないことに気づいた。

「いけない。船内イベントと次の寄港地の時間を確認しなきゃ!!」

シンシアは慌てて部屋を出て、総合受付——船の入り口にあるレセプションへと急いだ。


「やぁ、シンシア。ちょうど君の話をしていたところだったんだ」

レセプションに出向いたところで、用を伝える前に受付の、客のあらゆる対応を一手に引き受ける上級乗務員——コンシェルジュから話しかけられた。見たところ、珍しく受付に来ていたレストランパーサーと話をしていたところらしい。

「はい？　なんで……しょうか？」

コンシェルジュから唐突に話しかけられ、シンシアは笑顔のままに、首を傾げる。

「殿下がさっき、こちらに見えてね。昨夜のクィーンズグリルの食事を褒めてくださったのと、お茶の好みについておっしゃってくださったんだ」

「え……」

目を瞠るシンシアに、微笑んでレストランパーサーが言葉を引き取る。

「君がお茶の味が合わないのを言うように進言してくれたんだとか……。殿下はあまりそうぃったお言葉をくださらない方だから、みんな大変喜んでるよ。ありがとう」

「あ、いえ……はい」

そう言ってパーサーが会釈とともに去っていくと、混乱した頭でコンシェルジュからさしだされた船内新聞を手にとる。

殿下は――昨夜、わたしが言ったことを聞き入れてくださったんだわ……。

言い争ったときの顰め面を思い出すと、半ば信じられない心地だけれど、うれしくてつい顔が緩んでしまう。

どうしよう――今すぐお礼を言いに行きたいくらい、うれしい！

踵を返そうとしたシンシアをコンシェルジュの言葉が引き留める。

「そういえば、今度のオーバーステイのツアーは殿下も参加なさるらしいね。あまり上陸ツアーに参加されないんで、お気に召したツアーがなかったのかと、みんな心配していたんだけど」

「オーバーステイのツアー……」

たいていの場合、クルーズ客船は寄港地に朝、到着し、お客様は一日の上陸ツアーに向かい、その日のうちに帰船。船は夜には出港する。けれども寄港地によってはオーバーステイと言って日を跨いで停泊することがあり、そのときには当然、長めの上陸ツアーが組まれる。

シンシアは手元の新聞に目を落とし、上陸ツアーを確認して、青紫の大きな瞳を輝かせた。

「わ……これ、面白そう。いいなあ……お客様たち、きっとたくさんお出かけですね!!　これ、今回の目玉ツアーですもんね！」

「ああ――そうそう、到着の朝は早く起きてバルコニーに出てみるといいよ。せっかくバルコニー付きの部屋にいるんだから。殿下にも、そうお勧めしておいてくれないか」

「はい、わかりました。あ、もうお茶の時間!!　失礼します」

レセプションの時計の針が十時半を過ぎていることに気づいて、シンシアは会釈すると十一時のお茶を淹れるために、急ぎ、その場を辞した。


艶やかな黒髪を掻きあげて、ユージンは淡々とした表情でティーカップに口をつける。柄ベストを着こんだだけのフォーマルな姿は、さすがに見慣れてきたけれど、ソファに深く腰かけて長い脚を組む仕種は、何回見ても優雅だ。

その横でシンシアは、にこにこと口元が緩むのを抑えきれずに、座っていた。

「おまえはさっきから、頬が緩みっぱなしのようだが、何かいいことでもあったのか？」

訝しむように片眉をあげて問いかけられても、今日は全然怖くない。

「はい――そうですね」

話を聞いてくださってありがとうございます――なんて言ったら、殿下はどんな顔なさるかしら？

その顔を見てみたい誘惑は強く、抗いがたいものだったけれど、また急転直下に不機嫌になられるのも怖くて、シンシアは胸の中だけで楽しむに止めた。すると、

「そういえばシンシア、おまえ――」

「はい、なんでしょうか」

呼びかけられて、満面の笑みを浮かべてなんの気なく顔を向けると、まっすぐにシンシアを見つめる王子と視線が絡む。

艶のある黒髪に端整な顔立ち。ハルニレの葉色の瞳を抱く怜悧なまなざしからは、これまでと同じようになんの感情も読みとれなかったけれど、いつになく穏やかな光を浮かべている気がして、シンシアの心臓は大きく跳ねた。

きゃあああああっ。ちょっと、どうしたらいいの、これ……。

間近で眺めるには、ちょっと心臓に悪いくらい整った顔してるんだもの――。

「え、えと……」

顔が真っ赤になって、動揺のあまり、戸惑いを口走ると、まるで時間が止まったかのようにゆっくりと――王子の骨張った手が伸びる。その動きを目に捉えていたのに、まるで魅入られたかのように固まっていると、指先がシンシアの頬に触れる。

肌が撫でさすられた途端、何か暖かいものが広がる気がして、シンシアは思わず指の感触に身を任せてしまう。喉を鳴らしてしまいそうなのを怺《こら》えて、固く目を瞑ると、するり

と背に回された腕に引き寄せられ、バランスを崩して王子の暖かい胸にもたれかかってしまった。

「きゃっ……も、申し訳、ありま…せ…んっ」

起き上がろうとするのに、背中を押さえられ、頭のうしろ——うなじの辺りを蠢く感触に身を硬くする。

「何を……」

「この間、俺は、髪はおろしておけと言わなかったか」

シンシアが苦情を言う前に、不機嫌そうな声が降ってきた。

「で、でもお掃除のときに髪がばらけてると邪魔ですし……」

力強い腕に封じこめられながらも、ベストに鼻が埋まったまま、くぐもった声で訴える。

「おまえは——人の話を聞いていないのか？　それとも俺に命令してほしいのか？」

強く言い聞かせられながら、留めていた髪が解かれる気配に、シンシアはもがいた。

「ダメですってば、殿下……お茶を淹れるときだって、髪が落ちたら困りますし……」

「おまえは……どうしてそう、俺の言うことに抗ってばかりいて——もし次にやったら、減俸にするからな」

「は……？　え？」

シンシアが何を言われたのか、よくわからずに惚けた声をあげたところで、長い指がシンシアのストロベリーブロンドに挿し入れられる。ゆっくりと髪の感触を楽しむような動きに、シンシアは陶然と目を閉じた。

「……ん…、でん…か……」

髪の中に挿し入れられた指が触れ回るのは心地よくて、シンシアは頭を抱きかかえられた格好で、甘やかな声を漏らした。けれども次の瞬間、我に返って、顔から火が出る心地と眩暈に襲われながらも、放してもらわなくては、と必死に広い胸を押し返す。

「は、放してくださいっ」

華奢なシンシアの力ではどうにもできなくて叫んでみたところで、足をじたばたとさせるしかない。

「言っておくが、俺は命令を無視されるのも、口答えされるのも好きじゃない。これが最後通牒だ。髪はおろしておくこと――いいな、シンシア？　わかったら放してやってもいいが……？」

あくまで抵抗するというなら――暗にそう示唆されると、早く解放されたいあまり、シンシアは何度も首肯《しゅこう》を繰り返す。

ようやっと解放されると、ユージンはもう涼しい顔でお茶に口をつけている。

わたし、殿下にからかわれているの――？

シンシアは黄昏色《トワイライトブルー》の瞳を潤ませて、端整な横顔に恨みがましいまなざしを投げかけた。

第三章　白夜の悲恋《ひれん》に初めての口付け

船に揺られて、パキ……ドーンと聞き慣れない音がする中、シンシアはうっすら目を覚ました。

波の音とも違う響き。

なんの音だろう——と不思議に思いながら、起き上がって、ベッドルームを出ると、リビングを通り抜けて、バルコニーのカーテンを開いた。

「あ……」

目の前に、真っ白な氷河が広がっていた。

氷の青《アイスブルー》を内包する白い壁が、見ている間に、一部崩れて海面に滑り落ちる。

途端に、視線の先で真っ白な大きな水飛沫《みずしぶき》と共に、ドーンと大きな音があがって、氷の塊が海面の中に消えてゆく。

『到着の朝は早く起きてバルコニーに出てみるといいよ』

そう言われていたことを思い出すと、慌てて重いフランス窓を開けて、船尾に開いたバルコニーへと飛び出した。夏季にもかかわらずひんやりした空気に、吐きだす息が白い。

「わぁっ、すごーい。すごいっ」

レジーナフォルチュナは長い氷河に沿ってゆっくりと航行し、碧《あお》と白の壁を舐めるように通り過ぎていく。目線を下に向ければ、灰色に濁った海に、ところどころ白い氷の塊が浮いて、見慣れない風景に、シンシアはすっかり興奮していた。

と、目の前でまた、氷のひと塊が壁から剝がれ落ちて、海へと崩落する。

「わ、また落ちた——あ、つっ」

シンシアは手摺りに乗り出そうとして、手摺りの冷たさに思わず手を引っこめた。

すると板張りのバルコニーを一歩うしろに下がったところで、ふわりと暖かなものに包まれ、あれ？　と肩越しに振り返ると、ユージンが毛布を肩にかけてくれていた。

「あ、殿下——殿下、おはようございます！」

シンシアは興奮を乗せた弾む声で、満面の笑顔を向ける。

「ああ——おまえは今日は朝から、ご機嫌のようだな」

ユージンはどこか眩しそうに目を細めて、抑揚のない答えを返してくる。

「すごいですね！　綺麗ですよね！　見ていると、氷の塊が落ちてくるんですよ!?　あ、ほら、殿下あそこ！」

ユージンの上着の袖を摑んで、無理やり、見つけた先へと誘導してはしゃいだ。

その視線の遠い先――レジーナフォルチュナのミルク色した軌跡の向こうで、氷壁の一部が崩れ、海面に落ちる。飛沫をあげる。

「……そうだな。おまえの言うように綺麗だ――こうして見るのも、なかなか悪くない」

いつになくやさしい口調に、シンシアはまた何か掠めるものを感じて、しばし動きを止めた。

「……シンシア？　どうかしたか？　寒いのか？」

名前を呼ばれて初めてユージンの上着にしがみついたまま、顔を見つめて固まっていたことに気づいた。

「い、いえ！　も、申し訳ありません、殿下！」

慌てて手を離すと、肩にかぶせられていた毛布がずり落ちそうになり、王子の手がそれを引きあげ、シンシアの肩を抱くようにして、再び毛布をかぶせてくる。しかもそのまま、シンシアを毛布ごと抱えこんで、目線でゆっくりと流れていく氷河の風景に見入ってしまったので、背中から伝わってくる暖かさと鼓動にシンシアは身じろぎできなくなった。

「あ、あの……殿下？」

「なんだ？　また、大きい崩落の予兆でも見つけたか？」

「いえ――……あの……殿下こそ寒くないですか？　毛布は殿下がかけられたほうが……」

なんとか言葉を捻り出したところで、体に回された腕がピクリと厭な反応を示した。

「寝間着姿で、こんな寒いところに出てくるやつに、そんなことを言われる筋合いはない」

「う……そ、それは」

聞こえてきた声が、急に威圧的な声音に変わり、シンシアは王子の腕の中でうなだれた。

だって、目が覚めたときは氷河のことなんて頭になかったんだもの――。

それでもこうしてユージンの腕に抱えられているというのは、何かが違う気がする。

「でも――殿下に何かあったら……困ります……」

「それは、どういう意味だ――個人的に？　船室メイドとしての職分か？　それとも――」

「え？　ええ？」

なんだろう、その選択肢――とシンシアが戸惑っていると、絡められた腕にわずかに力が籠められた気がする。

たしかにユージンは王位継承者なんだから、アルグレーン連合王国の国民として、何かあっても困ることは困る。もちろん、この部屋の担当としても、お客様が風邪でも引かれたら、困るのだけれども。でも――。

「えっと……個人的に……も、船室メイドとしても……困ります……わたしのせいで、殿下が具合でも悪くなられたら、寝覚めが悪いです……」

「なんだそれは。寝覚めが悪いってことは、おまえに迷惑かけるなってことじゃないのか」

ふん、と鼻で笑い飛ばされても、シンシアには返す言葉がない。

「そ、そうかもしれませんが……でも……氷河の冷気で風が冷たいです。やっぱり殿下だってお寒いのでは？」

たかが船室メイドごときから言われても、歯牙にもかけないつもりかもしれないけれど、シンシアだって真剣に心配しているのに――。

意気消沈して俯いていると、髪をいじられる感触に気づいた。

「そんなに……心配しなくても、おまえを抱いているだけで、充分暖かいぞ」

うなじに鼻筋をあてられて、シンシアは何かの既視感にくらりと襲われる。と同時に、抱きすくめられ、どきどきと速まる鼓動から逃れたくて、振り返ろうと身じろぎしたところで、ふと、これからの予定が頭をよぎった。

「ユージン王子殿下、そういえば今日の予定なんですが……」

ことさら、敬称を意識して呼びかけると、頭がかちりと仕事仕様に切り替わる。

「ああ、そうだった。まだこれからの予定を打ち合わせしてなかったな――ユーレリア港には何時に到着予定だ？」

「十時です。これから氷河を回りこんで、見学してからになりますので、まだ充分に時間はあるかと思いますが、朝食にお出かけになりますか？」

「わかった。だが、その前に朝のお茶をもらおうか」

「は、はい。今ご用意いたしますから――あのぅ…」

「何だ、変に口籠もって――他にも何かあったか？」

面白がっているような声音は、絶対確信犯だ――シンシアはため息を吐きたいのを我慢して、穏便な言葉を選ぶ。

「いえ……手を離していただけないでしょうか……」

「ああ……そうか。そう――だったな。やっぱり少しは寒かったから、湯たんぽを手放すのはなかなか忍びなくてな」

わたしは、湯たんぽですか⁉　と抗いたい気持ちをぐっと抑えて、どきどきと解放されるのを待っていると、ユージンは毛布をかぶったままのシンシアの手を摑んで、バルコニーの入り口へと向かった。シンシアを先に部屋に戻して、上背《うわぜい》がある体が重たい窓をうしろ手に閉める。まるでエスコートされている淑女のような扱いを受けて、気まずさを感じたけれど、やっと自由になったのと暖かい室内にほっと息を吐いたところでシンシアは、ふと今日の予定の続きを思い出した。

「そういえば、殿下は氷河を歩くツアーにも出かけられるんですよね。楽しみですね！」

どこかうらやましそうな響きをこめて、けれどもいつものように、お客様がツアーにいい印象を持っていただけるようにと、努めて明るく声をかけた。

けれども、目の前でユージンがわずかに眉根を寄せたのを目に捉えて、何か言ってはいけないことを口にしたのだろうかと、上目遣いに様子を窺う。

「あ、の……？」

「再三言うようだが――おまえも行くんだからな」

射竦めるような双眸に晒され、部屋に戻ったというのに、寒さがよみがえった心地に震えあがる。

「は？」

「ちゃんとおまえの分も申しこんである。もし準備がまだだったら、上陸ツアーに必要なものを今からでも確認しろ。ハリスに言って、服は毛織り《ツイード》のディドレスを用意させたから」

ユージンはあたり前のように言って、裾長の外套を脱いで、シンシアの腕に押しつけた。

「ええっ!?　で、殿下!?」

「二度は言わない。着がえる間は待ってやるが――」

馬鹿な質問は許さないという視線の圧力を受けて、シンシアは慌てふためきながら、自分が寝起きするベッドルームに急いだ。

† † †

船上から氷河を眺める遊覧が終わったあと、レジーナフォルチュナは針路を変え、深い谷を通り抜けて次の寄港地へと向かった。

水先案内人《パイロット》が乗りこんで湾内を航行するうちに、ぐんぐんと港が近づく。

白い女王の優雅かつ巨大な船体を、横付けを手助けするタグボートが押したり引いたりして、桟橋に接岸。

やがて客たちが降りるための渡船橋がかかって固定されると、ロイヤルクィーンズスウィートの住人であるユージン王子は、シンシアを伴って真っ先に上陸した。

「あの娘はなんだ？　殿下は侍女を連れてきていたか？」

次に降りるのを待つスウィートルームの客たちの囁きが、風に乗って聞こえてくる。

けれど幸いにも、シンシアはユージンに強く腕を引かれていたせいで、振り向くことはできなかった。

これから北の凍てつく果てに向かうとあって、ユージンは毛織り《ツイード》の上着に目立つ臙脂色の厚手の提督外套《アドミラルコート》を羽織って、頭には毛皮の帽子。シンシアも毛を織りこんだモスリンのガーデンドレスに首回りに毛皮のファーのついたケープコートを纏い、ストロベリーブロンドをおろしたままの頭には、やはりユージンとおそろいの毛皮の帽子を被って防寒対策は申し分ない。

久しぶりの陸地の乾いた風を、シンシアは胸いっぱいに吸いこんだ。

とはいえ、船に順応した体は揺れる感覚が収まらず、いわゆる陸酔いの症状にふらふらしながら、なんとか渡船橋のすぐそばに待っていた馬車へと乗りこんだ。

上陸ツアーは忙しい。

馬車はユーレリア港から、少し離れた中央駅へ――そこから今度は汽車に乗って約二時間半の移動。そこからさらにまた馬車に乗った先で、氷河を歩くハイキングツアーが組まれている。

今回のツアーでは現地の人がガイドをするらしく、駅で目印となる旗を振っていた。

その旗に引き連れられ、シンシアと王子は汽車の一等個室《コンパートメント》に、向かい合って腰を落ちつける――その頃合いで、最初の揉めごとが起こった。

「一等個室がない？　この私に何時間も、狭い三等客車で我慢しろというのか？」

「申し訳ありません。もうすでに一等個室は全部埋まってしまっていて……」

「それなら、譲ってくれるよう、ひとつひとつ回ってくればいい」

聞こえてくる声は穏やかだったけれど、扉は閉めていてもはっきり聞こえて、その高圧的な物言いに、対面に座るユージンなどは、わずかに嫌悪を滲ませた。

どうやら港から馬車に分乗してきたレジーナフォルチュナの客のひとりが、自分の一等個室がないと騒いで、現地ガイドに無理を言っているらしい。

詰問するような声が聞こえるたびに、自分が失敗したときのいたたまれなさがよみがえって、シンシアはまるで自分が叱られているかのように、心が痛くなってしまう。

氷河を間近にいただくイーヴワルド国は、蒸気汽船を造るほどの工業国でもあるアルグレーン連合王国と違い、漁業と観光主体の国で、人口は少ない。

しかも首都から離れた路線で、貴族や金持ち向けの一等個室が少ないのは当然だ。

結局、現地ガイドはどうにもできないまま、仕方なく個室を回っているらしい。

失礼いたしましたという声が近づいてくると、シンシアはいてもたってもいられずにユージンに声をかけた。

「あの……殿下……わたしは個室じゃなくても構いませんので、あの……」

「おまえは、この俺に個室を譲れと？　アルグレーン連合王国の王族を三等に乗せたと、イーヴワルド国に恥をかかせたいとでも言うのか」

顎を聳やかし、ハルニレの葉色の双眸を眇めて、シンシアを眺めやる。

その物言いと威圧的な仕種に、シンシアは後悔した。

「申し訳ございません――!!」

顔を俯かせて、身を縮めるしかない。

そこに、ちょうどシンシアたちがいる個室にもガイドが尋ねに来て、王子がにべもなく断わるのを聞きながら、指をぎゅっと握りしめた――次の瞬間、はっと顔をあげる。

「本当ですか?」と、ガイドが明るい声で確認すると、ユージンは面白くもなさそうな顔で、鷹揚に頷いている。

――譲ってやるのはごめんだが、三等が嫌だという話なら、部屋に入れてやってもいい。

ユージンはたしかにそう言った。

「まったくおまえときたら、お人好しすぎて呆れるが――まぁ、いい。この部屋は、六人個室だからな。ひとりかふたりなら、今回はおまえに免じて入れてやる」

「はいっ。ありがとうございます、殿下!」

呆れたようなユージンの顔が、心なし、照れているように見えるのは、気のせいだろうか――シンシアがそんなこと考えながら、くすくす笑いを抑えていると、ガラリと硬質な音を立てて、個室の扉が開いた。

はっと目を向けたところ、背の高い青年紳士が目を瞠って立っていた。

「……ユージン……おまえか」

濃い金髪に精悍な頬骨の高い顔立ち。年の頃はユージンと変わりなさそうな青年は、厭そうに顔を歪めてユージンを見下ろしていたけれど、一方でユージンも珍しくはっきりと、眉をひそめて青年を睨んでいる。

「リチャード——そういえば、おまえも船に乗っていたな。声で気づくべきだった……」

その顔をためつすがめつ見比べて、シンシアは微笑んだ。

「わ、もしかして、殿下のお友だちなんですね。それならよかった——」

「友だちじゃない、ただの学友だ、馬鹿。高校から大学までの間、こいつには、どれだけ迷惑を被ったことか——相席するのがリチャードだとわかっていたら、いくらおまえの頼みでも許可などしなかったのに！」

「え？」

「それはこっちの台詞だ。いや、ツアーはキャンセルする——バーゼル！」

リチャードと呼ばれた青年は、異国のアクセントで、背後に向かって叫んだ。するとうしろに控えていた従者らしき少年が、何か早口に苦情を言ったところで、客車が揺れる。

汽笛を鳴らして、ゆっくりと、汽車が動き始めた。

「キャンセルするんだったな——リチャード。汽車を降りるんなら、そこの窓から出ていけばいいんじゃないか？」

ユージンが窓を指し示すと、青年は透きとおる碧眼《へきがん》を眇める。

互いの間に火花が散った——かと思うと、リチャードは怒りを抑えた様子で、シンシアの頭を押しやるようにして、隣に腰をおろす。そのあまりの勢いに、帽子を脱いでいたシンシアの髪がふわりと舞い上がるほど。すると、

「おい、シンシア——こっちへ来い」

間髪容れずにユージンがシンシアの腕を引く。

「あ、はい。申し訳ありませんっ」

席を空けろという意味だと思い、ユージンの隣にちょこんと腰をおろすと、従者らしき少年が扉の近くの席に位置どって、荷物を足下にしまいこんだ。

一等客車の六人個室は四人で座っても充分に広く、足下もゆったりとしていたけれど、何故かユージンはシンシアの背中に手を回し引き寄せたから、必然的にシンシアは体格のいい体にもたれかかる格好になってしまう。

ロイヤルクィーンズスウィートの中では、王子のすることに逆らっても仕方がないと思っていたけれど、他に人がいる前でされると、何か違う気がする。

まるで恋人同士みたいに見えてしまわないかしら——。

思わずそんなことを考えて、恥ずかしさに顔を赤らめる。

「なんだ——その娘、おまえの連れだったか？」

問いかけられて、シンシアは目の前の青年に顔をあげた。

「わたしは——」

「シンシア、いい。こんなやつに何も答える必要はない」

シンシアの言葉をユージンが即座に遮《さえぎ》って、腰に回された手に力が籠められる。

見上げると王子は顰め面で窓の外を眺めていて、その無言の圧力に、シンシアは再び視線を床に落とすしかなかった。

「そうやって、女を無理やり従わせるのが、おまえの流儀か。アルグレーン連合王国の王室なんて言っても、やはりたかが知れるな」

「おまえのほうこそ、そうやって恩を受けた相手を皮肉るなど、郷《さと》が知れるだろう？　つまり、金の張る服を着たり、一等個室にいなければ、おまえ自身など所詮庶民出の成金にすぎないってことなんじゃないか」

王子の言葉に、青年が明らかに気色を変える。

「殿下、もうやめてください……これから楽しいところに出かけるんですから――きゃっ」

話してるところを、頭を搔き抱かれて、シンシアは短く悲鳴をあげた。

「おまえこそ、黙れといったのを、もう忘れたのか⁉」

有無を言わせない口調を聞かされ、シンシアはもうそれ以上言葉を続けられなかった。

† † †

汽車で山の麓《ふもと》まで運ばれ、そこからまた馬車でさらに渓谷を登って小一時間。

そこからが本当のツアーの始まりで、苔《こけ》むした岩肌に覆われた渓谷を散策しながら、しばらく歩くと、ようやっと氷河の端に辿り着いた。

「ここからしばらく氷河を歩きます。この氷河は年にほんのわずかずつ動いていますが、大声を出して走ったりして、もしびっくりしますと、突然何里も動きだしてしまうかもしれません。どうか慎重に歩いてください」

ガイドの冗談に笑いが起こる。

「シンシア——何をしている。行くぞ」

そう声をかけられ、おっかなびっくり硬い雪の上に足を踏み出すけれど、シンシアの足下はあまりにも覚束ない。

見かねたユージンが、腕をさしだすのに一も二もなくしがみついて、それでも雪の上をあまりにもこわごわと歩くものだから、シンシアたちはたちまち最後尾になっていた。

「もしかして、おまえ——雪の上を歩くのは初めてなのか?」

「初めてというか……わたしの住む辺りでは、たまに降るぐらいで、積もりません」

「ちょっと待て。船室メイドとはいえ、レジーナフォルチュナは、冬季もどこか行くだろう? 一度も雪が降る地域に来たことがないのか?」

「わたしが……乗船してからは、たまたまかもしれませんが、南に向かうツアー……ばかりで、氷河を見たのは……初めてです。必ず陸《おか》にあがれるわけでも……ないですし」

答えている間も、シンシアはユージンの腕にしがみつくようにして、必死に歩いていた。

「それで朝も、あんなにはしゃいでいたのか……」

呆れたような声音に抗うように言い返す。

「え、だってびっくりしましたし、あんなに綺麗だなんて……うわっ」

話に夢中になると、踵が滑って、身長の違うユージンの腕に吊るされて、引きずりあげられてしまう。

「も、申し訳ありません」

自分の至らなさに小さくなると、ぽんと帽子の上に手を置かれる。

大きな手の感触は、帽子と手袋を通しても充分伝わり、心が温かくなって、またどうにか雪渓《せっけい》に挑む気力を奮い立たせてくれる。そうやって少しずつ雪に覆われた足下に慣れてくると、辿々《たどたど》しい足運びながら、どうにかひとりでも歩けるようになった。すると、少しは氷河の景色を楽しむ余裕が出て、シンシアはあらためて渓谷の美しさに息を呑んだ。

アッシュブロンドの岩肌に林立する濃い緑の針葉樹。

ところどころ残る万年雪と深い谷間に流れこむ形で固まっている氷河の白。

自分が小人になったかのような錯覚を覚える深く抉られた谷は、動くものは何もなく、しん、と静まりかえって、その荘厳な景観の中でざっざっとツアー客の硬い雪の上を歩く音が、聞こえては広い空間に消えていく。

神々しいまでの偉容に、ただただ圧倒されて、ため息が漏れる。

それに加えて——。

シンシアは少し前を歩くユージンの姿を、風景の中に加えて眺めては、にへらと口元を緩めてしまう。

ぴんと張り詰めたような空気の中、吸いこむと夏でも喉が痛いほどの寒さの印象そのままの凍れる色調の世界に、高襟の臙脂色の提督外套《アドミラルコート》が一点、華を添えているようで、本当に絵になっていた。

船室にいるとき、レジーナフォルチュナの伝統的な家具と洒落た内装の中で身を休めるユージンの佇まいも、何度見ても心惹かれるものだったけれど、こうやって美しく迫力ある風景の中にあっても、端整な顔立ちと背筋を伸ばした姿勢の品のよさは、洗練された趣があって風景と同じくらい神々しくさえある。

本当に殿下って目の保養になる……。

シンシアは相好を崩して、しみじみと眼福にあずかれることに感謝した。

そうやって景色とユージンに見蕩れていると、自然、足が疎かになる。もともと最後尾を歩いていたこともあり、いつのまにか集団から大きく遅れてしまっていた。

「ちょっと急がないと──」

そう思い、慌てて足を速めたところで、あれ？　と、何か動くものを視界に捉えた。

そこで、何だろうと気をとられながら、足を踏み出したのがよくなかったのだろう。少し急な勾配に刻まれた段を思いっきり踏み外していた。

「わわっ、落…ち……」

転んだ拍子に、わけもわからずに体が回転して、背中を覆うカシミアのコートに乗った格好で、勢いよく雪の上を滑り出してしまう。

「と、止まらな……わ……」

仰向けに滑るせいで、広すぎてなだらかにも見える雪渓が、ずっと先のほうまでかくんと落ちてるのが目に入り、その谷底の深さに背筋が寒くなる。

「で、んかっ――――」

とっさに助けを呼ぼうと声をあげたところで、びちゃ、と水音がして、がくんと急に滑降が止まる。どうやら、雪渓が緩んだところがシャーベット状の水たまりになって、滑り止めの代わりになったらしい。助かったけれども、めくれ上がったコートとディドレスの中に氷水が染みこんでくる羽目になった。

「つ、めたっ」

雪まみれになった頭を振り払ったところで、帽子がとれていたことに気づいた。水たまりを避けただけで雪渓に座りこんだまま、ペチコートに入りこんだ小さい氷の粒をばさばさと払って、ひどく濡れたスカートの先を絞る。

「あーあ……せっかくのドレスが台無し……それに」

苦労して登っていた距離を、あっというまに滑り落ちてしまった。

肩越しに見上げると、せり上がった雪の塊にため息が漏れる。帽子も捜さなきゃ――そう思うけれど、急なことにびっくりしたのと、失態に落ちこんでもいて、すぐに動く気になれない。しかもどっと疲れた気がして、シンシアは雪渓に仰向けに寝転んだ。

「なんだか、空が白い」

空は一応晴れていたけれど、まるで氷河を映したかのように、仄白い光が続くばかりで、日が昇ろうとして、途中でずっと止まっているような印象だ。しかも、午前中に港についてから、もうずいぶん時間が経っているはずなのに、日が傾く気配もなくて、シンシアはどういうことだろうと、ぼんやりと首を傾げた。

ふと視界の片隅を黒い羽ばたきが掠めて、はっと目を向けると、大きな渡り鴉《レイブン》が天空に飛び去った。あるいは、さっき見かけた動くものはあの鴉だろうか――そんなこと考える。

高みを翔る悠然とした黒い羽ばたきは、黒髪の王子を思い起こさせる。

手を伸ばしても、きっと届かない――遠い存在。

凛と気品に満ちた姿が目蓋の裏に浮かぶと、早く追いつかないと――そう焦りが滲んできた。一方で、どうせまたおりてくるんだから、みんながおりてくるまで、ここで待っていたらどうかしら――そんな考えも頭を過ぎる。けれどもやっぱり、そんなわけにもいかない。でも。と、逡巡に体が動かない。

だって、また転んで滑ったら、怖い――。

躊躇ったまま、起き上がれないでいると、遠くで呼ぶ声が聞こえた。

「……シンシア!?　シンシア、どこだ!?」

白い谷間の静寂に飲みこまれそうだった声が、少しずつ近づいて、シンシアははっと我に返り、上半身を起こした。

「殿下?!」

慌てて、声がするほうに目を向けても、背の高いユージンの姿が見えない。

ということは、ユージンからも自分の姿が見えないのだと気づいて、慌てて立ちあがり雪渓を登ろうとして、また雪の上に突っ伏してしまった。

「うぅ……でん…か……ここです……」

「シンシア!」

情けない訴えに、はっきりとした答えが返って、雪を滑る音と共に光が遮られた。

「大丈夫か?」

頭の雪を払われたあとで、腋に手を入れられて上半身を起こされると、体についていた雪や氷粒をはたかれた。そのはたかれたのが妙に痛くて、何故か気持ちが落ちこんでしまう。

「シンシア、おまえ、いったい何をしていた——気がついたらうしろにいないから、びっくりしたじゃないか!! 何故こんなところで倒れてるんだ!?」

押し殺したような口調に、シンシアはひやりと体を竦める。

「それは……——ちょっと急なところで転んだら、滑り落ちてしまって……」

殿下に見蕩れてて転びました——なんて言えるわけもなく、雪を払ってもあちこちに雫が残る頭でうなだれる。すると、膝立ちのまま体を強く抱きしめられて、

「殿下?」

「召使いのくせに、主人よりも風景に気をとられているからだ！」

ぎゅっと頭を抱えこまれると、身長差のせいで息が苦しいくらいなのに、うまく顔があげられない。実際は違うけど――と内心に呟きつつ、シンシアはユージンが安全に歩けるように考えるのが、従者としての仕事だったかもしれないとも思う。

「む、も、申し訳、ありませ……」

むごむごと謝罪を口にしても、解放される気配がなくて、シンシアはどうしたらいいかわからずに途方に暮れた。

「動くな……シンシア。動いたら――お仕置きだ」

もぞもぞと動いて自由になろうとすると、逃げるなといわんばかりに腕に力が籠められる。シンシアは放してくださいと言えないまま、どうにか顔を出して楽に息をついた。

目線の先では、空はやっぱり薄暮のような気配をとどめている。

「……殿下、あの……」

「どうした?　どこか具合でも悪いのか?」

シンシアは、目にしている自然のほうが強く気にかかって、心配そうな声音に気づかないままでいた。

「いえ――あの、さっきから、ここではずっと、夜明けみたいな空ですね」

首を傾げながら、視線を空にさ迷わせると、ようやっとユージンの腕が緩んで、シンシアの視線を辿るように、空へと目を向けた。

「ああ……今は白夜だからな」

「白夜？」

ユージンはシンシアの問いに答える前に、手をとって立ちあがらせて、乱れたストロベリーブロンドの髪を撫で下ろした。男の人に髪を直されることに気恥ずかしさを感じなくもなかったけれど、何度も触れられたあとでは、ただ恥ずかしいのとは違う感情が湧きおこる気がして、視線を下に落としてしまう。

すると、頭が寒くなくなって、帽子をかぶせられたのがわかった。どうやら王子は、シンシアが滑り落ちたときにとれた帽子を見つけてくれていたらしい。

殿下のお世話をするどころか、お手を煩《わずら》わせ過ぎなんじゃないかしら。

シンシアがいたたまれない気持ちでお礼を言うと、ユージンは手をとって歩きだした。

「この辺りは夏の間、ずっと夜が来ないで、こんな薄明かりの——夜明けのような、ずっと黄昏のような空が続くんだ」

「へぇ～～夜が来なかったら、ずっと遊べていいですね」

「そうだな……」

のんきなシンシアの発言に、ユージンが言葉を濁したので、シンシアはあれ？　と首を捻ってしまう。

「……殿下は夜のほうがお好きなんですか？」

その問いかけにぴくりとユージンの背が反応したのが、繋がった手から伝わって、シンシアは前を行くユージンが、今、どんな表情をしているのか気になった。

「格別好きと言うわけでもないが——多分、昔に聞かされた話のせいだろうな」

「昔、聞かされた話？」

その言葉の響きに何か強い想いが籠められている気がして、シンシアは思わず空いたほうの手で胸を押さえながら、続きを促す。

「この地方に伝わる伝説らしいが——

† † †

『白夜の恋物語』


昔、氷河の近くの村にひとりの娘が住んでいた。

柳のようにたおやかな娘は、冬将軍が支配する季節、黒髪の青年に声をかけられた。

冬至の——古い太陽が死に、新しい太陽が顔を見せるまでの暗闇が続く中、大きな篝火をたいて、その周りを踊る火祭りが開かれる。くるくると手をとって踊りながら、篝火を何周もするうち、ふたりはやがて恋に落ちていたという。

冬の間、この辺りはずっと夜ばかりが続く。その明けない夜の中で、ふたりは愛しあい、やがて結婚して、谷間の村に所帯を持つことになった。

ふたりはささやかな暮らしながら、それは仲睦まじく暮らしていたという。

けれども、やがて雪解けの季節になり、朝になれば日が昇るようになると、村人が春を喜ぶのと反対に、青年は悲しそうな顔を見せるようになった。

娘が問いかけても、青年は何でもないとただ首を振るばかり。

しかも青年は毎日、仕事に出かけてくると言っては、夜が明ける前に氷河の向こうへ出かけてしまう。夜になれば帰ってくるけれど、昼の間、何をどうしているのか一切話してくれない。やがて——夏になると、青年は夜にも帰って来なくなってしまった。

残された娘は、どうしたのかと心配になって、ある日、いつも青年が消えていく氷河を越えようと出かけることにした。

歩けども歩けども終わりのない氷河。さ迷い続ける果てに、自分は本当は捨てられたのでは——そう悲しみに暮れたまま、娘は氷河の上で息絶えた。

ほどなくして、夏が終わり、再び、谷に夜が訪れるようになった。

そうして村に戻ってきた青年は自分の愛した娘が、自分を捜しに出て、氷河で息絶えたことを知る。

いなくなった娘を悼《いた》んで青年は嘆き悲しんだ。

その嘆きの声が、村中に、雪原に、さらには氷河を越えて、夜の空までをも覆い尽くして、いつまでもいつまでも響いていたという——。

† † †

悲しい結末を語るユージンの声が痛ましさをはらんで、シンシアの胸にひしひしと迫る。

「どうして……どうして、その青年は夏の間いなくなったの？」

シンシアは王子に対する敬語も忘れて問いかけた。

「青年は夜の精霊で、夏になって白夜が続く季節には、現れることができなかったんだ。だからこの辺りでは、白夜の間はすっきり晴れることがなく、昼でも泣きだしそうな空をしているんだとか……」

いつまでも夜明けのような——黄昏のような空。

その泣きだしそうな空を見上げると、シンシアはまた胸が苦しくなったような気がして、繋がれた手を、思わず強く握りしめた。

「その精霊の青年は……なんで自分が精霊だって伝えなかったのかしら……そうすれば」

「精霊には精霊のルールがあるんだろ？」

前を行く背中が、いつになく素っ気なく答えたので、シンシアは頰を膨らませた。

「そんなこと言ったら……じゃあなんで、精霊は人間界におりてくるんですか!? 勝手に人間の村にやってきて、人間と恋人になっても、精霊のルールだから、肝心なことは言わないなんて、あんまりです！」

シンシアは精霊の青年に恋した娘の味方をするように、繋がった腕を振り回して訴える。対して、ユージンのほうは、精霊の青年を擁護するつもりらしい。勢いこんだシンシアの言葉を引き取って美しい横顔が、嘆息する。

「……夏になって、自分が人間界に来られないとわかったら、娘に逃げられるかもとか、浮気されるかもとか……色々あるだろ?」

「それって、娘のことを信じてないってことじゃないですか!」

物語の話とわかっていても、シンシアはどうにも納得できなくて、さらに語調を強めてしまう。氷河の向こうまで、捜しに行こうとして息絶えるほど、娘は青年のことを想っていたのに、青年はユージンの言うとおり、娘のことを疑って話をしなかったのだろうか――そう思うと、娘の気持ちが軽んじられているようで、シンシアが辛くなってしまう。

不満そうにシンシアが顔をそむけていると、背後から手が伸びて、シンシアはびくりと体を震わせた。そのまま流れるような仕種で、革手袋に覆われた手が体に回って、シンシアは背中から抱きしめられてしまう。

「信じてないというより……精霊であることを知られるのが、怖かったんじゃないか?」

背後にいるユージンがどんな顔をしているのかわからなかったけれども、答える声は少しやわらいでいた。

「怖かった……?」

精霊なのに、人間の娘の何が怖いのだろう――そう思って首を傾げながら肩越しに見ると、ユージンが空へと目を向ける。

「人間じゃないというだけで、畏《おそ》れられるかもしれないし、嫌われるかもしれない──怯えられるかもしれない……好きになればなるほど、好きな相手からそんな感情を向けられるのは、精霊にしても、いやだったんだろう」

「畏れ、嫌悪、怯え──そんな感情を向けられるのが……怖かった……？」

それなら、少しはシンシアにも理解できるような気がした。

高みを天翔る黒い渡り鴉《レイブン》──手が届かない存在は、そもそも、ただ畏れを抱きながら見上げることしかできないにしても、人間と精霊の違いは、もしかしたら、そんな感情を呼び覚ますのかもしれないとも思う。

シンシアはもう一度、谷底を振り返って、あの渡り鴉が羽を休めてはいないかと谷間を埋める氷河へと視線を走らせた。けれども静かな美しさの中には、ただ風が吹き抜けるだけで、動くものは何も見えない。

さっきまで、あんなにも雄大に感じた景色が、悲しい伝説を知ってしまうと、急にもの悲しさを帯びて、痛いほどの静けさの中にも、娘の啜り泣く声が聞こえてくるような気がしてくるだけ。

それでなくても、シンシアとユージンが住んでいるアルグレーン連合王国ではこの手の悲恋話がそこかしこにあって、子どものころから幾度となく聞かされ続けてきたせいか、シンシアも妙に想像力豊かに考える癖がついてる。

不意に吹き抜けた風の行方に目をやると、手袋をした手が背後から手を伸ばして、また想いを伝えるように頰に触れる。つられるように振り向くと、ユージンが少し苦しそうな顔をして、シンシアを見つめていた。

感情の読めない——高貴さの漂う静謐《せいひつ》な顔。

シンシアは言葉をなくして、怜悧なハルニレの葉色の双眸に魅入られたかのように、視線を繫ぎ止められてしまう。

夜明けのような、黄昏のような——蒼穹を映した瞳が二度瞬きする間に、ユージンの体が近づいて、両手が頰を挟んでいた。

「俺は……精霊の青年の気持ちもわかるけれど……ずっとここにいる——どこにも行きはしない」

「……どこ……にも？」

本当に？　とシンシアの零れそうな瞳は、問いかけていたに違いない。

「ああ——俺は、好きな人とは離れはしないと——ずっと一緒にいると決めている。昼も夜も夏も冬も、好きな人のすぐそばにいるのだと——」

ユージンの瞳にシンシアが映って、シンシアの瞳はユージンを映して——ハルニレの葉色の瞳に吸いこまれそう——。

そう思った途端、端整な顔が近づいて——睫毛を伏せるのを目に捉えて——。

冷たい唇が触れた。

「……ん……」

一度離れて、角度を変えて、また口付ける。

力の強い手に細い腰を引き寄せられて、体がくっつくのももどかしい激しさで、戦慄《わなな》く下唇を啄まれ、引き離されたところで艶めかしい声が漏れる。

わずかに開いた唇にユージンの長い舌が入りこんで、シンシアの口腔を蹂躙する。

「……ンうっ、ふ……んっ……」

歯列をゆっくりと辿られただけで、触れられた場処がざわざわと感じて、ぞくりと愉悦が背筋を這い上がる。

戸惑う舌をユージンの舌に捉えられて、ねっとりと嬲られるように擦りつけられると、触れられた場処が官能に開かれる。長い舌が蠢くたびに口腔の柔肉が鋭敏に感じ響くまま、舌のつけ根まで舐めとられた途端、シンシアはぶるりと身震いして、足の力を失った。

「で……ん、か……」

溺れそうな心地で呼びかけると、体を支える腕に力が籠もって、また引き寄せられる。

「シンシア……」

低く掠れた声で耳元に囁かれ、顔の前に零れた髪を帽子の中の耳にかけるように掻きあげられる感触に、陶然とした気持ちが湧きおこる。

もう一度、ユージンに口付けられると、シンシアはびくりと体の奥が震えた気がした。

第四章　王子の命令には絶対服従のバスルーム

どうして逃れられなかったんだろう——。

シンシア自身、自分の行動が理解できない。

目と目が合った瞬間、まるで時間が止まったかのように感じていた。

怜悧なまなざしに浮かんだけぶる緑色。その透きとおった色が、黒い睫毛に閉じられる瞬間を思うと、どきどきと心臓の鼓動が速まって、どうしたらいいかわからなくなる。

シンシアたちを捜すガイドの声が近づいてくると、シンシアは真っ赤になって俯いたまま、ユージンに手を引かれて歩くしかなかった。ツアー客が集まったところへ戻ると、個室で一緒だった青年リチャードにはやんわり嫌みを言われたけれど、耳に入らなくて、美しい景色を見ていても、突然、目蓋の裏に近づいて来る端整な顔がよみがえり、奇声をあげて、顔を覆いたくなってしまう。

やがて再び馬車に乗り、汽車に乗り換えて——今度は招かれざる客もなく、うつらうつらと意識を失いながらふたりきりで過ごしたあとで、ようやっとレジーナフォルチュナが停泊する港に戻ってくるころには、時計の針は午前三時を回っていた。

それでも白夜の空はうっすら明るいままで、桟橋でシンシアは不意に空を見上げ、来ない青年を待ち続ける娘の気持ちを想像して、思わず、指を絡められた大きな手をぎゅっと握りしめた。

船に乗るために渡船橋を渡るとき、振り返っては空を見上げるシンシアの様子を、ユージンがじっと見つめていることに気がつかないまま――。


ロイヤルクィーンズスウィートに戻ると、夏でも寒い中、部屋はすでに暖められ、シンシアもユージンもほっと息をついた。日を跨いだ強行軍とあって、体中が冷え切って寒い。

それでも暖房に勇気を得てコートを脱いだところで、シンシアはすでにポットが届けられていることに気づいて、我に返った。

殿下に紅茶を用意しないと――！

慌ててエプロンを身につけ、紅茶の缶に手を伸ばすけれど、寒さは体の芯まで染みこんで、押さえつけようとしても、がたがたと震えだして、どうしても缶の蓋を開けられない。

そうして歯の根が合わないのが、なかなか元に戻らないでいると、

「シンシア――お茶は、もういい」

背後から伸ばされた手に紅茶缶を奪われて、体を階段へと追いやられる。

「紅茶は俺が淹れるから、おまえはバスの準備でもしてこい」

言葉と顎で示されても、この命令に従ったほうがいいか少しばかり迷った。

殿下にこんなことさせていいのかしら——。でも。

殿下の命令は絶対。

シンシアは結局ディドレスの裾を震える手で摑み、半円を描く螺旋階段をどうにか上って、バスルームを覗きこんだところで、目を瞠る。このツアーに参加した客が凍えて帰ることがわかっていたのだろう。すでにバスには泡が浮かぶお湯が張られていた。

「だ、誰、かが、やって、くれたんだわ」

本当はわたしの仕事なのに——。

感謝といたたまれなさが同時に襲ってきて、シンシアは広いバスルームの中で暖かい蒸気を吸いこみながらも、まだカタカタと歯を震わせている。そこに。

「シンシア、お茶が入ったぞ」

呼びかけられて振り向くと、紅茶の入ったカップとソーサーをトレイに並べて、ユージンがバスルームに入ってきた。

「殿下っ、そんなことはわたしがやりますからっ」

シンシアが慌ててトレイを奪い取ろうとするのを、身長差で簡単にかわされてしまう。

「おまえにやらせたら、カップがいくらあっても足らないだろう。この明け方に同僚に割れ物掃除を頼むつもりか⁉」

上から鋭く睨みつけられて、シンシアは二の句が継げない。

「大体おまえ、唇が真っ青じゃないか――いいからシンシア、ともかくそこに座れ」

スツールを長い足で引き寄せて示すと、威圧的なまなざしと言葉に、今度はシンシアも一も二もなく従うしかない。ちょこんとシンシアが座りこむと、ユージンはトレイを洗面台にバランスをとって置き、自身はシンシアの背後に――バスタブの端に腰かけて、長く骨張った指をカップの取っ手に絡めて取りあげる。

その優雅な仕種に目を奪われたのも束の間、また震えがぶり返したシンシアの肩を抱き寄せて、いつになくやさしい声音で囁く。

「大丈夫か――手に持てないなら、飲ませてやろうか？」

「だ、大丈夫、です、からっ」

そういうシンシアの手は震えてるだけじゃなく、寒さで麻痺しているらしく、左手で右手をさすってみても、しっかりとカップを持てる気がしないほど、指の感覚がない。

「やっぱり自分で飲めないんじゃないか――いいから、少しじっとしていろ」

ユージンはそっと紅茶のカップをシンシアの口元に運び、唇に寄せたところで押しつけるようにして傾ける。

「……んぅ……」

飴色の液体を少し口に含むと、熱さが喉を通り抜けるばかりか、シンシアは喉がすっかり渇いていたことを知る。まるで、久しぶりに水を与えられたかのように、少しずつカップが傾けられるままに、お茶を飲み干して、はぁ〜〜と熱い息を吐きだす。

「少し落ちついたか？　体の震えは収まったみたいだが——もう少し飲んだほうがいい」

継ぎ足しを再び喉に流され、しっかりと大きな手に肩を掴まれるうちに、体の震えは止まり、温もりがよみがえってきた。けれども、次の瞬間。シンシアは頭の中がぐるりと一回転したかのような心地に襲われた。スツールの上でバランスを崩して、背後にいるユージンの腕にくたりともたれかかってしまう。

「シンシア？　おい、どうかしたのか？」

驚いた声に軽く肩を揺さぶられても、シンシアにはどうにもできない。頭の中のはっきりした意識が抜け出して、体が思うように動かせないような感じだ。

「……ん——わ、た……し？」

言葉を話そうとすると舌がもつれて、辿々しくなってしまう。

「もしかして、おまえ——アルコールが苦手なのか？」

言われてぼんやり目線を動かすと、トレイに残されたカップの陰に小さな酒瓶が隠れているのが見えた。

「……お、かしの……ぶらんでぇ？」

見えたものに手を伸ばそうとすると、途中で手首を掴まれて、ままならなさに抗おうと身を捩る。

「や……だ……もっと、飲む」

「馬鹿を言うな――飲んだのはブランデーじゃなくて、紅茶だろう？　体が温まるからと思って多めに入れたんだが……もうやめたほうがいいな」

言い聞かせられて、むずかるように首を振る。

「……ち、…が、うのっ！　もっ…と……」

「子どもみたいなことを言って――おまえがその気なら、俺にも考えがあるからな」

ユージンはからかいを含んだ調子で呟いて、小さな酒瓶に手を伸ばして口に含むと、シンシアのおとがいを引き寄せて、肩越しに口付けた。

「……ふ、う……んぅっ」

口移しに飲まされた液体があまりにも熱くて、シンシアは口付けの間も噎《む》せそうになって呻いた。

ぐらりと眩暈がして、体が傾いだところを大きな手で強く掴まれると、覆いかぶさった影に必死にしがみついて、さら……と黒髪が流れる音と共に、さらに深く口付けられる。

歯裏をゆっくりと舐めとられ、湿った音を立てて、舌を絡められる感触に、シンシアはびくんと体を震わせてしまう。その間に短い上着《ボレロコート》を片腕ずつ脱がされて、上衣《ボディス》の背中のボタンを解かれる。くるり、と体を回されたところで、上衣を剝ぎとられ、髪を流してうなじを露わにしたところに唇が触れていく。

「く、すぐった……ンっ」

舌でうなじの肌をさすられた途端、ざわざわと悪寒めいた官能が背筋を這い上がってきて、コルセットとスカートだけになった軀《からだ》がぶる、と震えて抑えられない。

「馬鹿……あまり可愛い声で啼くと、俺だって我慢できない——襲うぞ、シンシア」

シンシアが震えているのを目にすると、ユージンは怺えられないといわんばかりに、白い肌を吸いあげ、うなじから首筋に赤紫の跡を残した。

「シアは——殿下なら、いい……」

びくんと大きく体を竦めたところで、堪えるように小さく囁く。

舌っ足らずな言葉にユージンは一瞬目を瞠って、次にふ、と怜悧なまなざしを緩めた。

「いいって……今いいっていったな……？　シア……シンシアは、シアって言うのか？」

こくんと小さく頷いたところで、空いた手でスカートをまさぐってリボンをしゅるりと解いてボタンを外して、タイル地の床に花びらのように落とす。

「シア……どこが感じる？」

酔って真っ赤になった耳を唇に挟んで囁くと、白いシャツを纏う腕に押さえられた軀が大きく跳ねる。

「や……み、耳、ダ、メ…って、いった、のに——は、ぁ……」

耳朶を引っ張られて耳裏に舌を這わされると、くすぐったいのと、肌の感覚が敏感になったのとで少し触れられただけなのに、甘い声が喉から漏れてしまう。

「そんなこと——いったか？　じゃあ、耳じゃなきゃいいんだな？」

ユージンは含むように笑った。コルセットの紐を歯で噛んで緩めながら、腰を掴んでいた手を滑らせて、コルセットから白い双の乳房をぶるんと引き出して愉しんでいる。

「あ、ふ……ぁっ……ダ、メぇ……で、んかっ……」

ユージンの長い指が、コルセットからはみ出た胸の形を、なぞるように扱いて動く。その間も、背後から伸ばされた腕の絹布の感触が腋窩《えきか》を掠めるのさえ、シンシアの肌に性感を呼び覚まして、喘ぎ声が漏れる。荒い息を吐いて、二の腕のやわらかいところや内股の人には見せないところを触れられたら、どうにかなってしまいそうなほど、肌が粟立っていた。

「シンシア、おまえはすぐ〝駄目〟って言うから、今からは〝駄目〟は禁止にする」

ユージンは髪に口付けながら、太腿を持ちあげて、ズロースを引きずり下ろした。

次にコルセットの背中の紐をさらに緩め、前面の留め金を外して、シンシアの軀をすべて露わにする。

シンシアは頭の片隅にお風呂の蒸気を感じていたから、服は脱がなきゃと思っていたこともあって、ぼんやりと裸になったことには納得していたけれど、ユージンの言葉について少しばかり首を傾げる。

「……で、んかの……めー……れーにはしたがう……ぜっ……た、い……？」

辿々しく疑問形で口にする言葉に、ユージンはくすりと笑った。

「そう――いわれてきたのか？　命令には、絶対服従……そうだな？」

シンシアがこくんと頷いた。

するとユージンはシンシアを膝に抱えたまま、手首のカフスボタンを外し、片手でシャツのボタンをとって自らも服を脱いでいた。布の擦れる音にシンシアが、ふと、目を向けると、ユージンの鎖骨から首筋がちょうど目について、ストロベリーブロンドの頭を傾げる。あれ――？　シンシアは指を伸ばして人差し指で鎖骨をなぞりながら、何かおぼろげな記憶が掠めるのを摑もうとした。

「……きゃぷ……て……ン？」

口の中で小さく囁いたところで、シンシアを膝に乗せていたユージンが、筋肉質の胸板に触れる手を摑んだ。

「そうやって酔ったふりして、誘うのがおまえの手なのか？」

「どう、いう……意味で……あっ」

不意に全裸の軀を持ちあげられた――と思うと、抱えられたまま泡にまみれるバスタブに軀が沈む。すると、うっすら浮かびかけた記憶は、はっきりと形を作る前にかききえて、バスタブの中で硬い胸筋に背中を押しつけられる。

ロイヤルクィーンズスウィートのバスルームは、船の中にしてはずいぶんと広かった。小さな部屋ぐらいの大きさの中に、シャワーだけでなく、大きなバスタブがあるだけでも、充分なほどの贅沢といっていい。

それでも、背の高いユージンと一緒に湯船につかると、どうしても軀が密着して、シンシアは鼓動がうるさく高鳴っているのを聞かれるのではと思うと、腋の下から回された腕から逃れたいのに、力の差で、どうしても軀を引き剝がすことができずにいた。

「命令には絶対服従とか言われていた割には、おまえは時折、反抗的な態度を見せる気がするんだが……」

目を眇めてシンシアの髪の中に指を挿し入れるユージンは、いつになく楽しそうに口角をあげている。

「そ……んな、ことな……です……」

「そうか？　じゃあ、その言葉が本当かどうか——今から試してやろうか、シア」

ねっとりとやさしい口調で耳元に囁いたあとで、真っ赤な耳朶に歯を立てながら、シンシアの背後から腕を回して、ユージンは片手でソープを手にした。

ソープを泡立てて、その泡だらけの手が二の腕を滑っただけで、シンシアは短い悲鳴をあげた。肌を滑らかに滑る感触はくすぐったくも官能的で、ふるん、とユージンの手のひらが柔肌を蠢くと、シンシアは肌が総毛立った心地に、びくびくと軀をしならせてしまう。

「ひゃ、やうっ……だ、ダ、メぇっ……さ、わるの……やぁっ」

シンシアはびくびくと身震いしながらも逃れようと身を捩った。

「まだ、肝心なところはどこも触ってないぞ……というか、今〝駄目〟って言ったから、お仕置きだな」

ユージンは暴れるシンシアの腰を引き寄せ、両手を膝裏に入れて腰を浮かせた。お湯に赤く染まった太腿の狭間に片方の手を伸ばして、指先で湿った媚肉に触れる。

「ふぁっ、やぁっで……ん、かっ…や……冷た…い、の……やぁっ……」

膝ごと抱えこまれて動きを封じられているにもかかわらず、シンシアはビクンと体を弓なりに反らして、腕から逃れようと喘ぐ。人に触られたことのない場処を指で辿られただけでも、してはいけないことをしているような背徳感に焦りを感じて、性感を高められてしまう。そのうえ、冷たい刺激も手伝って、貝のように閉ざされた口が物欲しそうに引きしまるのがわかる。

シンシアが蕩ける気配に、ユージンは顔を耳元に近づけた。顎から耳の辺りまでシンシアの首筋を擦って、感触を楽しみながら、呆れた声で囁く。

「触れられて嫌なのは――俺の手が、冷たいからなのか？」

「で、んか……でんかがつめたい……」

今にも嗚咽《おえつ》が混じりそうな涙声をあげると、ユージンが切羽詰まったように、体をもっと密着させてきた。まるでそうしないと、シンシアが消えてなくなるとでも思ってるかのような性急さだったけれども、シンシアはそんなことを考える余裕もないまま、ユージンの腕の中で脚をじたばたともがいた。

「俺が冷たいって何だよ……すぐに温かくなるから、我慢しろ。おまえの躯だって、充分冷たいんだからな」

言い聞かせるように囁いて、指先で割れ目を辿る。

「そ、こは……びくびくしちゃう、から、だ、めぇっ……あぁっ」

指先がきっちり閉じた割れ目を往復するたびに、少しずつやわらかく解かれて——言葉よりも雄弁に甘やかな指先に蕩けそうになる。肌に肌が擦れるだけで、シンシアは湧きあがる愉楽に身を縮めてしまい、浅い湯船の中でひっくりかえりそうになっていた。

「膣のしまりが硬い——シアは……処女なんだな」

ユージンは怜悧なまなざしをほころばせて、うれしい気持ちを伝えるように指を動かすと、ゆるっと割れ目の隙間に押し入ろうと試みる。

「や、ン……い、たい……ゆ、び……とって……あ、ン、ひゃ、うっ……」

次第に異物感が性感に取って代わり、捏ねるようにしだかれた膣口の先で、むくりと陰核が触れられたがって膨らみ始める。

羞恥と期待が入り交じる苦しさに、シンシアは艶めかしく軀を捩らせて呻いた。

「どこが一番よがる？　シア——強く感じたら、口で言うんだ……命令だぞ」

甘い声で囁かれても、息が荒いままで返事できない。できるはずがなかった。

シンシアが黙って堪えながら唾を飲みこむと、ユージンは白く湯船に浮かんだ乳房をやんわりと包みこんで動かした。途端に、びくんと細い軀がうち震える。その身震いを楽しむように、さらに指先が内腿を擦りあげ、掠めるようにシンシアの秘められた場処を嬲っていく。

「そ、こ……は…っう…こ、こわい、からダ、メ……です……ふぁっ」

荒い息の中、途切れ途切れに吐きだされる訴え。

聞かされている側のユージンが、押さえこんだ吐息混じりの言葉に、むしろもっと息を乱したい欲求に突き動かされていることなど、まるで気づかないまま、あおるような嬌声をあげてしまう。

躯が――もっと、もっと、と触れたがってるみたいで……こわい。

シンシアは回らない頭で、漠然と恐れていた。

ユージンに触れられるのは気持ちよくて、髪の中に手を挿し入れられるだけでも、陶然とした心地に自分の仕事が何なのか忘れてしまうほど。命令だからという前に、ついされるままになってしまい、そのたびに、快楽に溺れてはいけないのだと、心に戒めてきた。

なのに今は、頭の片隅では、ダメ。という声がするのに、心のどこかでは、もっと。という欲望に忠実な自分がいて、触れてほしいという声に抗えないでいる。

浴槽の中で、やや横抱きに躯の向きを変えられ、包みこむように泡立った手に胸をまさぐられるのは、くすぐったいのに、骨張った指の感触に恍惚としてしまう。手をあげようとして二の腕のやわらかいところが、ユージンの筋肉質の腕に擦れるのさえ、もっと執拗に肌を触れあわせたくて仕方ない。

「で、んか――わ、たし……胸、さわさわ…しないで……もっ、と…触って、欲しく……なるから、ダ、メ」

胸を腋窩に近いほうから先のほうへゆるゆると嬲られると、胸の先端がじんじんと熱く、

強く意識させられて、そこに刺激を与えられたら、どうにかなってしまいそうな予感に震えてしまう。

「シア……それは、つまり、触ってほしいという意味だな？」

くすくす笑いが降ってきて、大きな手が蠢いた。

その気配から、シンシアは、薄紅色に固くなった蕾に触れられるのを覚悟して身構える。なのに予想を裏切り、ユージンは耳裏から首筋辺りの肌がやわらかいところを舌で辿りながら、細長い指を下肢の狭間に伸ばしてきた。

「やぅっ……あ、な、んで……？」

冷たい指が蠢く感触が予想外の場処を刺激して、胸に感じてた悦楽が下肢に移る。しかも秘処からは、ただ水に濡れたのとは違うぬめりが感じられる。シンシアは自分の体に起こる変化に戸惑って、下肢を嬲る指先を止めようと手を伸ばした。

けれども、大きな手の割れ目を爪弾《つまび》く五指は、シンシアの当惑を許さないと言わんばかりに、割れ目から溢れ出した淫蜜を絡めて、ねっとりと弄ぶ。

「ぬるぬるといやらしいぬめりが溢れてきてるぞ、シア——もっと綺麗にしないとな」

シンシアの足を浴槽の縁にかけて、もう一度、ソープを手にとって泡立てると、きめ細かい泡で、シンシアの白い肌に手を滑らせた。

「ふぁっ、くすぐった……わ、わきダ、メ…きゃ、うっ……お腹もやぁああっ!!」

「じたばたすると、どこかぶつけるから、やめろ……あんまり暴れると、足を拘束するぞ」

今だって充分、拘束している——。

シンシアは頭の中でむずかる子どものように抵抗しながらも、泡交じりに肌を嬲られる感触に、全身が性感帯になったかのように、劣情をかきたてられていた。

特に首筋や腋窩、お腹の臍周りに、内腿——柔肌を緩やかに手のひらが滑っていくと、たまらないほど肌が粟立つ。喘ぎ声が抑えきれずに短く漏れ続けて、最後に胸の形を辿るように乳房を擦られると、情欲が体中に広がっていく感覚に、思わず生唾を嚥下していた。

「……で、んか…も、だ、ダメ……です…わ、たし……変にな、る…です」

喘ぎながらも、わざと触れられない薄紅色の尖りはシンシアの気持ちをよそに、隆起してさらに硬くなって、今にも震えだしそうなほど、疼いてしまっている。

「それは、大変だな。どこが——どこが、一番駄目なんだ、シアは」

やさしい声音を耳元に囁かれると、シンシアは目を閉じて、ぶるりと身震いを怺えきれなかった。

「シア、は……む、ね…の先——だ、けは…ダ、メ。絶、対……指、で…触らないで……」

シンシアは喉のひりつく気配に怯えて、本当に切実な思いで口にした。

けれども。

「胸の先に指で触るな——？　我が儘ばかり言って——じゃあ、指じゃなきゃいいんだな」

ユージンはそういうと、手を伸ばして、シャワーの雨を降らせると、淡い桜色に色づいたシンシアの体から泡を洗い流し始めた。

「ふ、あ……ばらばら、あたるの……痛い…の……」

胸元に降り注がれると、シャワーの細かい水流にさえ、感じて震える。

その刺激に堪えようと固く目を瞑っていると、雨が消えて、ほっと息を吐いたのも束の間、ぬるりと湿った蠢きに突起を突かれて、シンシアの軀が跳ねた。

「あ、ひぅっ…や、あぅ、は…舐めな……やぁっ、…舌…う、ごかさ…ないでぇ…っ…」

指先よりも自由自在な舌先に薄紅色の塊をつつき転がされて、シンシアはその淫らがましい舌戯に喘いだ。

さらに、もう一方の突起を指先で押しつぶすように擦られ、同時に舌先で快楽を開かされた括《くび》れに歯を立てられた瞬間、今まで体の奥底で揺さぶられていた昂ぶりが体中を走って、シンシアは雷に打たれたように仰け反った。

「あぁっ……ダ、……メ……ふ、ぁ…っ…」

ふあっと浮きあがるような高揚感に襲われて、眩しい光の点滅が頭の中に広がる。

意識が途切れた。と思ったのに、頭も体もしっかりしていて、シンシアは体がぶるり、と震えて、疼くような官能を貪るのをうっすら感じた。

「果てたか……シンシア……」

くたりと力の入らない軀を抱きしめられ、ストロベリーブロンドを掻き混ぜられて、頭に口付けを受ける。目元を細めたユージンがやさしく囁いて髪を梳く仕種をする間、ひどく満足げな表情を浮かべていたのを、シンシアはもちろん知らない。

「そうだ——体だけじゃなくて、せっかくだから髪も綺麗にしないとな」

今になって思い出したように、甘い痺れに浸ったままのシンシアの軀を、そっと動かして、ストロベリーブロンドの髪にシャワーをかける。

「あらためて目にすると、面白いな。濡れると……少し濃い色になる——この髪は」

思い入れるような声音が聞こえ、シンシアは少しばかり意識をはっきりとさせて、ユージンが鼻歌交じりにシャンプーをつけて髪を泡立てるのを感じとった。

わずかに頭をもたげて顔を窺うと、いつもの、落ちついて静謐《せいひつ》な印象は拭い去られて、明るい顔に見える。うれしそうで、楽しそうで——少しばかり、いたずらするときの子どものような表情にも見える。その顔が、やはりどこかで見たような気がして、シンシアはもう一度、手を伸ばして、人差し指で形のいい唇に触れてみた。

「……それは、キスを強請《ねだ》っているのか？」

「え？　……あ、ち、が……」

それは危険——そんな警告に、慌てて手を引いたけれど、遅かった。

整った顔が、傾きを変えて近づいてくると、シンシアの首のうしろに回した腕に力が籠められて、ハルニレの葉色の瞳に睫毛が俯せられる。瞬間、シンシアも目を閉じていた。

「……ん……ふ、ぅ……ンっ……」

触れて、唇に唇を食まれて、ふるん、と引っ張られると、シンシアの桜桃色の唇がふっくらと誘うような形に膨らむ。その内側の濡れた柔肉に舌を這わせて、唾液を舐めとるように、戸惑う舌が舌を絡めていく。もっと——強請るように愉楽に痺れる軀に手を回されて、下乳を持ちあげるように弄ばれると、一度は鎮まってきた性感が呼び覚まされた。

両手に胸の双丘を包まれ、擦られていくと、先端の薄紅色が再びむくりと硬くなり始める。手のひらに掠められると、ビクビクと軀が疼痛《とうつう》を覚えて、太腿を擦り合わせたい衝動が湧きおこって仕方ない。

がまん、できない——シンシアは、ごくりと生唾を嚥下した。

「で、んか……やぁっ…も、ぉ……い、じわ…る…しないで……」

甘やかな劣情にうち震えながら、シンシアはユージンを押し返そうと筋肉質の胸に触れた。手のひらの下で胸が上下して、ユージンの鼓動を感じると、冷静に見えるユージンの胸も早鐘を打つように鼓動がリズムを刻んでいる。

「意地悪？　意地悪なんか——してないじゃないか。シンシア。シア——おまえが……気持ちよくなるように、手伝ってやってるだけだぞ」

甘い声に言い聞かせられそうになりながらも、シンシアは首を傾げて、考える。

「で、も——で、ん…か……は…で、んか…ですから」

「おまえは二言目には、俺のことを殿下、殿下と呼んで——もう言うな。殿下と呼ぶのはこれから禁止だ」

「ふぇ？　じゃあなんてお呼びしたらいいか、わ、からな…いじゃ…ない…ですか」

シンシアの疑問に、やさしそうに緩んでいたまなざしに、剣呑さが光った。

「命令には絶対服従じゃなかったのか？」

言われた言葉を頭に反芻《はんすう》する。たしかに、そう——。

「シアは——殿下の命令には、絶対服従……」

叩きこまれた言葉を口の中で繰り返してみるけれど、やっぱりどこか釈然としなくて、シンシアは首を傾げた。

「……ユージンだ……殿下だの、王子だのの付かないユージン……言ってみろ」

「ゆーじ、ん？　でん、か、……ユー……じん……？」

「そうだ。よく言えたな……ジーンでもいい。呼べたら……褒美をやってもいい……」

「——ジーン」

そう口にしてみると、何故かシンシアはひどく幸せな気持ちになって、にへらと相好を崩した。

「そう——これからは、ジーンと呼べ。シンシア……おまえには特別に許す」

囁くような声で呟いて、ユージンはよくできましたとばかりに、シンシアに口付ける。

「ん……ふぅ——ジ、ーーン……？」

唇が触れる陶然とした心地に心が満たされて、シンシアはもう一度、呼びかけてみた。

「ああ……何だ？」

何でも願いを聞いてくれそうな、やさしい声音。慈しみを感じるハルニレの葉色の瞳。

シンシアは吸いこまれそうになりながら、潤んだ黄昏色の瞳で見つめ返す。

「ジーン……は……シアに、あーりーもーにんぐのお茶を淹れて、くれます、か？」

辿々しくなってしまったのは、胸が高鳴りすぎたからだった。

ユージンの青みがかった黒髪が、水に濡れてさらに黒く——まさしく鴉の濡れ羽色のように美しかった。はらりと零れる前髪から、雫が流れ落ちる様子さえ、シンシアは心を奪われてしまう。

「そんなことなら、いつでもやってやる——その代わり、俺のお願いも聞くんだぞ」

ジーンのお願い——？

シンシアはぼんやりと何だろうと考える間、ユージンの唇を見つめながら、唇の動きだけで告げられる言葉を聞きとろうとした。ユージンの口元が何か言葉を発したように蠢いて、なのに、声が耳に届かないから、シンシアは喉が塞がる心地に、ごくんと生唾を嚥下する。そこに。

「……ん…ふ、ぅ……ん……」

言葉ではなくて、再び唇が落とされた。

湿った口付け。角度を変えて、唇を啄まれては、また離れていくのが切ない。ねっとりと嬲るようにシンシアの汗ばんできた肌を楽しんでいた大きな手が顔を挟んで、気恥ずかしさに黄昏色の瞳を俯せると、やがて骨張った手は耳の裏へと伸びた。耳殻から首筋に至る敏感なところを、指の腹で擦られて、ぶるりと震える。

形のいい胸の双丘がふるん、と揺れ動く。

ゆったりとシンシアの肌に指先の跡を刻む仕種はまるで何かの儀式のようだと、シンシアは思った。

躯を向かい合わせにさせられて、脚を大きく開かされてユージンの膝の上に乗せられる格好をとらされるのはとても恥ずかしかったのに、それでも、肌に触れるユージンの指がひどくやさしく感じられて、シンシアは俯きながらも、抵抗しなかった。できなかった。

心のどこかで、こうされることを望んでいたのかも——。

漠然とそんなこと思っていると、ぬめりを帯び始めても、まだ固く閉ざされた淫唇の接合部に指が触れ、細い躯は身構えてしまう。

「大丈夫だ……力を抜いて——シア」

そう言いながら、指が離れると、今度はもっと太い硬い何かをあてがわれて、淫唇が広く擦られる感触に、ざわりとした鋭い情動が背筋を這い上がってくる。

「あ、ぅ……や……っ…そ、こ……ダ、メ……我慢……できな……」

身を縮めて固く目を瞑ると、シンシアは期せず悩ましげに躯をくねらせてしまう。

「く…シンシア、それじゃ駄目じゃなくて……まるで誘いの——交尾のダンスを踊ってるようじゃないか」

喉の奥でくすくすと笑いながら、ユージンは躯をずらして、うち震えるシンシアの太腿の間に自身の肉棹を挟みこませた。

「ひゃ、あ……動いちゃ…や……ぬ、るぬる……してきちゃう……そ、れ……や、だ……

ん、ンぁ……」

シンシアは言葉とは裏腹に、物欲しそうに喉を鳴らしてしまう。

その間もユージンは浮かせたシンシアの腰と自分の腰の動きで、亀頭の括れを淫唇の割れ目にひっかけるように器用に動いて、シンシアから嬌声を欲しいままに引き出す。

「駄目……じゃなくて、感じてるなら、素直にそう言うんだ——シア。命令、忘れたのか」

「う……ふぁっ、……って……も、ぉ、わか……んな、い……で、す……あ、ふ、ぅンッ」

ビクビクと軀が跳ねる様に、ユージンの欲望がさらに硬く大きくなって、挟みこんだ膣びらに刺激を強めていた。そこに。

「ひゃ、んっっ……ふ、わ——」

少し緩めた股下へと指が入り、唐突な刺激の変化に、喘ぐ喉が一瞬、声を失う。

「……ジーン……い、たいの……やぁっ……シアは、痛い、の……ぃヤですっ」

淫唇から溢れ出した粘蜜をお湯と合わせて擦りつけるように、中指が往復を始めると、シンシアは、指に触れられているところ全部が強い性感帯となって、愉楽の波が近づく感覚に戦《おのの》いた。ぐちゅぐちゅと、肉壁の入り口を浅く出し入れする鈍痛に、腰を引いて逃れようとしてしまう。

「少し、痛いかも……しれないが——シアの願いは聞いてやるって言ったのに、俺の願いは聞いてくれないのか?」

言われて、シンシアは抵抗を緩めた。

「お、ねが……い……？」

「そう……シンシアの中に、俺を、挿れてくれって──さっき言っただろう？」

その言葉に小首を傾げたところで、淫唇に指を押しこめられた。

「はぅっ……い、た……い……あ、ぅ……」

狭いところをぐりぐりとどうにか押し広げられて、シンシアは大股に開かされた脚を、痛みに閉じることもできずに、必死にユージンの腕と、浴槽の縁に強く指を立てる。

「きつい……かな？　大丈夫か──シンシア……シア」

呼びかけられても、首をふるふると左右に振るだけで、痛みのあまり声をあげられない。

「そろそろ中に挿れるぞ」

宣言されて、やっと少しばかりやわらかくしだかれた場処に、楔《くさび》を打ちつけられる。

「ひ、んっ……お、きい……の…む、り……ダ、メぇ……ンぅっ」

じわりと淫唇に広がる鈍痛に戦いて、もう無理だと、かぶりを振って訴える。

「じー、ん、じーん……ン、ぁっ……ダ、メぇっ…か、らだ、が、壊れちゃう……のっ」

眦《まなじり》から一筋、涙が溢れて零れ落ちた。

その雫を指に掬いとりながら、ユージンは言い聞かせるような口調で囁く。

「……壊れないよ、シア……壊れないように、できてるんだから──大丈夫」

「だ、いじょう…ぶ…じゃ、ない、のっ。壊れ、る……わ、た、し……ふ、ぅ……」

痛みが躯をふたつに割いて、自分はばらばらになってしまう──シンシアは心の奥底からそう思った。なのに、言い聞かせる声も肌に触れる指も甘やかだから、声音にも甘えた調子が入り交じるのを抑えられなくて、指は求めるようにユージンの軀を摑んでしまう。

「壊れても、俺が責任とるから、問題ない。だから、いいんだ——シアは安心して、壊ればいい」

その言葉が引き金になったように、さらに深く膣壁にユージンの肉棹を打ちこまれて、シンシアはひぅ、と、短く喘ぐと、息を詰める。ず、ず、と肉棒はまだ誰も受け入れたことのない場処を侵して、処女を暴いていく。

「う……シア、息を…して……息を、吐いて……」

狭い未通の膣道に自身の肉棹を締めつけられて、ユージンは少しばかり呻いていた。

「い、……やぅ、っ……く、るし…い、の……」

首を振るシンシアの頰に手を寄せて、時折、頭を撫でながら、呼びかける。

「命令だ。シア……息を、吐いて……っ…そ、う……いい子だ」

シンシアは鈍い痛みに、もうどうしていいかわからないまま、目を固く閉じて、ユージンの手にされるままになっていた。

「ふ、ぁ……ン、ふ、ぅ…ふ」

命令。その言葉に考える前に軀が条件反射する。

息を吐くたび、わずかずつ肉棒が狭窄《きょうさく》な膣にくいこんでいく。最初は亀頭の先さえ入らないと思ったのに、辛抱強い動きを続けていると、びっくりしたことに、根元近くまで入りこんでいた。

「どうにか、入ったか……」

その声にほっとするのも束の間、

「シア、動くぞ」

そう言われて、軀を割いてみっちりと膣を塞いだモノが、みしみしと引き抜かれ始める。

「ひ、あっ、そ、れはっ……ダ、メっ……った、い……うっ」

無理やり押し入ったせいで、ぴっちりと合わさったはずの肉突が淫蜜と血にまみれた膣肉を嬲って引かれると、シンシアはつきつきと軀を刺す痛みのあまり、軀を仰け反らしてしまう。しかも、大きく楔が引き抜かれた瞬間、処女を散らした証に、お湯の中に血が広がって、その鉄錆《てつさび》めいた匂いに、くらりと眩暈に襲われた。

なのに、鈍い痛みを堪えているうちに、また肉棒を奥に戻されて、また引き抜かれ――その繰り返しの間、どうにか痛みに堪えられたのは、多分、ユージンが気遣って、そっと抽送してくれていたからだった。それだけではなく、シンシアが下腹の痛みに顔を歪めると、ユージンはそっと髪を撫でて、胸元に唇で触れてくれた。

宥《なだ》めるような仕種は充分シンシアの心を満たして、恍惚と目を閉じる。

「じーん……か、み……ン、きもち…イイ……」

「そうか――他には、どこが気持ちいい？」

「きもち……いい、ところ……めい、れ、い？」

「そうだ。気持ちいいところを言うって、命令しただろ？」

ユージンは言いながら、そっと首筋を指で辿る。

「そ、こ……くすぐ…った、い……あ、入り口はダメ……ゆ、び……あ、ンっっ」

膣口の周りを指で爪弾かれると、触れられた芽芯は大きく膨らんで、シンシアは熾火《おきび》のようにくすぶる淫情をかきたてられてしまう。

「駄目じゃないだろ——ほら、ここを嬲られるのが、気持ちよく、感じるんだな？」

快楽の波に追いたてられるように、コクコクと必死に首肯する。

するとユージンは動いて、またいきり立った肉棹を奥へと押しこんだ。

まだ開かれてまもない膣道は痛みを訴えるのに、軀の他の部分を触れられると——特に、舌先が乳房の真ん中で硬くなった蕾を嬲りつつくと、シンシアの桜桃色の唇から、嬌声が漏れる。鈍い痛みが広がってた中に、少しずつ快楽がよみがえってくる。

その変化は、どうやらユージンに伝わって、おそるおそる動いていたのが、少しばかり執拗な律動になって、華奢な軀を揺さぶった。未だ、痛みは軀に残っていたけれど、それ以上に何度も呼び覚まされた淫猥な情動は、シンシアの軀にはっきりと刻みこまれていた。

ユージンが手練手管《てれんてくだ》を労すると、情欲はシンシアの中に迸り、ぶるりと腰を震わせる。

少し温くなり始めたお湯が音を立てて、バスルームの中に跳ね返る。

「ふ、あっ……ダ、メ……いっぱいな、の……動かな…、でっ……ンぅ」

「大丈夫だ……シア、大丈夫だっていったろう？」

シンシアが痛そうに目を固く瞑ると、ユージンはことさら髪の中に指を入れて、甘い声をかけてくるから、シンシアはこれが辛いことなのか、満たされた心地がすることなのか、わからなくなる。どうして——ぼんやりと考える間に、ビクビクと背を弓なりにしならせて、受け入れた場処が、きゅうと収縮してしまう。

「で、も……ンぁ……っ、そ、こは……はぅぅ……びくびく…しちゃう、から、ダ…メ…」

ぐ、と突かれたところなのか、引かれた瞬間なのか、強い愉楽が軀を走った。

その機会を捉えて、骨張った十指が張った乳房を摑んで擦りあげる。

あ、と思ったときには顔が近づき、勃ち上がった乳首に舌を伸ばされ、舐《ねぶ》られたあとで唇で甘噛みされる。途端、喘ぎ声を迸らせ、今にもぶるぶると達してしまいそうになる。

「おまえは、本当に可愛いな……真っ赤に染まった耳が震えてる——次はもっと、気持ちよくしてやるから……軀の力を抜け……シア」

そう言うと、シンシアの腰を引き寄せて、軀の角度を変え、その途端、膣壁の違う場処に、楔の凹凸があたり、シンシアは鋭い愉悦に軀を捩らせていた。

「ひゃんっ!! そ、こ、ひゃうっ! ンあ…ぐりぐり……ダ、メ……感じ、ちゃう……」

ユージンは責め立てるように、シンシアが高い嬌声をあげた場処を、楔の抽送のたびに突きあげ、シンシアは押し寄せる官能の波にぶるりと身震いした。

「あ、う……じーん、じーんっ」

シンシアの震えの律動と共に肉棒を突かれた途端、膣の奥に熱い精が放たれ、貫かれた躯が、ビクン、と背を仰け反らせる。

真っ白な瞬間、シンシアは快楽に意識を手放した。

「シンシア……おいで……」

呼びかけに、少し離れてしまっていた躯を寄せ、シンシアは温かい肌の感触に浸った。

ずっと抱いていてほしい――。

シンシアは安心する温もりから離れたくなくて、躯を折って、顔をユージンの首筋にすり寄せてみた。

「あんまりにも――おまえが素直だから……他の客にも同じように素直に従ってるのかと――心配になるな」

戸惑ったような言葉に顔をあげると、濡れた黒髪が貼りついた整った相貌は、少し淋しそうに微笑んで、シンシアの鼻先に口付ける。その口付けが唇にまでおりてくるのを待たずに、シンシアはまどろみに沈んでしまっていた。

第五章　お仕事は甘い戯れに乱されて

翌朝、シンシアはうっすらと目を覚まして、傍らに人の気配がすることに気づいた。

まだ寝呆けた頭で身じろぎすると、視線の先に、さらりと流れる黒髪に縁取られた整った顔が寝息を立てている。

バスローブ姿で眠る王子の姿が艶めかしい。

まだまどろんだ意識の中で、そんなことを考えた途端、シンシアは、はっと我を取り戻して、自分がどこにいるのか、辺りを見回した。

ロイヤルクィーンズスウィートの、二階のダブルベッド。

昨夜、何をどうしたのかと考える前に、頭の痛みと共に下半身に鈍痛が走り、シンシアは茫然としてしまう。体に纏っているのは、いつも着ている寝間着ではなくて、やはりバスローブで、その下には下着も何も身につけていない。

「な、んで――？　あ…れ……？」

考えようとすると、頭が割れるようにガンガンと痛んで、思考がうまく巡らない。

でも、これって――。

帰ってきて王子が紅茶を淹れてくれたことは覚えてる。それにアルコールが入っていて、シンシアは酔っ払ってしまったのだ。でもそのあと――。

「いやぁああっ!!」

思い出して、羞恥に真っ赤になった顔を両手にうずめる。

一緒にお風呂に入って、そして――。

初めてではあったけれど、下腹の痛みから自分に何があったのかはわかる。

船室メイドたちの間では男女の色事を好きで話す同僚もいるし、以前働いていたお屋敷でも、メイドたちの重大関心事だった。そのときは興味半分、聞き流し半分といった態で、まさかこんな形で自分に降りかかってくるとは思ってもみなかった。

きっとあれは、殿下も酔っての戯れ事だったのだ――。

自分も前後不覚になっていたし、殿下を咎める筋合いでもない。そう思うのに何故だか、それだけではすませられない感情がある気がして、思い出すと、恥ずかしさに入り交じって、ひどく幸せな気持ちも感じてしまう。

あんなの、何かの間違いなんだから、なかったように振る舞わなくちゃ、ダメ――。

ともすれば、揺れ動く心を抑えつけて、シンシアは自分の勤めを思い出そうと試みる。

「今、何時かしら――?」

痛みに耐えながら、ベッドからおりて歩きだすと、下腹に響くつきつきとした痛みに膝をついて、床に座りこんだ。

「……シンシア？　起きたのか？」

ベッドの揺れに気づいたのだろうか。

ユージンは今起きたにしてはずいぶんはっきりとした様子で体を起こすと、長い脚を無造作に動かしてベッドを回りこんできた。シンシアの側で片膝をついて、痛みに眉根を寄せるシンシアの頭を撫でさする。その指先のやさしい仕種に、少しばかり痛みが遠離る気さえして、シンシアはしばらくされるままになっていた。

ユージンはシンシアに手を貸して立ちあがらせ、ベッドの傍らに座らせると、

「頭が痛いなら、まだ無理して起きるな」

そう言ってシンシアの腕を摑み、無理やりベッドに戻すと、自分は階下へ姿を消してしまった。

王子の命令に従いたい気持ちは、誘惑なのか、命令だから従わなければいけないのかわからないまま、もう一度ゴロンと体を横たえると、心地よさについ目を閉じてしまう。

しばらくして、再び人の気配に目を覚ますと、ベッドのすぐ隣にあるナイトテーブルにものを置かれる硬質な音が響いた。

「シンシア、お茶だ」

声がするまでシンシアは、二度寝に意識が飛んでいたことに気づかなかった。

ユージンの声と紅茶の香りに目を覚まして、ぼんやりと体を起こす。カップとソーサーを渡された途端、喉の渇きにも後押しされ、考える前に口をつける。

「おいし……」

コクのあるアッサムのミルクティーが喉に広がって、シンシアは幸せを噛みしめた。

こういうの、子どものころから憧れだったんだよね――などと浸っていると、

「こういうのが、おまえの夢なんだろ？」

「は？」

一瞬、自分の考えをうっかり口にしてたのかと、目を瞠っていた。

「ベッドの中まで寝起きのお茶を運んでもらうのが、おまえの夢なんじゃないのか？」

繰り返し指摘され、心臓が飛び跳ねた。

「たしかに……そうですけど、なんでそんなことをご存じで――」

問いかけて、昨日のことが頭をよぎる。

あまりはっきりとした記憶はないけれど、もしかして、酔った勢いで何か変なことを口走ったのかもしれない――。シンシアは自分の失態に、顔を真っ赤に染め、いたたまれなさを紛らわそうと、淹れてもらったお茶を、ひとくち口に運んだ。

昨日は寒さに震えるあまり、ゆっくり味わうことができなかったけれど、王子が淹れてくれるお茶はとてもおいしい。味わっていると、羞恥も昨日の失態もどうにか乗り越えられるような気がしてくる。

立ち直りの早さなら、シンシアも充分なほど持ち合わせていた。

それが密室で何ヶ月もの旅をする——船で働くのに求められる資質のひとつでもある。

隣に並んで、紅茶を飲んでいるユージンは昨日から今朝にかけてのことをどう思っているのか、表情はいつものように、淡々と落ち着き払って見えた。それでも、見慣れてきた黒髪で縁取られた整った顔に、初めて会ったときよりも親しみを感じてしまうのは、多分、それ以外の表情も知ってしまったからかもしれない——。

俯きかげんにカップに口をつけていると、長い前髪が、その怜悧な顔にさらりと流れる。

シンシアは衝動的に、手を伸ばして、ユージンの黒髪を掻きあげた。

指先が顎骨にあたった途端に、ハルニレの葉色の瞳が、シンシアへと向けられる。

視線が絡みあった——と思うと、シンシアは思わず、喉が鳴るのがわかった。

口付けられる——。

目線の中に、言葉にならない言葉が交わされて、シンシアはほとんど無意識に首を傾けていた。

「……ん…、……っ」

唇と唇が触れるだけのキス。なのに、軽く触れあっただけで、かすかに唇が戦慄いて、下肢に熾《おき》のような官能が脈打った気がした。

「……紅茶の味がするな」

すぐ近くで、端整な顔が、ふ、とやわらかく微笑む。

その顔に、シンシアの心臓は今にも壊れそうなほど、激しく高鳴ってしまう。

「で、殿下だって、紅茶の味がしますよ‼」

シンシアの反論に、ユージンの顔が奇妙に翳った。

「〝殿下〟――？」

そう繰り返す声が不機嫌に響いて、シンシアは心配になった。

「えと、どうかされました？　どこか具合でも悪いんですか？」

「――別にいい。何でもない」

再度の呼びかけも一蹴されて、シンシアは戸惑ったまま小首を傾げる。

ユージンが目を逸らして、紅茶の残りを飲み干したところで、シンシアは疑問符だらけの頭でトレイを片づけることにした。

† 　† 　†

キス……してしまった。

朝食を部屋ですませ、食後のお茶を飲み終わるころになっても、シンシアは時折、わけがわからない動悸を感じて、その都度、叫びだしたくなるほどの恥ずかしさのあまり、顔を真っ赤にして両手で顔を覆いたい衝動に襲われる。眩暈するようなクラクラとした心地がよみがえると、アレはいったい何だったのかと頭が混乱してしまう。

わたし――海賊船長に惹かれていたんじゃなかったの？

こんなに短期間で立て続けに、しかも身分の高い人に口説かれるに等しい行為をされて、シンシアはすっかり困惑してしまっていた。うんん。海賊船長だって、殿下だって……ただのお戯れなんだから、真面目に受け取っちゃダメ――。

いつものメイド服とエプロンを身に纏って気を引きしめると、マリンブルーのストライプが入ったアスコットタイをわずかに揺らして、細長い廊下を歩く。

今日の船内におけるエンターテイメントの数々――オペラや劇、活動写真の上演に器楽などのプログラムを確認して、船内新聞を手に部屋へ戻ってくると、ロイヤルクィーンズスウィートには、今までも時折見かけたように、王子の侍従――ハリスが訪ねてきていた。

シンシアが中に入ると、侍従ハリスは、じろりと嫌悪が滲む視線を向けてくる。

その目の意味するところは、考えるまでもない。

『たかがメイドごとき、殿下が真剣に相手すると思うなよ』

そう、告げていた。

言われるまでもなく、わかっているはずなのに、上陸ツアーに出るときも、廊下で貴族とすれ違うときも――向けられる蔑みの目には、ユージンがシンシアと一緒にいるのは、ほんの気まぐれにすぎないとはっきり書いてある。

あらためてその事実を突きつけられるたび、シンシアは胸が締めつけられてしまう。

重たい何かを飲みこんで、目を伏せて隅に下がると、何やら指示を受けていたのだろうか――侍従は王子に礼をすると、書類を手に、すぐ退室してしまった。

ふたりきり、部屋に残されると、痛いような沈黙が訪れる。

「あ、あの――ミスターハリスはどんなご用でいらしたんですか……?」

さしでがましい質問だと思いながらも、問いかけずにいられなかった。ユージンのそばに寄ると、ローテーブルの上に、招待状が山となっているのに気づいた。

「ああ――貴族たちからの、夜会の招待状を持ってよこした」

シンシアがじっと見つめるのに気づいて、ユージンは何でもないことのように言う。

「行きたいところがあるなら、連れていってやる。これなんか、どうだ? ジェラルディン伯爵夫人の主催なら、面白い趣向を用意してるに違いないぞ」

「いえ、まさか――とんでもございません!!」

慌ててかぶりを振りながらも、侍従の目的がわかってしまった。

きっと、ユージンを貴族の社交場に連れ出して、この船に乗っている貴族の娘とユージンを引き合わせたいのだろう。

シンシアだって、きっとそれがいいと思う。

こんなふうに部屋の中で、なんの取り柄もない船室メイドと話しているより、ユージンはもっと身分に見合った令嬢と一緒に過ごすほうがいいに決まってる。

そうすれば、シンシアはその間、この部屋の掃除ができるのだ。

ちらちらと、部屋のあちこちに目線をやりながら、息を殺して、ため息をついてしまう。

昨日は部屋を留守にしてしまったけれど、浴室に置かれていたタオルはふかふかとして気持ちよかった。つまり、誰かが代わりをしてくれたのだろう。

この部屋の担当は仮にもシンシアなのに、王子のお供とはいえ、遊びに出かけて楽しんでしまった挙げ句、仕事を人任せにしてしまったことが心苦しくて、今日こそはきちんとしなきゃ――と思うのに、朝からずっとユージンは部屋にいるから、ばたばたと掃除するわけにもいかない。

「殿下は、このご招待を受けてらしたら、いかがですか？」

胸の痛みに気づかないふりして、招待状をひとつ、拾いあげてみる。すると、ユージンは招待状を冷めた目で眺めたあと、シンシアに向き直った。

「おまえは、行ってみたいのがあるのか？」

「え？　いえ、そうではなくて――」

なんでそんなことを問いかけられるのだろう？

船室メイドの意見なんてどうでもいいはずなのに、シンシアがこれはどうかといったら、王子はそこに行ってくれるのだろうか。でもそれで、シンシアも同行させられては、本末転倒になってしまう。

「じゃあ何だ？　そんな持って回った言い方をして――言いたいことがあるなら、はっきりと言え」

射貫くような双眸に晒されて、シンシアは身を竦めた。

普通なら、こんなことを口にするのも許されないはず。

そう思う一方で、そもそも普通なら、王子であるユージンと一緒に部屋で長時間過ごすなんてことはありえないと思う。しかも、王子が部屋を出ているときに、シンシアも一緒に連れられてしまうせいで、掃除ができないわけだから、始末が悪い。

「……そう、では…なくて……あの……」

それでも本当に口にしていいものか、上目遣いに王子の顔色を窺ってしまう。

「くどい。聞いてやると言っているんだから、早く言え。十秒数えるうちに言わないと——十、九、八……」

「わ、わっ……あの、わたし、お部屋の掃除がしたいのです！　ですから、できれば部屋を空けていただきたいのです！」

船室メイドとしての矜持を捨て、思い切って打ち明けると、ユージンは緑の瞳を瞠った。

「部屋の——掃除だ……と？」

硬い声を返され、シンシアは、やっぱり言うんじゃなかったと後悔した。けれども。

「部屋の掃除か……なんだ——そんなことが、そこまで口籠もるほど大事なのか——？　おまえにとっては？　要は俺に招待を受けてこいと言いたいわけじゃないんだな」

「え、あ、はい……そうですけ……ど？」

シンシアは、ユージンが片眉をあげて威圧的に顎を聳やかす顔を、上目遣いに窺いながら、何か雲行きがおかしいと感じた。

「掃除――か……まぁ、おまえは船室メイドだから、当然の要求だな――掃除くらい、好きにするがいい。うん……そうだ。このロイヤルクィーンズスウィートは広いんだ。俺がリビングにいる間に二階と別室をすませて、終わったら、俺が二階に行くから、リビングの掃除をすればいい。それで問題ないじゃないか」

明瞭な指示を出され、それは下手をすれば、見ている前で掃除をしろということかと思わないでもなかったけれど、シンシアはうなだれながら従うしかない。

「……わかりました。そのように……いたします」

† † †

王子の提案に妥協して、シンシアは掃除を始めた。

初めこそ、階下にいる王子の挙動が気になったけれど、船室メイドとしてのいつもの仕事に戻ると、体に馴染んだ動きに、いつしか集中して、部屋にお客様が残っていることなど、気にならなくなってしまった。

バスルームの掃除を終えて、次は寝室――と隣に移動し、鼻歌混じりに、固く絞った雑巾で家具を拭いていると、ふと、視線を感じて振り向いた先で、壁に背をもたせかけて、ユージンがシンシアのすることを眺めていた。

「わっ……で、殿下！　申し訳ありません！　何かご用でしょうか？」

「いや、特に用事があるわけじゃない——そのまま続けていい」

そう言われても、見られているかと思うと、なんとなく落ちつかない。

「そうだ。そろそろ、十一時のお茶ですよね。ご用意させていただきますね」

シンシアはそそくさと掃除用具を持って、ユージンが壁に寄りかかる前を通り抜けた。

けれども、お茶を出して、また、掃除を始めようと寝室に戻ってくると、ふと気がつけば、ユージンがやってきて、シンシアのすることを注視している。

「そんなふうに、掃除をしていたのか——なかなか、面白いな」

ごくごく普通の掃除をしているつもりなのに、品のある仕種で、大きな手を顎に添えながら、いかにも得心がいったように呟かれてしまうと、シンシアは、自分はやっぱりからかわれているのではないかと思えてならない。

カーペット・スウィーパーを取り出して、カタカタと絨毯一面にかけようと思うと、

「それは、最近の器具だな。そんなもので綺麗になるのか？」

興味津々で聞かれるのさえ、そわそわと苛立ってしまう。

「殿下、もう充分ご覧になられましたでしょう？　こちらがすみましたら、お呼びしますから、下に行っててください！」

たまらず、シンシアは非力な腕で、自分より上背のあるユージンを押し出しにかかった。

「別にいいだろう、見ていたって。減るもんでもなし」

「わたし、減ります！　見ないでください！」

シンシアはユージンを押して階段をおりながら、階下へと追いたてる。

不遜だけれども、ソファにでも座っててていただこう——そう思って、体を捻ったところで、そのまま手にしていたカーペット・スウィーパーの柄に躓いた。あ、と思ったときには、体が大きく傾いて、よろけたところを大きな手に抱きとめられていた。

「馬鹿だな——危ないじゃないか……おまえは、本当に——」

「どうせ、わたしはどじで間抜けですから、放してください！」

シンシアは抱きとめられた途端、胸の鼓動がうるさく騒ぎ立てるのをどうか悟られませんように——と祈りながら、虚勢を張って叫ぶ。

「まだ俺は何も言ってないぞ——そうだな……思わずよろけるくらい掃除に精を出した働きもののメイドさんに褒美でもやろうかと——そう思案していたくらいだ」

からかうような響きに、褒美って何⁉——と考えるまもなく、抱きあげられ、ソファの腕置きにお腹をつけるようにして、おろされた。

「殿下⁉　これはどういう厭がらせですか‼」

慌てて体を起こそうとすると、パニエごとめくりあげられ、尻を背後に突きあげる格好になっているせいで、あられもないドロワーズ姿を王子に晒す羽目になっていた。

「だから今言ったろう——おまえがあんまりにも一所懸命に働いたことをねぎらってやる」

「ねぎらってって——何をするんですか⁉」

体を捻って逃れようとすると、ドロワーズは元から、股割れに開いているから、スカートやらパニエやらをまくりあげられると、秘部が丸見えになる。腹這いのまま、下肢を眼前に開かれて、ユージンの手の侵入を許してしまう。

「ひ、ちょ……あっ……で、んか…な、にを……ひぅっ」

股の間の秘められた場処に指を這わされると、たまらずにシンシアは甘やかな喘ぎ声を立てた。指先が刻むように割れ目を愛撫していくと、ビクン、と下肢が跳ねる。

「や、め……て……ダ、メ。触ら……ないで……」

指が動いて割れ目を辿り、もう片方の手に尻肉を摑まれ、揉まれ、内腿をさすられるたびに、「くぅ、ン……」と喉を鳴らして、シンシアの体はビクビクとうち震える。

「……触らないでとか言いながら、充分感じてるようじゃないか。好きに気持ちよくなっていいぞ……これは褒美なんだからな」

撫でさすられる尻肉から、肌が粟立って、性感をかきたてられて仕方ない。話すたびに、疼きだした場処に息がかかって、それだけでシンシアは甘い吐息を漏らしてしまう。

「い、いらな……い――ダ、メ……そこは、わたしの大事な場処なんですからっっ」

「……へぇ……おまえの大事な場処、ね……それはそれは――丁重に扱わなくては」

王子はクツクツと楽しそうに喉を鳴らして、両の指でシンシアのやわらかい太腿を摑んだ。途端、ぬるりと舌が割れ目に這った。

「ひ、ぁんっっ…何し、て……やぅっ……ダ、メ……んっ……舌……ダメ。舌は…や……」

淫唇を突かれながら、次第に一番敏感なところへと近づいて――ふるん、と音を立てて、長い舌が、シンシアの陰核を捉えた。

「……っ、くぅっ…ふ、ぁ……本当に、そこ、ダ、メぇっ……お、願いっ」

淫核を起こされ、舌につつき転がされるとシンシアは身も世もなく甲高い嬌声を響かせる。

「舌は厭というのは――舌で舐めてと言ってるのと、同じじゃないか。……ん……」

陰唇に口付けされ、むくりと赤く膨らみ始めた女芯の包皮を剝かれたところに、軽く吸いあげられる。その途端、軀に電流が走ったように、愉悦が貫いた。

「……っ!! ……ひゃ、あぁっ……ッン……あ、ンぁあっ…ひぅ…」

シンシアの喘ぐ声が、舌の動きに合わせて短く刻まれて、次第に速まっていく。

シンシアはぶるぶると体を震わせて快楽の波に晒されながらも、自分の喘ぎ声が許せなくて、手で口を塞いで堪えた。

「ふ……ンっ……ンンッ……」

「シンシア、その手を口からどけろ」

強い口調で言われたところで、考える前に夢中で首を振る。

「おまえの啼く声が聞きたい……口を塞ぐな……そんなことするなら、うしろに縛るぞ」

「やぁっ……ひ、あン……放し、てぇ…っ……」

ユージンはエプロンドレスのリボンを解いて、ドレスの背中のボタンを次々と外していく。続けて、ぐぃっと強い力で、パフスリーブをおろされ、肩の素肌を晒される。そのままワンピースの上腕を腕にためて、動きを封じたまま、コルセットの紐を引き、昨夜と同じように、白いまろやかな乳房を掬いだしてしまった。

「放して——というのは、つまりこんな愛撫じゃ感じないということだな？　それじゃあ、褒美をやったことにならないじゃないか——シア？」

低いテノールが甘く耳朶を打つ。

くらりと酩酊《めいてい》の心地に襲われて、シンシアは喉の奥が息苦しいように感じた。

ごくり、と生唾を飲みこむと、ユージンの動きを押さえようと、腕をなんとか動かそうと試みる。中途半端にワンピースを脱がされたせいで、自由にならない手は力が入らなくて、するりと背後から腋を通して、筋肉質の腕に細い腰を抱きすくめられると、心臓がどきどきと、うるさく早鐘《はやがね》をたてて仕方ない。

軀を重ねられている——。

そう思うと、跳ね回って仕方ない鼓動の音を背後のユージンに聞かれてしまう気がして、羞恥に顔を赤く染めてしまう。骨張った指は、コルセットから零れた白い双丘に指がくいこむほど摑んで、捏ねるように弄んでいる。

「——っ……、ふ、ぁ…殿下……」

指を動かされるたびに、鈍い痛みと共に甘やかな疼きが広がって、たまらずにシンシアは吐息を零した。

「張りがあって、やわらかくて——気持ちいい。薄紅色の先っぽも……誘ってるようだ、シア」

ゆったりと、大きな手が外から先端へと弧を描くように白い胸を揉みしだく。手のひら全体に包まれて、揺れ動くたびに、白い膨らみの真ん中で蕾も揺れ動くのが、目の端に映る。

「わ…わ、たし……誘ってなんか…いませ、んっ……あ、ふ、ぅ」

「誘ってないって、どこがだ？　硬く尖ってきてるぞ……見えるか？」

ぐいっと乳房を上向かせられるのを知りながら、固く目を瞑って、ぶんぶんと首を振る。

「ふぅん……そうやって意地を張って見ないなら——感じさせてやろうか？」

乳房を弄ぶ指の腹で、乳輪の周りを、触れるか触れないかのやさしさで撫でさすられる。

シンシアは嬌声をあげそうになるのを、歯を食いしばって堪えながら、ぶるぶると背筋を悦楽が駆け上がるのを感じてしまう。ユージンは、身を硬くしているシンシアの両の手首を摑み、無理やり手をあげさせると、そのままシンシアの手のひらを広げさせて胸の先へと動かした。

「ひ、あぁっ、何…し、て……」

ユージンの指が、さっきからわざと焦らすように硬い蕾を避けていたのはわかっていた。先端は熟れきった木苺のように疼いて、まだ触れられる前から痛いくらいだった。

それでも目を閉じて怺えていれば耐えられる気がしたのに、自分の手のひらで掠められた途端、びくびくと軀が跳ねて、シンシアは胸から体中に走った鋭い喜悦に、背を弓なりにしならせてしまう。甘い痺れが思考を搦めとり、汗ばんだ軀はかくん、と抵抗を失った。

「は……うぅ……」

悦楽に支配された軀は、王子の愛撫にすっかりと目覚めて、指先の感触を貪っては、下肢の狭間から、淫らな蜜を吐きださせる。疼きを怺えきれずに太腿を擦り合わせてしまうと、王子の膝の上でのことだから、その動きはすぐに気づかれて、背後から淫唇へと手を伸ばされてしまった。

「なんだ。もうびしょ濡れじゃないか、シンシア？」

皮肉めいた言葉に羞恥が湧きおこる。

「ち、違い…ます……そ、んなことな——…ふ、ぁぅ！」

抗おうとするところを、ぬぷりと淫唇を割って入った指先に封じられる。

充分なほど濡れそぼった場処は淫蜜を潤滑油代わりに、滑らかに——艶めかしく動かされる指に嬲られてはよがりを響かせる。

「や、うっ……ひ、ぁっ…動かさな……いで、ぇっ」

割れ目の入り口で蠢く指先が、淫唇全体を捏ねまわすたなごころに代わって少しずつ動き、やがてむくりと充血し始めた芽芯に触れると、シンシアはまたしても、びくんと身震いして、軽く達してしまった。

うっすら紅潮した白い肌を、背を覆う軀に押しつけるようにして、ぐったりとまるみを帯びた軀が弛緩《しかん》する。

「ほら、やっぱり――気持ちいいんじゃないか。嘘吐きめ」

非難するように、蜜にまみれた指を口に強引に挿し入れられるけれど、答えようにも、まともな言葉を話せそうになかった。

「ふ……ぁ…違う、の……ふ、ぅ」

もつれた舌を動かそうとすると、そのまま指先に舌を掻き混ぜられて、敏感な柔肉が引き攣れそうに震える。

「強情だな……昨日はあんなに素直に、俺の言うことなら、何でも従っていたのに――」

ねっとりとした物言いと共に、耳元に唇を寄せられると、恍惚とした心地に頭が痺れる。

「な、んで……も…？　そ、んなの……嘘…だも、の……」

「何故、俺が嘘を吐く必要がある？」

ユージンはシンシアの膝裏に手を入れて臀部を持ちあげた。腹に溜まっていたワンピースをパニエごと剝ぎとって、シンシアが何をされたのか理解する前に、ズロースも引きずり下ろしてしまう。

「あ……わ、たし……」

露わになった素足に、ユージンの手が滑る。膝裏を再び持ちあげられ、濡れそぼった秘部に骨張った指先が触れてくる。

「ほら……軀はこんなに素直じゃないか……シア」

ぐじゅりと蜜壺を掻き混ぜるように指を入れられても、じゅぷじゅぷと湿った音が響くだけで、まるで抵抗を感じない。その事実を突きつけられると、自分が淫らがましく求めているることを再確認させられているようで、シンシアは恥ずかしさのあまり、消えてなくなりたいくらいだった。

逃れられないようにか、腰を引き寄せられ、背にちゅっ、と口付けを受ける音さえ卑猥に聞こえる。

やわらかい唇――その感触がざわりと官能をかきたてる愉楽も鮮やかなうちに、ぬぷりと湿った舌が肌を嬲り、ぶるりと震えたところに、粟立った肌を吸いあげられる。その刺激の連なりを次から次へと浴びせかけられて、そのたびにシンシアは心臓がどきどきと大きな音を立てて、今にも口から飛び出してしまいそうだった。

大きな四角張った手に弧を描くように胸を嬲られ、もう片方の手に陰唇を嬲られる間に、鋭敏になった背中を吸いあげられ、いくつもの跡を残される。鋭敏になった肌のあちこちを触れ回られると、シンシアは悦楽を感じるあまり、体がバラバラになる心地がして、意識が吹き飛んでしまいそうだった。

「は……ひ、ぅ……も、ぉ、もぉ……許し……っ、殿下……わたし、無理……」

ふるふると、湧きおこる快楽にうち震える体は、疼く膣道からじゅくじゅくと、卑猥な音を立てて淫蜜を垂らして、割れ目を辿る綺麗な指に絡みつく。

「何が、〝許して〟だ？　シア？」

冷たい声が低く囁くと、それだけで背筋を、ぞくりと悪寒めいたざわめきが走る。

喉が物欲しそうに、生唾を飲みこんでしまう。

「ふぇ……だ、って……もぉ、も、ぉ……わ、たし……」

「〝もう〟、何だ？　はっきり言ったらどうだ？」

問われて答えを返そうと思うのに、胸も秘部も弄ばれ続ける中で、胸の先はじんじんと甘く痺れて、陰唇の割れ目を指で辿られるたびに、体が跳ねて、考えがまとまらない。

「で、んかは……何……で、わたし、に…いじわる…するんです…か……？」

シンシアは軀の奥から湧きおこる欲求と、ユージンに触れられて喜んでいる自分の心とに気持ちが揺れて、切なさのあまり、息苦しいくらいだった。からかわれて、戯れに軀を弄ばれているだけなのに、わたしだけ、殿下の指に触れられて悦んでるなんて――。

黄昏色《トワイライトブルー》の瞳が潤んで、今にも涙が零れ落ちそうになる。

「いじわる……し…ないで、ください……」

せめてほんの少しの間だけでもやさしくしてもらえたら、胸の痛みに堪えられるような気がして、甘く切ない声が唇から漏れでる。

「意地悪？　意地悪なんてしてないぞ。これはおまえへの褒美なんだし……ただ、シンシア――おまえを気持ちよくさせてやろうと思っているだけだ」

そんなの、う、そ――。

シンシアは溺れそうな心地を止めようと、手を動かして、片手はどうにか、胸に伸ばされたユージンの腕を摑んだけれど、もう片方は、ただ宙を摑むだけで、何も摑めない拳をぎゅっと握りしめて、息を吐く。そうやって恍惚に崩れそうなのを怺えるシンシアの下で、ユージンは下衣筒《トラウザーズ》のボタンを外し、前を寛《くつろ》がせた。

膝の上に抱いて、まるみを帯びた華奢な軀を弄ぶうちに、すっかりと昂ぶっていた怒張は、自由になった途端に、ぐずぐずと湿った場処へと突きあげる。

「ひぁっ、何……」

急に硬い何かがあたって、その性急な動きにシンシアは何事かと、肩越しに目を向けようとした。けれども、抱きすくめられてままならない身に、何が起きているのかわからないまま、硬い切っ先が膣口をゆるゆると蠢く。

「殿下……？　あ…や、ぅっ、は、ぅ…そこ、は——硬いの……ダ、メ…」

ぶるり、と軀が快楽に震える。

長く硬い切っ先が前後に大きく動いて、下肢の狭間全体を愛撫されると、これから与えられる快楽の予感にシンシアの軀の真ん中が疼いて、物欲しそうにきゅん、と締まる。

「……っ、く……ふ、ぁ……溶け…ちゃう、の——わたし……」

ひりひりと焦れて痛いくらいの愉楽を感じ、息が詰まるほどだった。

官能を感じたのを見透かされて、指に割れ目を開かれ、亀頭の先が媚肉を浅く抉ると、ぞわりと恐れと欲望が入り交じった感覚が背筋を這い上がり、シンシアは背を弓なりに仰け反らせてしまう。

「ンンっ！　で、んか……そこ…っ、ぁ……ふ、ぅン…そ、こ——も、っと」

膣内を浅いところで何度も出し入れされると、もっと深いところが物欲しそうに脈打つ。

「〝そこ〟……何？　はっきりと言ってくれないと――わからないんだが」

シンシアは荒い息を繰り返して、潤んだ瞳を恨みがましそうに背後に向ける。

「……そんなの、殿下だって…ふ、ぁ……わかって…らっしゃるくせ、に……ひ、どいっ……あ…」

上目遣いに睨みつけようとしても、切っ先に膣壁を擦られると思わず目を瞑って、潤んでいた瞳から涙が零れてしまう。

「〝放して〟って――さっき言ってなかったか？　〝やめて〟とも言ってた気もするが？」

くつくつと喉で笑われると、シンシアは羞恥に顔を真っ赤にして俯くしかなかった。

「うぅ……ふ、ぇ……」

やめて――欲しくない。でも。シンシアは次第に官能の期待が高まる軀に翻弄されながらも、欲望を口にするのは躊躇われた。

「シンシア？　――シ、ア……素直になったら、どうなんだ？」

気持ちを揺さぶるように、両手で腰を摑まれて揺らされると、硬くいきり立ったユージンの肉棹に膣口を嬲られて、喘ぎ声が高まる。

「気持ちいいって――認めたら、どうなんだ？　声が、誘うようじゃないか……」

熱っぽい声に頭がくらくらしてしまう。

「ち、が～は、ぁ…は、ぁ…う、ふ…ぅ」

荒く、もどかしい息を繰り返して、気が遠くなりそうな意識をどうにか止めようとしていた。けれども、今は触れられていない胸の先が痛いほど、甘く痺れて、指先にいたぶられるのを期待しているのもわかっていた。

触ってほしい。でも、触れられたら、頭も軀も変になる。

シンシアはどうしたらいいかわからずに、ただ耐えるしかなかった。そんなシンシアの限界を試すように、亀頭の先がぬぷぬぷと卑猥な音を立てて、膣道を挑発している。

感じすぎて、逆に鈍くなりかかっている秘部の周りを指で擦られ、ぐ、と少し奥へと楔を突かれると、もっと深いところが到達を待ちわびて、きゅう、と収縮してしまう。

少しずつまだ狭い膣道を押し広げていく肉棒に、淫蜜を浴びせかける。

「で……ん、か――」

肌を滑る指先の愛撫に、シンシアは性感を昂ぶらされるのを感じて、喉が引き攣れてしまう。喘ぐ声が掠れて、白い肌が熱を帯びて赤く染まる。濡れそぼった淫唇も、切なく疼かされるのに、きゅんきゅんと体の奥が反応してしまう。

辿々しく呼びかける声は、もう、やめてとは続けられなくなっていた。

「もう、解放してやろうか……シンシア。放してほしいんだったな……」

腰を掴む手のひらが、軀にも問いかけるかのように脇腹を撫でさする。

不意に、背後にあたっていた温もりが消え、下肢の間から、秘部を疼かせる塊が除けられると、シンシアは自ら腰を動かして、求めそうになっていた。

「は、ぁ……でん、か……。殿下……や、ぅ…ど……して……？」

シンシアは下腹からの疼く欲求に急き立てられ、ごくりと生唾を嚥下する。

「どうした？　おまえの希望どおり、やめてやったぞ？」

ユージンは長い指でストロベリーブロンドを掻きあげ、露わになったうなじに鼻先を滑らせる。

「わ、た…し――んんっ……」

髪を愛撫される感触が気持ちよくて、目を閉じると、やわらかい唇の感触にとって代わり、ちゅ、と音を立てて首筋を啄まれていく。酩酊する感覚に、くらりとバランスを失いそうになって、シンシアは震える軀が、ユージンの膝から滑り落ちる錯覚を覚える。あるいは、実際に軀が傾いでいたのかもしれない――抱え直すような仕種で、ユージンの腿が器用にシンシアの軀を動かしていた。

「してほしいことがあるなら、ちゃんと詳細に言ってみろ。そうでないと――」

恥ずかしいことを言わせようとしている――そう思うのに、脅しめいた言葉に従うまでもなく、心は屈服してしまっている。

殿下の声が、好、き――。

シンシアはぶるりと体を震わせて、羞恥を押し殺した。

「い…れて……くだ、さい――で、殿下の…を……わたしの…に……」

言い慣れない内容と恥ずかしさに、俯いたまま、声が掠れてしまう。

それでも、もう体は限界とばかりに、必死に言葉にしたのに、

「俺の、何を、おまえの、どこにだって？」

意地悪く聞き返されて、息を呑んだ。しかも。

「髪に、指を？」

くすくすとからかいを含んだ笑いが耳元に響いて、シンシアは喉が塞がる心地に呻いた。

「～～～～～、っく……で、んかの、いじわる～～～っ、ふ、ぅ……」

髪に指を入れられるのだって、してほしい。してほしいけど。でも。

「殿下、の――男根《コック》を……わたしの、女陰《プッシー》に…挿入して、熱い…精を……くだ、さ……っく……ひ、っく……ふ、ぇ」

欲望に突き動かされるように言葉にしてみると、シンシアはこんなのやっぱり馬鹿げてると思った。高貴な身分の上、端整な相貌をしたユージンにしてみれば、こんなふうに言い寄ってくる労働階級の娘など、数多《あまた》目にしてきたに違いない。

促されて、ふしだらな言葉を口にした自分は、あまりにも惨めだった。打ちひしがれた気持ちで、やっぱり、もうやめてもらっていい――そう決意して、ユージンの膝からおりようと震える足を動かすと、すぐに長い腕が、臍周りに回りこむ。

「どこに行くつもりだ、シンシア」

訝しそうにハルニレの葉色の瞳を眇められる。硬い声を投げかけられ、シンシアは塞がる喉がさらに苦しくなるのを感じた。

「も……いい、です……今のなし、です。このまま、わたしの…こと、放っておいて……くださ…いっ」

シンシアはもう、ユージンの前にいたくなくて、振り向かないまま、軀に回された手を解こうと力を籠めた。涙が、頬を流れて熱い。

「何故だ？　挿れてほしいって――今言ったばかりじゃないか？」

「だ、から……っく……なしにっていった、のに――……ふぇ…ん――っふ、うぅ」

シンシアが嗚咽を吐きだし、泣きじゃくり始めたのを見て、ユージンはウェーブのかかったストロベリーブロンドを掻き混ぜる。やさしく横髪を掻きあげて、耳にかけると、真っ赤に染まった耳を唇に挟んで、いたずらするように引っ張った。

「――っ、や…ぁっ、んっ……み、耳……ダ、メぇっ…ダメ……くすぐった…ふ、ぁぁっ」

むず痒い感触に力が抜けて、再び、ユージンの膝の上に戻されてしまう。

「真っ赤だぞ……耳――ゆでだこみたいで、可愛いな」

ゆでだこみたいって、何――!?

シンシアは動揺に目を白黒させながらも、何度も耳朶を形のいい唇に啄まれて、びくびくと軀を跳ねさせてしまう。

耳裏に舌を這わせられて、首筋までバードキスの雨を降らせる。

「ふ……ぇっ――わ、たし…かわいく、ない…ですからっ、放して…もぉ、は、なして…くださ、いっ」

やさしい啄みに、嗚咽のせいじゃない切なさが疼いて、喉が引き攣って、唾を飲みこむ。膝の上で、じたばたと暴れると、軀に回る腕に力が籠められる。

「おまえは……素直なほうが――可愛い、シンシア。意地を張られるのも面白いが……泣くな……ちょっと、からかっただけじゃないか」

甘い囁きにシンシアはふるふるとかぶりを振って、摑まれた腕を無理やり振り払い、しゃくりあげる。ユージンは暴れるシンシアを宥めるのを諦めて、膝のすぐ下に手を入れて、腰に回していた腕と合わせて、シンシアをソファへと俯せに押し倒した。

尻肉を突きあげる格好にさせられたところで、ぎし…と体格のいい軀が覆いかぶさろうと膝をつく。ユージンの視線に媚肉を晒されている――そう思うまもないまま、亀頭が添えられ、濡れた割れ目に、肉棹を突き立てられていた。

「ひゃ、ぅっ、あ、やだ、いっぱいに…なっちゃう……や、ぁ……苦し……」

充分に濡れていても、処女を開かれてまもない膣壁は、大きく膨らんだユージンの肉棒を受け入れるほどは、まだ熟《こな》れていなくて、シンシアはその狭窄な場処を押し分けられる苦しさに、息を詰めてしまっていた。

「力を抜け――シンシア。すぐによくしてやるから」

苦しさに小さく首を振るのに、膣を塞いだモノが引かれ、また中に戻される繰り返しに、次第に苦しさが悦楽に変わる。肉壁を擦りながら抉った楔が、みっしりと下腹部を塞いで突きあげられると、シンシアの体は動揺したように揺れ動く。少しずつ滑らかに淫猥な音を立てて、尻肉を叩かれると、抽送に、快楽の波が呼び覚まされてしまう。

切っ先が、急な角度で場所を変えて膣内を嬲ったところがひどく感じて、まるで電撃が走ったかのように、鋭い愉楽が膣から軀の深い場処へと伝わって、シンシアは一段と高い嬌声を迸らせた。

「ここ——か？　強く感じたら、そう言え、シンシア——そういう約束だっただろ？」

そんなの、知らない——。

そう答える前に、一度火が点いた愉楽は、シンシアの体を縦横無尽に支配して、

「ひ、う……あ、ン…シンっ……ふぁ…殿下——やぁ……や、ぁっ…そ、こ」

と、抽送のリズムに合わせて、喘ぐだけになってしまっていた。

頰の一方をソファの革に押し当てて、ビクビクと軀を跳ねさせる。

「は、う……ふぅぅ……っ」

シンシアは自分があげる喘ぎ声が恥ずかしくて、拳を口に押し当てて怺えてしまう。

「シ、ア……声、押し殺すな…って……言ったのに——シンシア……っ」

切羽詰まった様子で呼びかけられたところで、子宮を突きあげた肉塊が小刻みに震えた。

ぶるりと膣の中に熱い精が吐きだされて、シンシアの細い軀は、その白濁した射出液の熱に、劣情が高まる。背を弓なりにしならせ、びくびくっ、とうち震えたかと思うと、汗ばんだ軀が弛緩する。

「シア——？　シン、シア……望むとおりにしてやったぞ……」

呼ばれる声を遠くに聞きながら、陶然とした悦楽に、シンシアは甘い吐息を漏らす。

「ふ、ぁ……で、ん……」

か――。

音にならないまま、唇でだけ囁いて、シンシアは頭の中がくらくらと眩暈がして、躯が崩れそうになってしまう。

「ダ、メ……溺れ…ちゃう――殿下、わたし…溺れ…ちゃう、の……こ、わ……んんっ」

沸き起こる愉楽に、シンシアは喘いだ。

体の奥が、きゅんっと収縮して、愉悦が脈動する躯が小さく痙攣したように震えて止まらない。

「溺れていい――溺れていろ、シア。俺が……そばにいるから――」

ぶるりと震える体は、ずるりと引き抜かれる喪失感にさえ、また愉楽を呼び覚まされてしまう。わずかな擦れが呼び水になって、白濁とした粘液をとろりと零す膣口に、唇を寄せられ、湿った舌先の淫らな蠢きに、たちまちぐずぐずと蜜を溢れさせる。舌に媚肉を掻き混ぜられて、割れ目に沿って、れろれろと愛液を舐めとられていくだけで、シンシアはかくん、とソファの上によろけて、びくびくと躯を戦慄かせてしまう。

本当に、溺れてもいい――?

そう聞きたかったのに、仰向けになったところで、ぎし、とソファが軋む音がして、ユージンの顔が目の前に近づいていた。

「ふ、ぅ……ん……ンンっ……」

やわらかい唇に啄まれて、唇がふっくらと官能に開かれる。

自分の愛蜜の苦さを味わわされながらも、ふるん、と膨らんだ唇を、ユージンの唇に挟まれて、何度も引っ張られるのが、くすぐったいのに気持ちいい。

「……ん、か……もっ…と……」

シンシアはユージンの首に腕を回して、暖かな肌の感触に満たされながらも、官能が疼く膣道に促されるように、軀を寄せてしまう。

「もっと——何だ?」

ユージンの低い囁きのあとには、ちゅ、と口付けの音がして、敏感になった首筋に唇がおりていく。ひりつくような喉の渇きに、シンシアはごくりと生唾を飲みこんだ。

「キ、ス……して、欲し……」

喘ぐような声で告げると、覆いかぶさるように軀を寄せる頭の上で、くすりと笑われたようだった。羞恥のあまり、訴えを取りやめたくなったけれど、シンシアが撤回を口にする前に、唇にやわらかいものが触れていた。離れて、また触れて——苦しそうな吐息が漏れる。もどかしそうな指先に頬をまさぐられる。

「シンシア、舌を出せ」

命令の言葉は、自分の願いが叶えられたあとでは、すんなりとシンシアの心に届いて、考える前に言うとおりに——震える舌を伸ばしていた。

「んぅっ……ふっ……ンっ…でん――か――」

舌先をつつきあわせるだけで、びくびくと軀の芯が疼いてしまう。

充分に舌先でやりとりしたあとで、長い舌に屈服させられると、今度は強く唇を塞がれて吸いあげられる息苦しさに、喉の奥を切なくさせられる。

呻きながら、うっすらと目を開くと、目の前でハルニレの葉色の瞳の上に伏せられた黒い睫毛が長い――そんなことを考えてしまう。

やっぱり、殿下の顔、すごく綺麗だ――。

シンシアはとくん、と心臓が脈打つ音を聞く間も、端整な顔から目を離せなかった。

ロイヤルクィーンズスウィートの美しい調度の中に佇んで、さらりと流れる黒髪を掻きあげたり、長い脚を組み替える仕種や、落ち着き払って本を読んでいるときの姿を眺めるのは、毎日目にしていても目の保養だと感じていた。けれども、こうして間近で性急な息づかいを感じながら、俯せられた瞳や、唇が官能的に蠢くのを目のあたりにすると、ただ綺麗だと思う以上の感情が湧きおこって、シンシアは胸がときめくのを抑えられなかった。

好、き――。

塞がれて自由にならない口腔の中で舌を動かす。

わたし、殿下のことが、好き――。

どきどきと高鳴る心臓の鼓動が、今、はっきりと自覚を後押しする。

いつからか、心の中に存在していた想い。言葉で伝えるつもりはなくても、いつのまにか、心の中だけでも、呟かずにいられないほど大きくなってしまっていた。

「う、……やだ、もぉ…これ以上は、感じ、すぎるからダ、メ——あぁぁっ」

たまらず、ユージンの手を押さえつけようとすると、厭がらせのように、胸の蕾に歯を立てられた。

「抓むなと言ったり、舐めるなと言ったり——我が儘なやつだな」

苛立ちを含んだ声さえ、シンシアの頭には蠱惑的に響いて、喉が引き攣れる。

「ふ、ぁ……だっ、て、もぉ…堪えられない……から……」

止めてもらわないと、ダメな、の——。

悦楽に痺れる思考で、どうにか言葉を吐きだすのに、答える声は冷静で素っ気《そけ》ない。

「別に堪える必要ないだろう？　溺れていいと言っているのに」

シンシアが涙ながらにふるふると首を振るうちに、ユージンは細い軀から膝裏を持ちあげ、自分の肩の上に抱えあげた。さらりと流れる黒髪が臍周りにあたって、あ、と思ったときには、下肢の狭間に頭をうずめられる。

「え、あ……ダ、メっ!!　ソレ、わたし、イっちゃうの!!　っ、く…ぁ…殿下っ……」

愉悦に疼かされて、淫蜜にまみれる秘部を長い舌につつかれただけで、軽く達してしまいそうな甘い戦慄に震えあがる。ぬめった舌が蠢いて、膣口をぐじゅぐじゅと出し入れされるのは、奥を突かれるのとは違う悦楽を呼び覚まして、掻き混ぜられるたびに短い喘ぎ声が口をついて出てしまう。

大きく開かされた内腿をすうっと指が滑って、ひくん、と軀が動きを止めたところで、陰唇の先で膨らんだ芽芯に舌先が触れる。

「きゃ、ぅ……舌…動かしちゃ、ダ…メ！　そこ、舐めないで…で、んか……ふ、ぇ……」

陰唇を舌が蹂躙して、手のひらが柔肉を擦る。

包皮を剝かれ、赤く染まった陰核に唇が触れる。次に陰唇にも触れ、割れ目をちゅ、と吸いあげて、また肉びらを唇に啄む。その触れあいの回数だけ、まるで愛しさと淫らがましさが入り交じった情欲が軀に刻みこまれる気がして、シンシアは軀の奥底から戦慄いてしまう。子宮の奥が物欲しそうにひくついて脈動すると、びくびくと震えながら、愛蜜を溢れさせる場処が切なくて、震える内腿を動かしていた。

「おい……太腿で俺を絞め殺すつもりか――そっちがそのつもりなら」

ユージンがまなざしを細めて威嚇すると、急に軀を起こして、指を胸に伸ばす。

仕返しに摑まれた胸を揉まれたところで、ちょうど陰唇に硬い肉棒があたり、シンシアはあられもない声をあげる。

「ふぁ、あたって……ぅ、殿下、痛っ……力、強す……ぎっ」

「……悪い……シア――これなら、痛くないか？　ただ気持ちよくなるか？」

悲鳴ともつかない訴えに、ユージンは手を緩めて、まるみを帯びた胸を揺するように撫でさすって弧を描く。

「――シンシア？」

「は、う……そ、れは……ふ、ぁ――〜〜」

甘やかな指使いにシンシアは手の甲を唇にあてて、声を抑えようとした。

大きな指が胸を揺さぶって、乳輪の周りを刺激すると、切羽詰まったシンシアの声に陶然とした響きが入り交じる。

下腹部では、まだ挿入こそされてなかったものの膨張して硬くなった肉棒が陰唇にあたって、早く中に入りたがっているかのように浅く突きあげて、そのたびにシンシアの頭の中は光点が点滅するように、痺れてしまっていた。

「は、あ。ふ、ぁ……殿下…もぉ、わ…たし……おかしく…なりそう……で、す」

軀が疼いて仕方なかった。荒い息を繰り返して、青紫色した瞳から涙を溢れさせる。

「〝なりそう〟？　じゃあ――これなら、どうだ？　おかしくなるか？」

ぐ、と硬いモノが膣内に入りこんで、軀がびくん、と跳ねる。

「ふ、ぁ……苦し……あ、ぅ……わ、たし、わた…し……おかし、い……」

切っ先が膣壁を擦って、ひっかかりを抉っていく。

ユージンに馴らされて、広がった膣道はぐ、と深く楔を咥えこんで、その突きあげる衝動を、シンシアは息を詰めて堪えた。かと思うと、みっちり収まった肉棒は、亀頭のかさで肉壁を嬲りながら引いて――細い軀を蹂躙する。

「ふ、ぁ……出し入れ……しちゃ、やぁっ……ひゃ、ぅっ」

淫蜜にまみれて、狭い膣が肉棒の抽送に揺さぶられる。膣壁の敏感なところを嬲られた途端、シンシアはびくびくと軀を痙攣させて、一段と甲高い嬌声を迸らせてしまう。

「シンシア……もっと……詳しく話せ——どこがどう、おかしくなるんだ？」

ぐりぐりと角度を変えて抉られるたびに、膣がきゅうと締まって、喘ぎ声が高くなる。話せと言われても、シンシアはもう、「ひ、ぅ……」と短いよがり声を繰り返すだけで、まともに話せなくなっていた。固く目を瞑り、顔を真っ赤にして、腰を捩らせるシンシアに目を向けると、ユージンは口角をあげて頰を緩める。

「シンシア——シア……」

やさしく呼びかけて、シンシアの背を起こすと、腰を腕に掬いあげた。

「やぁっ……あ、ぁ…ひ、ぅ……あたっ…てる……そ、こ…っ、あぅ」

挿入されたまま姿勢を変えられて、硬いモノが膣壁を動いてあたる感触にシンシアは悲鳴じみた嬌声をあげてしまう。ユージンと向かい合って腰に跨がるように乗せられた格好で突きあげられると、そのまま首筋に口付けられるのに喉が震えて、広い胸をぽかぽかと力ない拳で叩きつけた。

「はいっちゃ……ふ、ぅ、奥、あたっちゃう、の……ダメ——ダ、メぇ…ふ、ぁあっ!!」

喘いで身じろぎするたびに、奥まで入りこんだ肉棒が、ず、ず、とさらに奥へと穿たれて、シンシアは戦慄く体を押さえきれずに、ふるふると小さく首を振る。合わせて、大きな両手が腰を摑んで揺さぶると、シンシアは悦楽に顔を真っ赤にして涙を流した。

「シ、ア——どうだ？　こうすると、気持ちいいんじゃないか？　それとも、もっとか？」

「し……らな……ぁンっ、もぉ、も、ぉ……動かな……でぇ……っ」

骨張った手で、汗にしっとりと濡れたストロベリーブロンドを愛撫されると、かきたてられた淫らな情欲とは別に、シンシアは胸が締めつけられるような心地に震えてしまう。

「殿下……あの…わ、たし……」

愛しい切なさが湧きおこって、口付けたい衝動に、黒髪に唇を寄せた。すると、

「……もっとか？　腰を揺らすと、気持ちいいんだろ？」

「あ、やぅっ……ち、が……うのっ」

否定しようとしても、膣道を塞ぐ肉棹を引かれて、また奥を突かれると、ビクビクと、弾かれたように躯を跳ねさせてしまう。

「ほら、疼いてるんじゃないか——ちゃんとお願いすれば、気持ちよくいかせてやってもいいんだが？」

シンシアはユージンの頭にしがみついて、今にも吹き飛んでしまいそうな心地に耐えていた。そうやって悦楽が響く躯をユージンに寄せたところで、ユージンの目の前で、果実を揺らしてしまっていることに気づかないまま。

ユージンがふ、と顔をほころばせて、さしだされた胸の先端に舌を伸ばすと、腰を掴まれている躯をなんとか離そうと背を仰け反らせてしまう。

「シ、ア——どうする？」

泣き濡れた頬に唇を寄せられるのは——気持ちいい。

低い声に甘く囁かれるのも――でも。

シンシアはむずかるように首を振って、甘えた声をあげてしまう。

「ンぅ……あ、や……ダ、メ――それは、ダメな…の……」

「〝駄目〟というのは、つまり、揺らしてほしいって意味だな?」

違う――シンシアは反射的にそう答えようとして、生唾を飲みこんだ。

「ちが……わな……い……もっと――ほ、し……殿下っ……お、ねが…い……」

「何を、どうして欲しいって――?」

喉の奥でくつくつと笑われていたけれど、一度恥ずかしい言葉を口にしてしまうと、あとはもう欲望が勝って、意地悪されるのも快楽に変わってしまっていた。

「～～～でん…か……も、っと…、動い…て……イかせて…欲し…い……ふ、ぇ……」

言い終わる寸前に、嗚咽が混じってシンシアは泣きじゃくり始めた。指先で胸の蕾をいじられ、ふにふにと潰されながら、もう片方の腕に、そっと腰を抱き寄せられる。

「や、ぅ……ダ、メ……も、ぉ……っく、ふ……」

黄昏の蒼穹を映した瞳からはとめどなく涙が溢れて、シンシアはよがる軀を身震いさせて、喉の切なさを怺えるしかない。

「た、すけ……て……殿下……」

抱きしめてくれるユージンの肌触りに縋って呼びかける。

感じるあまり痺れていた膣道でゆるゆると――やがて熱っぽく抽送され始めると、

「ひゃあああっ！　……あ、や、ぁ……!!」

ひときわ、甲高い嬌声をあげて、軀を捩らせる。

肌を打ちつけられる音と共に、何度も膣の中が感じ響いて熱くなり――

「シンシア……シア――もっと溺れさせてやる――離れられなくなるほど、溺れさせてやるからな……」

囁かれた言葉は甲高い嬌声にかきけされる。

「シンシア――」

ぶるりと膣内で肉棒が振動する瞬間、甘く名前を囁かれたときには、頭の中が真っ白になった。

第六章　甘いお菓子は危険な罠

夜半のロイヤルクィーンズスウィートの寝室に、甘い嬌声が響きわたる。

「も、ぉ……そ、こ……突かない、でっ!!　……あ、ぅ……ふ、ぇんっ」

ぬぷぬぷと水気を帯びた卑猥な音が、嬌声に負けず劣らず音を立てて、行為に躯が反応していることを知らしめる。

シンシアは、着つけたメイド服を乱された格好で、膝の上に乗せられたまま、ユージンの肉棹に貫かれて、躯をうち震わせていた。逃れられないように腰に回された手に逆らって身を捩るのに、引き戻されては首筋を吸われて、肌を粟立たせられてしまう。

「何を……してほしくないって?」

ユージンは、耳殻を唇で啄みながら、たくしあげたスカートの下から、髪と同じストロベリーブロンドの色の茂みに指先を這わせた。

「ひぅっ……ゆ、びっ…やぅっ……も、ダ、メ……い、やなの——許し…て……っ」

黄昏色《トワイライトブルー》の瞳を熱く潤ませて、シンシアは背後のユージンへと、視線を走らせる。

「眠いのか？」

大きな手を広げて、頭の中に挿し入れる。

愛おしい手つきで髪を掻き混ぜると、真っ赤に染まった耳朶を唇で甘噛みする。

「は、ンっ……耳、ダ、メ……食べ…ちゃ、ダメ……耳、やぁっ」

耳を唇に弄ばれて、シンシアはたまらずに、悲鳴のような嬌声をあげてしまう。

喘ぎ声が高くなると、耳の弱いところをさらにつつき遊ばれて、さらなる責め立てに苛まれる。顔を真っ赤にしてよがるシンシアを眺めると、ユージンはともすると、冷たい印象にも見えるまなざしをやわらかく細めて、髪を掻きあげては、小さな卵形の輪郭を骨張った指でなぞっていた。

「──シア……」

背後から、無理やり首を回されて、ちゅ、ちゅ、と唇を啄む。

「舌を出せ……シア──は、やく……ん」

「ん、ぅ……ふ、ぁ……」

命令に躊躇したのは、ほんのわずかな時間で、シンシアはユージンの長い舌に舌を搦めとられて、うち震える。くちゅくちゅと音を立てて、唇と唇を合わせて口付けたかと思うと、舌に口腔を舐めとられていく。

「あ、ン……で、んか──も、っと……」

指先で耳をいじられると抗ってしまうのに、舌先を触れあわされると、うっとりと目を閉じてつき合いを貪ってしまう。その攻防に気をとられると、不意に膣内を突きあげられ、引き抜かれたところで淫蜜をじゅくじゅくと溢れさせるのが、恥ずかしくて仕方ない。

「わたし……ナイト…ティーを、持って……き、た…だけ…なのに……――~~!!」

シンシアは自らもキスを求めたことは忘れて、ひくひくと脈動する切なさに呻いた。

何かがおかしい。

シンシアはそう思うのに、ユージンのほうはこの状況を変だと思わないのだろうか?

最初は酔っての戯れ事だと思っていた。

翌日の昼間、掃除をしている最中に襲われたときは、前日の劣情の名残のせいで、禁欲できなかったのかもしれないと思った。なんといっても、王族であるユージンなら、メイドごときの意思を確認するまでもなく、自分の好き勝手にするだけの権力を持っている。あるいは普段から、自分の欲望を抑えつけるなんて、したことがないのかもしれない。

そんなふうに、シンシアは自分にも言い聞かせていた。

けれども、眠る前に出すナイトティーを運んできたところで、ベッドの中に押し倒されてしまうのは、もうそんな言い訳では納得できない気がして、軀を押さえつけられる理不尽さに、シンシアの頭は混乱してしまう。

触れられた軀が切なさに悲鳴をあげて、自らユージンを求めてしまうとなおさら。

そんなシンシアの気持ちを知るはずもないのに、ユージンはシンシアの形だけの抗いをまるで無視して、うなじに押し当てた唇で、肌を何度も吸いあげて、腰に回した手は、愛しそうな手つきで臍の周りを撫で回している。

そのやさしさに、シンシアが何度も誤解しそうになるほど——。

シンシアがくらくらと眩暈がしそうな心地で、切なさに堪えていると、ユージンは、ふと、いいことを思いついたかのように問いかけた。

「ああ、そういえば——サマープディングでも食べたくないか、シンシア？」

唐突な質問に、シンシアは反射的に首をふるふると振って、否定する。

こんなふうに提案されるなんて、何かおかしい。絶対、何か変なことをされる気がする。

「た、食べたく、な、い……ですっ。いりませんからっ」

「俺は食べたい」

はだけていたワンピースの袖を、肩から引きずり下ろして、シンシアの胸の固くすぼまった先端を指先で捻りあげる。

「ひっ、ぁ……きゅ、うに……強く抓まない…でっ……あ、ぅ」

指の腹で擦られると、薄紅色の蕾は、鋭敏にさせられてほんのりと鮮やかさを増しては、喜悦を感じてしまう。

「シンシアのこの果実を見ていると……サマープディングを食べたくなる——だから、朝の十一時のお茶には、サマープディングを用意しておくように」

「ぁ、ふ、ぇ……は、い——」

びくびくと身震いに声を震わせながら、シンシアはどうにか首肯してみせた。

† † †

翌日、シンシアは命令のとおりに、朝のうちに、キッチンにサマープディングの注文を出しておいた。

そこで知ったことには、どうやら、黒スグリやら木苺やらをたっぷりと使ったサマープディングケーキはユージンの好物らしいということだった。注文を口にすると、パティシエは「そろそろ殿下がそうおっしゃるころだと思ったよ」と笑って、受けつけてくれた。

すごみを感じる美しい黒髪に怜悧な容貌を見ていると、甘いものを食べたがるだなんて、何かの間違いでは――と思ってしまうのだけれど、この船に乗っているとき、ユージンがサマープディングを注文するのはいつものことのようだった。

帰りすがら、レセプションに寄り、今日の船内新聞を受け取って、港への上陸時間を確認する。この日は小さな島の沖に停泊して、上陸を希望する人だけが上陸用の連絡艇――テンダーボートで運ばれることになっていた。

「殿下は……お出かけにならないだろうか……」

島での上陸をご一緒させていただけませんか――そんな貴族や令嬢からの申し出は、ひっきりなしにきていた。なのにすべて断ってしまい、ユージンは結局、部屋でシンシアと過ごしている。侍従のハリスが時折やってきて、貴族たちの招待状をこれ見よがしにテーブルに広げ、シンシアを睨みつけていくけれど、ユージンは意に介する風でもない。

日中は出かけられて、サマープディングなら、午後のミッディティーブレイクか夕方のハイティーに食べればいいのに――シンシアは思わずため息をついてしまう。そうすれば、シンシアはその間、心ゆくまで部屋の掃除ができるのだ。それに部屋に籠もってばかりいるのは、あまり体によくない。

せめて甲板《デッキ》で日光浴ぐらいお勧めするべきかしら――。

そんなシンシアの祈りが通じたのだろうか。部屋に戻ると、珍しくユージンの姿が見あたらなかった。

「あれ?」

いないならいないで、シンシアは何故だか、がっかりして気落ちした声をあげてしまう。

そんな自分に驚きながらも、せっかくの好機なのだからと、掃除用具を引っ張り出した。

「そういえば、窓も綺麗にしておかなきゃ……」

バケツと雑巾を手にして、ベランダに出ようとしたところで、人影に気づいた。

「殿下、こちらにいらしたんですか」

肩まで届くか届かないかの黒髪を潮風になびかせて、船尾を眺めていた背の高い姿が肩越しに振り向く。その淡々とした怜悧な相貌を目にすると、期せず、シンシアは口元をほころばせてしまう。

「ああ。おまえの言うとおり、たまには外の空気でも吸おうと思ってな」

おまえの言うとおり――。

シンシアは黄昏色の瞳を瞠って、胸の中で言葉を繰り返した。

王族であるユージンは普段、メイドを従わせることはあっても、その指示に従うことなんてないだろう。なのに、ユージンの配下という立場ではないにせよ、ただの船室メイドにすぎない自分の言葉に耳を傾けてくれたことが、シンシアはうれしくて仕方がない。

「あ、でも、それだったら、たまには甲板《デッキ》でも歩かれたらいかがでしょう？　部屋に籠もられてばかりで、運動不足じゃないですか？」

深夜に何度もシンシアの軀を求めてくるなんて、絶対に運動不足のせいだ。

シンシアは心の中でだけ、恨みがましそうにユージンを罵って、どうにか昨日みたいなことにならずに、夜になったら疲れ果てて、すぐに眠ってもらえたら――そんなことを願っていた。なのにユージンは、シンシアの言葉に心あたりなんてない。と言わんばかりに首を傾げて、ハルニレの葉色の怜悧なまなざしでまっすぐにシンシアを見つめ返してくる。

「おまえは――甲板に行きたいのか？」

なんで、いつもここで、シンシアの意思を確認するんだろう？

シンシアはそう思いながらも、乾いた笑いを返すにとどめた。

「いいえ、わたしは結構です。それに――従業員は甲板を歩いたりはできないんです」

「そうなのか？　じゃあやっぱり上陸ツアーに出歩くほうがよかったか？」

「わたしはいいんです！　そうじゃなくて、殿下は体力がありあまってらっしゃるようですから……」

そうまで口にした途端、じろりと整った顔に険を強められた——失言だった。

「体力がありあまっているというのは、どういう意味だ？」

上から睨みつけられると、黒髪に鋭い目つきというのは、美しくも恐ろしい組み合わせだな、と妙なことが頭をよぎる。半分は、現実逃避のなせる技で。

「……いえ、あ、あの……特に深い意味はありません！　今のは忘れてください!!」

じりじりと後退りするシンシアに、長い脚は、一歩、二歩と——素早く間合いを詰めて、メイド服を纏う体はベランダの隅へとあっというまに追いこまれていた。

「忘れてくださいって、お願いしたじゃないですか!!」

手摺りに背中を押し当てたところで、暴れる腕を摑まれて、焦った声で叫んでしまう。

片手を腰に回されて、あ、と思ったときにはユージンの広い胸に抱きしめられ、シンシアはその力の強さに、俯いたまま、びくっと身を竦めてしまう。

「何故、そうやってすぐに怯える？」

低いテノールが体を伝って響く。

「だ、だって殿下、また変なことをするつもりだったでしょう?!」

押さえつけられる腕にじたばたと抗いながらも、口答えする声が変に裏返ってしまう。

これではシンシアのほうは意識しているのが見え見えだ。

ああ。と嘆息して、ユージンの腕の温度に安心してしまう自分に身の置きどころがない。

「変なことって——例えば、どういうことだ？　詳細に述べてみろ」

「そ、それ……は——」

シンシアが真っ赤になって口籠もっていると、骨張った大きな手が頬を撫でる。

髪を愛撫される感触に、しばし目を閉じてしまうと、指先はシンシアが触られるのを嫌がる耳へと回って、さわさわと耳朶をやわらかく弄び始める。

「で、殿下っ、ほらやっぱり変なことなさるじゃないですか!!」

いきり立って叫ぶと、体が離れて、逃げようと思うまもなく、腰と膝裏に回された腕にお姫様抱っこをされていた。

「わ、で、んか——な、にを——」

「髪や耳を触るのなんて、ごくごく普通のことじゃないか。何をそんなに毛を逆立てているんだ？　あんまりうるさいと、ここから落とすぞ」

脅しかけるように、シンシアの体を抱きしめる腕を、手摺りのほうへ振り回されると、シンシアはびっくりして、ユージンの首にしがみついた。

「わ、殿下、待って！　なし、なしです!!　殿下、格好いい!!　変なことなんて絶対言わないくらい素敵!!」

振り回されるたびに、シンシアは首に絡めた腕に力を籠めて小さく悲鳴をあげてしまう。

船尾のバルコニーからは、紺碧の海原に、船が白波の航跡を残して快走するのがよく見えて、シンシアはユージンの胸の中でとくんとくん、と規則正しい心音を聞きながら、白い泡が遠くのほうで波に紛れて消えていくのをしばし眺めていた。

殿下ってば、最初お会いしたときとは、性格が変わってる気がする――。

そんなことを考えてはため息を吐くシンシアを、ユージンはハルニレの葉色の瞳をやわらかく細めて、見下ろしていた。

† † †

群青色のメイド服を身に纏う姿が、青いラインの入った白いエプロンドレスを揺らして、十一時のお茶を準備するために、中央部にあるクィーンズグリルへと向かっていた。

船を貫き、ずっと遠くまで続く細長い廊下は、人の気配はなく、ひっそりとしていたから、シンシアは歩きながら、思わず盛大なため息を吐いてしまう。すると。

「聞いたわよ、シンシア！」

唐突に声をかけられ顔をあげた途端、アマデアに勢いこんで詰められていた。

「聞いたって……なんのこと？」

「殿下よ、殿下！　エスコートされてお出かけなんて、素晴らしいじゃない！　なんでその話、してくれないの？　大体、どうやって見初められたのよ⁉　もうみんなうらやましがって大変だったんだから！」

「見初められたって……違うわよ！　エスコートだなんて誰が言い出したのよ！　あれは侍女としてついていったようなものなんだから……」

自分で言いながら自信はないけれど、多分そういうことなんじゃないかと、シンシアとしては思ってる。心のどこかで、もしかしたら——という気持ちがないではなかったけれど、認めるのは正直怖い。

だって、どう考えても、そんなことあるわけないじゃない……。

「何言ってるのよ！　ご令嬢と乗船されている貴族たちなんて、『殿下が連れている娘は誰だ!?』『どこの国の貴族の娘だ!?』——なんて、大騒ぎだったんだから！」

アマデアの言葉は、妙に真に迫っている。そのせいか、ツアーのために上陸した際、貴族たちから向けられていた好奇の目を思い出して、シンシアは身震いした。

「貴族の娘のわけないじゃない……」

ため息混じりに否定してみせても、アマデアは不満顔を隠す様子はない。

「もう……今度、時間があったら、きりきり白状してもらうんだからね!!　メイド仲間のみんなも、シンシアを締めあげるってはりきってるんだから！」

「締めあげるって——」

いったい誰が何を知っていて、どう伝わっているんだろう——シンシアは大きくため息をついた。すると、アマデアは口角を緩め、いつものおっとりとした調子で話題を変える。

「ところで、殿下もシンシアも、今日はどこかに出かける予定なの？」

「ううん。今日は終日船内ですって。しかも殿下がサマープディングを食べたいっておっしゃるから、今からとりに行くところなの」

「サマープディング――」

アマデアが絶句したのを見て、シンシアは逆に気をよくした。

「意外ってでしょう⁉　そんな甘いものなんて召し上がったりしなさそうでしょう⁉　もうびっくり‼」

喜びに勢いこんで言葉を吐きだすと、アマデアの顔がぱっとほころぶ。

「もうっ、シンシアったら、やっぱりうまくやってるんじゃない～～！」

からかうように言われて、シンシアは真っ赤になって否定した。

「違うんだってば‼　うまくいってとかそうじゃなくて――お仕事として」

「はいはい。お仕事お仕事！　殿下のお仕事、頑張ってね！」

「もう～。アマデアも、ね」

口では不満げにしてみせたけれど、気やすい会話に心が軽くなる。

するとと、足取りさえも軽くなった気がして、シンシアは急いでクィーンズグリルへサマープディングをとりに向かった。

† † †

大皿にホール一山のままのサマープディング。

確実にシンシアの頭より大きな茶色いスポンジ生地を前にして、シンシアは心なしか動揺していた。

思っていたよりも、ずっと大きい――。

いつもこれ全部、ひとりで召し上がるのかしら？　そんなことを思いながら、皿を銀のトレイに載せて、その上から大きなドーム状の銀製のカバー――クロッシュで蓋をする。

「これでよし」

シンシアはひょい、と片手に丸い銀のトレイを載せ、もう片方の手に熱湯が入ったポットを持つ。

「ワゴンで運ばなくていいのか？」

キッチンのパティシエは心配そうな顔で、シンシアを見ているけれど、こうやってたくさんの荷物を運ぶのは船室メイドにとっていつものこと。

「大丈夫ですよ、慣れてるんですから！　今日は波も穏やかで、大きな揺れはほとんどないですし」

笑顔で請け負って、「じゃ、いただいていきます」と明るい声でキッチンをあとにした。

実際のところ、横揺れ防止の機能が働いていても、船首が大波をもろに食らうときには、大きな縦揺れを感じる。波に乗ったような感覚のあと、ふわっと気持ち悪い着地をするのだ。

それでもシンシアは、やはり慣れた様子で、中央部にあるにしては奥まったクィーンズグリルからエレベーターホールへと迷路のような角を曲がりながら、歩いていった。

手のひらに載せたトレイの重みを感じるたびに、とり澄ました顔のユージンがいったいどんな顔して、このサマープディングを食べるのかと思うと、想像するだにおかしくて、頬が緩むのを抑えきれない。それともやっぱり、表情ひとつ変えずに口に運ぶのかもしれない――それはそれで、目にしたらやっぱり笑ってしまう気がする。大体、少し意地悪そうな笑顔はともかく、ユージンの満面の笑顔なんて想像できない――そう思ったところで、ハッとした。

「殿下も――宮殿ではきっと、ドレスを着た令嬢たちにやさしく微笑んだり、手をとって口付けたり――なさるのよね？」

アルグレーン連合王国の豪奢な宮殿。

それは船室メイドにすぎない自分にとって、遠い世界の話なのに、想像するだけで、何故か胸が痛んだ。

考え事をしているうちに、チン、とやけに軽い音を立てて従業員用のエレベーターがロイヤルクィーンズスウィートがある九階層へと着いた。

シンシアは、エレベーターをおりるときに一度ポットをしっかり持ち直すと、エレベーターホールから船尾までの細長い廊下を、左側通行を守り、バランスをとりながら歩き始めた。

九階層の、船の中心を貫く廊下は、両側に客室が設えられ、上品なエメラルドグリーンの絨毯を踏みしめて歩いている間、いくつもの扉の前を通り抜けることになる。

その長い廊下の終点——一番奥の右側がロイヤルクィーンズスウィート。

船尾の左側、もう一方はロイヤルクィーンズスウィートよりは少し小さめではあるものの、レジーナフォルチュナでは二番目に広いプレジデントスウィートになっていた。

廊下を途中まで歩いたところで、王冠と渡り鴉《レイブン》の紋章盾が飾られた扉が目に入る。

王族のためのロイヤルクィーンズスウィートから、いつものように侍従のハリスが頭を下げながら出てくる様子を目にして、シンシアはとっさに柱の影に身を寄せた。

顔を合わせたところで、また嫌みのひとつも言われるくらいのことかもしれないけれど、なんとなく顔を合わせたくない。そう思って息を詰めていると、ハリスはロイヤルクィーンズスウィートにほど近い自室に入ったようで、すぐに見あたらなくなっていた。

そんなことに気をとられながら歩いていたからだろうか——目的の扉が目に入り、塞がった両手でどうやって入ろうかと思った途端、左側にあったプレジデントスウィートの扉がぱっと開いて、中の住人が間髪容れずに、廊下へと飛び出してきた。

がつん。と衝撃のあまり、目の前に星が飛ぶ。

暗転。痛み。どさりと倒れる音——それらはほとんど同時に起こったように思えた。

左側通行を守って壁際にいたシンシアは、ロイヤルクィーンズスウィートの扉に気をとられていたこともあって、急な衝撃に、一瞬、何が起きたのかわからなかった。

左の手のひらに載せていたトレイが軽くなった――と思った瞬間、自分の体が吹っ飛んで、尻もちをついてしまう。右手に持っていたポットの熱湯を浴びなかったのこそ、不幸中の幸いだった。しっかりと手にしていたポットは平らな底を平行に絨毯につけて間抜けに鎮座している。

「お湯を零さなくてよかった――」

シンシアが安堵して微笑んだのも束の間、

「〝お湯を零さなくてよかった〟――？」

ひやりとした声に、シンシアは身を竦めた。

お客様相手が仕事であるメイド魂のなせる業で、わからなくても謝罪の言葉が口をつく。

「も、申し訳ありません!!」

対して、相手はやんわりと、けれども棘《とげ》のある言葉を浴びせかける。

「謝ってすむ問題ならいいが――どうだろう。この服は台無しになっているけれど」

その言葉にシンシアははっと顔をあげて、驚きに目を瞠る。

「あ……あなたは――」

以前、氷河散策ツアーのときにユージンと険悪だったお客様のひとり――リチャードと呼ばれていた青年だった。濃い金髪の髪を綺麗に撫でつけ、背の高いがっしりとした体躯には、まるで正式な夜会に出向くかのような白の三つ揃いを纏っている。

その、美しい仕立ての礼服の胸に――。

べっとりと赤黒いシミをつけるサマープディングのなれの果て。

山型のスポンジの中は木苺や黒スグリがたっぷりと詰まっていたのだろう。

クロッシュが外れて崩壊したプティングは、真っ白いベストや上着、すらりと穿かれた折り目がついた下衣筒《トラウザーズ》のあちこちに、赤と赤紫の鮮烈なまでに毒々しい染みを跳ね飛ばしている。しかも皿に置かれていた生クリームまでもが貼りついて、惨憺《さんたん》たる有様だ。

「本当に申し訳ありません!!」

シンシアは立ちあがり、もう一度深々と謝った。

前方不注意はお互い様だったかもしれないけれど、乗務員であるシンシアが、こんな不始末をしでかしてはならなかったと思う。もう一度あらためて目を向けてみても、生クリームの染みがまだましだと思えるほど、ベリーの赤黒い染みはひどい。

シンシアは失態の大きさに血の気を失って、今にも倒れそうなほど気分が悪くなっていた。左手で手摺りを強く摑み、震える体をどうにか支えて立っているのが精一杯。

どうしよう、どうしよう。わたしのせい――。

わたしが浮かれていたから!!

「あの、お客様はお出かけですか?　すぐに着衣をリネン室に持っていきますが――」

簡単な染みなら、染み抜きの専門家に頼めば、たいていの場合なんとかなる。

けれどもリチャードの服についたあまりにも大きくひどい染みを見ていると、この船の洗濯部門がいかに優秀で染み抜きにたけていても、真っ白に戻せるか疑わしく思えてくる。

「リネン室で落ちるような染みだとでも？」

追い撃ちをかけるような冷たい声に、胃の腑が重たく呻く。

それでもなんとかしないと――シンシアは震える声で、なんとか言葉を続ける。

「……完全には落ちないかもしれないですが……でも」

「そうだな。弁償でもしてもらおうか」

「え？」

顎をとられて顔を上向かされると、金色の髪に縁取られた顔が口角をあげる。

「君自身が招いた不始末だ。弁償してもらおうか？」

「――弁償」

たしかに言っていることは理にかなっているかもしれないけれど、プレジデントスウィートに泊まるほどのお客様の服だ。一式そろえようと思ったら、船室メイドの給金でどうにかなる額ではないかもしれない――いや、絶対にない。

目の前が真っ暗になったシンシアの耳元に、リチャードが口元を寄せる。

「何も君が支払えるものは――お金だけじゃないだろう？」

シンシアは震えだして、今すぐ逃げ出してしまいたかった。

そうできなかったのは、義務感というよりむしろ、真っ青になって貧血状態のために身動きできなかったからだ。シンシアはリチャードに力の入らない肩を掴まれ、プレジデントスウィートへと無理やり連れこまれていた。

船尾の左右の一端にあるプレジデントスウィートは、ロイヤルクィーンズスウィートとはちょうど鏡に映したような造りになっている。ユージンの部屋に慣れた目では、ぐらりと目が回るような錯覚を覚え、さらには誰もいないソファを目にすると、シンシアはここが、慣れ親しんだ部屋と違うことに、いまさらながら強い衝撃を感じていた。

プレジデントスウィートは、ロイヤルクィーンズスウィートの次に格式が高い。目の前の青年が、王族のユージンと争っていたのは、ただ気が合わないだけではなく、身分の高いものたちによくあるように、張りあってもいたのだろう。

「綺麗な——ストロベリーブロンドだ」

その言葉にどきり、とした。

いつのまにか、シンシアは壁際に追いやられて、背後に立っていたリチャードに退路を塞がれていた。その軀は、暖かさを感じとれるほど、近い。

肩越しに、碧眼の強い視線を感じて、痛いほど。ユージンの命令でふわふわとおろしたままの髪を手繰られて、指先で弄ばれているのが、目の端で見てとれる。

「以前見たときにも思ったが——滑らかで手触りもいい」

以前……って、まさか。シンシアの胸は、心臓が今にも飛び出してきそうな勢いで、早鐘を打っている。軀を回されると、大きな指が顎を摑んで、視線が交差する。

深く考えたことはなかったけれど、あの海賊の衣装を着た青年はこのくらいの身長ではなかっただろうか。そんなはずはない――そう考えるそばから、混乱に目が曇っているだけで、もっとたしかな証拠があるようにも思えてくる。

「たしか、シンシアとか言ったか？　たまにはこういう趣向も、悪くない――服を脱げ」

言われた言葉に、頭が真っ白になった。

「……え？」

体が震えだして、支える膝が、今にも崩れ落ちそうになる。

「聞こえなかったのか？　服を脱げと言ったんだ」

この人は本当に、あの海賊の船長なのだろうか？

たしかにあのとき、シンシアは船室メイドだとわからないように仮装して、仮面もつけていた。貴族の令嬢を装っていたから、あんなにやさしかったんだろうか――。

そう思うと、何故だか、目の前が霞んでくる。

「もちろん嫌なら、弁償の請求書を回してもいい。船室メイドの稼ぎなど、たかがしれているが……家族を破産に追いやるのが趣味か？　どちらにしても、君は見た目は可愛いし、娼館にでも売られるかも――それなら、今脱いでみたところで、同じことだろう？」

恐ろしい想像をかきたてる言葉にシンシアの喉がヒクリと引き攣れる。

「わかったら、早く脱げ。気が変わったら、いつでも君宛に請求書を送ってやる」

髪を一房指に絡められて、唇に食《は》まれると、シンシアはよろけてしまい、壁に背をもたせかけながら、どうにか自立を保っていた。

「そんな恐ろしいことでもないだろう？　おとなしくしていれば、やさしく扱ってもいい──君にしても、快楽は気持ちいいはずだ」

快楽──その言葉の意味を、シンシアはうっすらと考えた。

そうだ。これは、ユージンに弄ばれているのと大して違いがないのだろう。

所詮、ただの船室メイドが、豪華客船で遊興する貴族や大金持ちに逆らえるはずがない。

もう何回もユージンに抱かれた身にしてみれば、一回くらい、この青年に抱かれたところでどうということはない──そう理屈を捏ねて、自分を納得させようとしていた。

ふらふらして、今にも倒れこみそうになりながら、どうにか手をうしろに回し、エプロンドレスの結び目を手繰りあてる。心臓がどくどくと厭な音を立てるのを、まるで耳の近くで聞くような心地に怯えながら、シンシアは潤んだ大きな瞳をぎゅっ、と固く瞑った。

眦から、大きな雫が零れ落ちる。

しゅるん、と掠れた音を立てて、自ら結び目を解くと、シンシアの中で何かが崩れる気がして、軀中から冷たい汗が吹き上がる。

「……っく……ふ、ぅ……っ」

うしろ手のまま、ワンピースの背中を留めるボタンに手をかけると、無防備に胸を前に出す格好をリチャードの視線に晒していると思い、恥ずかしさと恐ろしさに手を止めたくなってしまう。けれどもそのたびに、視線の隅に、サマープディングの木苺やら黒スグリやらに汚れた真っ白な礼服が見えて、躯が震える。ひとつずつボタンを外していくうちに、黄昏色の瞳は涙に真っ赤になって、喉からはとめどない嗚咽が漏れた。

「そんなに泣くほどのことじゃないと思うけど――」

指先で涙を拭うと、シンシアの顔を壁に向けて、ワンピースのボタンに手をかける。

「背中じゃ、自分で外しにくいんだろ？　白い――肌だな」

途中まで背をはだけたワンピースを肩口までおろして、滑らかな肌を指で触れながら、うなじに唇を落とす。

「ひ……やっ……」

びくんと躯を竦めて、ストロベリーブロンドが揺れる。

うなじを啄む唇が、元から肌につけられていた赤紫の跡を辿るように蠢く。

「ふ、ぁ――ひゃんっ……やっぅ……あ、やぁ、やっぱり、い、や――」

抗おうとする躯をリチャードの強い腕が縛める。腰を抱きしめられ、首筋に舌が這うと、ぞわりとした悪寒めいた気配が背筋を伝って、シンシアは躯を捩った。

「さっきも言ったけど、借金にまみれて娼館に行かされるより、ここで抱かれるほうが何万倍もましだと思うが――？」

絡みつく恐ろしい言動にシンシアの動きが固まる。

「もし——その味が気に入ったら、愛人にしてもいいな……君は……なかなか可愛らしいし、ユージンなんかより、ずっと大事にしてやるから——。もっとも、彼は腐っても王子だ。メイドごとき、愛人はおろか、単なる気まぐれにすぎないと思うけど」

シンシアの喉が震えた。

そんなことは元からわかり切っていたことなのに、他人から聞かされると、いまさらながら、自分が浮かれて、目を曇らせていたことを思い知らされる。殿下にとって、シンシアを抱くのは遊び以下のこと——リチャードはそう言いたいのだろう。

「……っ、そ、んな……こと」

わかってる。シンシアだって、別に王族であるユージンに抱かれたからといって、結婚できるとか、愛人になりたいとかそんなことを願っているわけじゃない——。

そう答えようとしたとき。

コン、コン。と扉を叩く音が響いた。

リチャードは手を止めて、チッと軽く舌打ちしたけれど、どうやら無視することに決めたらしい。はだけた背中で、コルセットを締める結び紐を引っ張り、行為を続ける。

シンシアは、自分の失態なんだから、仕方ない——そう自分に言い聞かせる一方で、軀ががくがくと震えて、触れられているところから怖じ気づいた。

「うぅ……ふ、ぁ……やっ、やだ……ぁっ」

シンシアが、嗚咽混じりに悲鳴めいた声をあげたところで、コココン！　と、もう一度、今度は素早く叩く音がはっきりと聞こえた。

リチャードはまた、チッと舌打ちすると、盛大な顰め面を作って扉に目をやる。

入り口に比較的近い場所にいたこともあり、意識せずにいるには煩わしかったらしい。

「なんの用だ？」との問いかけに、「ルームサービスをお持ちいたしました」と、答えが返る――その声に、シンシアははっと目を瞠った。

重い扉を挟んでのやりとりではっきりとは聞き取れなかったけれど、よく知った声に酷似している気がして、心臓が『何故、何故、何故』とうるさく問いを繰り返して鳴り響く。

「ルームサービスなんて頼んでない。持って帰ってくれないか」

壁に頭を押しつけられた格好のまま、シンシアは息を詰めてしまっていた。

助けて。と叫んだほうがいいのか、リチャードに肩をはだけられているこの状態を絶対に見られたくないのか。

緊張のあまり、うるさく喚きたてる心臓の鼓動が、遠くで聞こえるような錯覚を覚える。

「そうですか――実は違うということでしたら、間違いだとサインをいただかないと持ち帰れない規則なのです。申し訳ありませんが、一筆いただけないでしょうか」

リチャードは不愉快そうにしていたけれど、サインをしてしまうほうが早いと判断したらしい。鍵を開け、扉のノブが回る金属的な音を聞いて、シンシアはぎゅっと目を閉じた。

壁に肩をつけて、今にも崩れそうな軀を支えることさえ難しいほど、震えてしまう。

「お、まえっ――ユージン!?」

「シンシアっ!!」

軽く争う気配のあとで、名前を呼ばれても、シンシアは振り向くことができなかった。

「……い、や――」

殿下にだけは、見られたくなかったのに――身動きできずに手を握りしめていると、ギリ、と歯ぎしりする音がして、あ、と思ったときには軀が宙に浮きあがる。

「この娘は俺のだ――返してもらうぞ」

ユージンはシンシアを腕に抱えて、端的に宣言する。リチャードが命令に従うとでもいわんばかりの傲然とした仕種にリチャードは身じろぎもできずにいた。

自身の威光を振りかざすことを当然とする王族特有の振る舞い。

貴族でもない身が大金持ちになったところで、簡単に持ち得ない特別さに、リチャードは期せず怯んでいたけれど、前を通り抜けられたところで我に返った。

「ちょっと待て！　先にその娘が私の服を台無しにしたんだぞ!!」

ユージンの肩を摑んで、肩越しに見やる緑色の瞳と鋭さをました碧眼が視線を絡める。

ほとんど身長の変わらないユージンとリチャードの視線がぶつかり合い、シンシアの頭上で火花を散らす。その間もシンシアは、ユージンの腕の中に抱かれながらも強く押さえこまれて、やりとりに緊張するあまり息が苦しくなって、ぱくぱくと小さく喘いでしまう。

胸が、苦しい――喉も……息が、うまくできない。

抱かれながら摑まれている腕が痛くて、痣になってしまう気がした。

「なるほど。金を持っていることだけがおまえの取り柄だと思っていたが、クリーニング代も出せないほど落ちぶれたか。それなら同じ服を仕立てて、俺からプレゼントしてやる」

「おまえからなど、何一つ受け取る気はない!!」

反射的に否定のいらえが返るけれど、ユージンは鼻で笑って一蹴する。

「遠慮するな。俺のところのメイドがしでかした不始末だ。おまえはいつも、フリュイ・ダルシャンで仕立てていたな」

社交界は広いようで狭いという。ましてや、いつも張りあっているリチャードのことは、ユージンも常に情報を仕入れていたのだろう。その結果、休暇中であっても、こうして顔を合わせてしまうから、より始末が悪いのだけれど——。

「結構だ!! とっとと出ていけ!!」

最後通牒のような叫びと共に、床に落とされていたシンシアのエプロンドレスが投げつけられ、ぱさりと肩に落ちたそれをユージンがシンシアを抱いた手で器用に掴んだ。

それで終わり。とばかりにプレジデントスウィートから廊下に出て、扉が閉まる音に、シンシアは緊張の糸が切れた。

第七章　お仕置きは嫉妬の色に彩られ

「……っく、う、ふ……ぇ、っ」

　シンシアはユージンの腕の中でぼろぼろと、大きな涙を零して、しゃくりあげていた。固く目を閉じていても、次から次へと涙が流れて止まらない。

　頭をつける胸からはユージンの心音が聞こえて、その規則正しい音を聞いていると、シンシアは安堵のあまり、また涙が溢れてくるのを感じて、嗚咽に喉が塞がってしまう。

　すぐ向かいに位置するロイヤルクィーンズスウィートに戻ると、ユージンはシンシアを乱暴にソファにおろした。

「いったいどういうことだ⁉　何故、リチャードの部屋で、あんなことになっていた⁉」

　露わになった肩を、跡がつくほどきつく摑まれても、シンシアはしゃくりあげるだけで、まともな返事ができなかった。それでも。

「……って、れ、じーなふぉる、ちゅな、は…ひ、左側、通行……でっ——わ、わたし、が……っ……さまぁぷ、でぃん……ぐ……ぶつか……てっ」

どうにか、リチャードとすぐそこでぶつかってしまったことと、服を駄目にしてしまったことを辿々しく伝える。涙に霞む視界の向こうで、不快そうに顔を顰めるユージンが、指を頭に挿し入れて、髪を梳く。同じ手が涙を拭って、頬を撫でさすった。

その仕種はいつもと同じやさしさが感じられはしたものの、シンシアはそれが労りだとしたら、なおさら辛く感じていた。肩を寄せ、両手を交差するように二の腕を握りしめる。震える軀を自分で押さえようと抱きしめる。

ユージンはがくがくと痙攣したように震えが止まらないシンシアを股下に組み敷いて、涙にまみれた頬を両手で摑み、強制的に目線を合わせた。

「おまえは……——それで、あいつに抱かれるのを了承したというのか⁉」

鋭い双眸。冷たい声音に胃の腑がすうっと、冷えて凍りつく。

「サマープディングは俺が頼んだものなんだから、責任の一端は俺にもある。何故、ぶつかったときすぐに俺を呼ばなかった⁈　もしハリスが見かけてなかったら——俺は……」

何故——そう言われても、動揺しきって頭が回っていなかったシンシアに、選択の余地はなかった。すぐそばの扉を開けるよりも早く、リチャードに部屋に連れこまれていたのだ。ユージンを呼びたいなどと言える暇はなかった。もしあったとしても、シンシアは自分がそうしたか、自信はない。

たしかにサマープディングはユージンの注文だったけれど、それはやっぱり関係ない。

「——こ、れは……わ、わたしの…失態で、す。殿下は——関係、ありま…せん……」

扉の前を通るときに、もうほんの少し気をつけるべきだったのだ。浮かれて、その注意を怠ったのはシンシアで、決してユージンではない。

「関係ない——?」

氷河を渡る風よりも冷たい声に、シンシアはこくりと唾を嚥下する。

「か、関係……ありません——っ」

震える喉で、同じ答えを繰り返した。途端、さっと瞳の中に、怒りの色がよぎるのを目に捉えて、嗚咽が喉をついて出そうになる。怜悧なまなざしから逃れたくて、手の甲で視界を塞ぐ。

このまま消えてなくなってしまいたかった。ユージンの傍にいるのが苦しかった。

『彼は腐っても王子だ。メイドごとき、愛人はおろか、単なる気まぐれにすぎない』

ついいましがた、リチャードが言い放った言葉が脳裡によみがえる。

そんなことは本当にわかっていた。

それに、自分の失態をもし本当にユージンに肩代わりしてもらうようにリチャードに言っていたら、ユージンと折り合いが悪いリチャードのことだ。もしかしたら、もっと無理難題をユージンに吹っかけてきた可能性だって捨てきれない。

そんなことになったら、シンシアはきっともっと後悔してしまう。

固く身構えていたところに、温かい指先で頬から耳へと髪をかけられて、怯えていた軀がビクンと跳ねた。

「髪が――乱されているな」

両手に頭を掻き混ぜるように愛撫されて、そのやさしい感触に、一度は怺えた涙が再び溢れだした。

「ふ……ぅ……だ、って……わたし――っ」

「服だってボタンが全部開いているし――肩も背中も……見せていたな」

その言葉を再確認するかのように、指先が背中に回って肌を滑り、嬲っていく。

「あ……あぁ……っ……やだ、肌……指、動かさな、いでっ」

肩胛骨に沿って骨張った手が滑る感触に、シンシアは背を反らして、ぶるりと身震いしてしまう。

殿下がしていたことと、そう変わりはありません――そう言って非難したいのに、なんでこんなに喉が震えてしまうのか、シンシアはわからない。ユージンのしていたことだって充分ひどいと思うのに、なんでこんなに、シンシアのほうが、してはいけないことをした心地にさせられてしまうんだろう――。

怯えと戸惑いに動きを止めてしまうと、仰け反った喉元に唇が寄せられる。ビクンと細い躯が官能にうち震える。

「――どうしておまえは……関係ないとか簡単に言えるんだ？　負債の代わりとして、リチャードに体を触れさせて――俺の気持ちを考えたことがあるのか!?」

殿下の気持ち――なら、シンシアだって考えた。むしろだからこそ、リチャードとユージンの問題にしたくなかったのだし、ユージンにだけは見られたくなかった。

酷薄な言葉を吐きだす唇に急所を啄まれるだけで、まるで隷属の仕打ちを受けている心地にさせられ、シンシアの心が痛みに軋む。唇はそのまま首筋を辿って、何度も肌を啄んで引っ張っては、強く吸いあげられる。

「は……う、っ……く……痛い……」

喉に疼く鈍い痛みに、思わず息を止めて堪え忍ぶ。そうしないと、すぐに盛大な嗚咽を漏らして、泣き崩れてしまいそうだった。

「背中は？」

問いかけられて、ふるふると首を振る。

「いいから、見せてみろ――俺が見たいというのに逆らうのか？」

仰向けの躯をくるんと回されて、無理やり、俯せにさせられた頭が、ソファから落ちそうになる。

「ふ、ぇ……し、らない――。もぉ、や…いやっ」

傾いて、逆立つように髪が絨毯へと流れたところで、うなじを露わにさせられると、リチャードの唇が触れたところにユージンの指が触れ、ビクン、と身を竦める。

「吸われた――鬱血《うっけつ》の跡があるが――これは何だ？」

冷たく糺《ただ》すユージンの声が背後から降って、シンシアは震えだしそうな衝動に駆られながらも反論する。

「で、殿下だって、何回もそこ……吸った…じゃ、ないです…か……」

苦しい言い訳だってわかっていたけれど、口にせずにいられない。混乱に頭がふらふらと酩酊する。そもそも、自分で自分が一番わからない。

なんでユージンはよくて、あの人は駄目なんだろう。

もしかしたらあの人こそが、仮面仮装舞踏会で一緒に踊ってくれた海賊の船長かもしれないのに。

力の入らない軀を背中から抱きしめられて、うなじも首筋も、何度も何度も吸いあげられる。そのたびにユージンに触れられて、体の芯が熱く愉悦に揺れ動くのを感じて、下肢を擦りたくなる心地にシンシアは抗った。

「や……やぁっ――わ、たしの……こ、と……もぉ、放って…おいて、くださ…いっ」

快楽の波に晒され、たまらなくなって突き放すような悪態を吐きだした。

「こんなものを……放っておけるわけないだろう……おまえを……部屋から出すんじゃなかった。閉じこめておけばよかった――そうすれば……」

そうすれば、何?――シンシアは触れられる唇にも指先にも翻弄されながら、うっすら考える。その間も、ユージンはソファからずり落ちそうだったシンシアのお腹に手を回して、助け起こした。自らの膝の上に乗せて、緩んでいたコルセットの前に両手を挿れ、そのまま白い双丘をふるりと掻き出す。

まだ完全に熟す前のプラムのような、はりのある乳房が零れ出て、その真ん中ですでに硬くすぼまった果実が、ぴん、と上を向いて震えている。その柔肌に、骨張った指がくいこんで、形を変えて揉みしだかれると、シンシアは喘ぐ声を怺えきれずに、途切れ途切れに喉から漏らしてしまう。

「あ……ぅ、う…痛い、です――放し、て殿下……胸、やだ……」

いつになく手荒く摑まれた胸の先を指と指の間に挟まれて、まるで痛みにも似た悦楽が鋭く走る。

「なんだ――リチャードにはよくて、俺に触れられるのは嫌なのか？」

耳元に寄せられた唇が、耳裏で蠢いてぞわりと背筋を震えが這い上がる。

殿下はいつも、こんなふうに――怖くなかったのに。シンシアの心は怖じ気づいて逃げたくなっていたけれども、軀は悦楽を愉しんで、ぞわりとした感触に震えてしまう。

「ち、ちがっ……ひゃ、んっ……何して――あ、やぁ…っ……そこ、触っちゃ――」

期せず蕾を指先に弾かれて、甲高いよがり声を漏らす。

「じゃあ、なんでそんなに怯える？　それとも……リチャードに無理やり抱かれると思うと、興奮したのか？　そういう趣味があるんじゃないのか？」

「知らな……です……わ、たし…そんな、こと、思ってな……」

ユージンはねっとりと低い声で耳朶を震わせながら、シンシアの乳房を捏ねるように揉みしだいた。

やだ……こんな、嬲られるような言葉……やめて。

怯えきって身が竦むようなことがあったばかりなのに、ユージンにまでなじられると心が軋んで、苦しかった。

「あ、ぅ……い、た…や、め……そんな、風に……いじらな、い…で――ふ、ぁんっ」

柔肌を揉まれたと思うと、く、と指先に薄紅色の括れを捻られ、シンシアはびくっと躯を揺らして、喉を鳴らしてしまう。

「な、んで、こんな感じ、て……? あ、やぁぁ……は、ぅ……」

さっきまで緊張に神経を昂ぶらされていたせいで、シンシアの躯は敏感に愉楽に開いていた。ほんの少しの刺激でさえ、まるで雷に打たれたかのように喜悦が響いて、触れられた性感帯がじん、と甘く痛みだす。その痛みにまた体の奥が疼いて、肌が敏感に粟立つ――ユージンの指はシンシアの躯のどこが感じるのかを着実に見抜いて、指先が腋下をくすぐって動いた。

「……おまえは服の弁償の代わりに、リチャードに躯を売った。なんといっても、あいつは着道楽で、もしかすると俺なんかより、服に金をかけてるかもしれない――つまり、その弁償額はおまえやおまえの家族には簡単にどうにかできる金額じゃないだろう」

簡単にどうにかできる金額じゃない――その言葉に、シンシアは再び目の前が真っ暗になって、息が止まる心地がした。喉が震えて、声が出ない。

「その負債は俺が買い入れた。だからおまえの躯を好きにする権利が、俺にはある――そういうことだろう？」

「――っ!!」

ユージンはメイド服のスカートの中に手を入れて、ズロースの股割れを探り当てると、シンシアの秘部へと指を伸ばした。

「ひ、ぁ……ダ、メ――そこ、指入れな…いで――」

ぬるり、とした感触に、シンシアは自分が濡れていることを思い知らされ、羞恥に顔を赤く染める。

「ほら、もうしっとりと濡れそぼって――俺なんかより……リチャードの愛撫を愉しんだんじゃないのか」

そんなことない――そう言いたかった。ただ怖かっただけで、殿下に触れられたときのように心が震えるようなことはなかったのに――。

けれども、ユージンの怒りの前に喉が震えて、声が出せない。

「し、知らな……触られ、たの……背中と首の、うし…ろだけ、で…すっ……本当にっ」

シンシアはその感触を思い出して、軀の毛が総毛立つような心地に戦いた。

恐怖と快楽はこんなにも、紙一重の行為だと、ユージンの指先に熱いぬめりを吐きだす膣口が訴える。どくどくと脈動する膣壁が、快楽を求めて軀を作り替えてしまったかのようにも思える。

空気に晒されている素肌や耳。ひくついた陰唇さえ、胸の突起と同じように、いつになく鋭く感じてしまい、少し五指に爪弾かれるだけでびくんびくんと軀が跳ねてしまう。

「やぅ、あ……ふぅ……指、動かし…ちゃ、おかしく、な…る……はぁ……ん」

甘い吐息を漏らして、シンシアは下肢の熱に浮かされたように瞳を潤ませた。

快楽に目覚めた軀が淫欲を求めて、無意識に肌を擦り合わせる。

劣情に震える動きを見ると、独占欲を踏みにじられた心地に、涼やかな目元に、さっと、怒りの色が走る。

「シンシア——おまえは結局、愉楽を感じさせてくれるなら、相手が誰でもよかったんじゃないか!!」

ユージンの怒声を浴びせかけられたところで、乱暴に軀からワンピースをおろされた。パニエにひっかかっていたところを、どうにかコルセットとズロース姿にすると、苛立った手が裂くようにズロースを引き剝がす。その急な動きに、シンシアは何が起きたのかわからないまま、軀が俯せになり、腰を膝に乗せられていた。

「ひ、ぅ……ああ、や、だ……で、んか、そこ、ダメ！　見ない……でっ」

膝を高くあげられると、尻を高く突きあげる格好になって、恥ずかしい場処を怜悧な双眸に晒されてしまう。

「何をいまさら——リチャードに……こうされることを許したんだろう?」

「……っ……れ、は——」

だってどうしようもなかったんだもの——シンシアは俯いたまま、口を手で押さえて目を瞑った。ユージンはその様子を面白くもなさそうに眺めて、形よく引きしまった双丘を摑んで、柔肉が動くに任せて狭間を押し開くと、露わにさせられた秘部が空気に触れて、組み敷かれた軀がびくんと小さく跳ねる。

　下肢の狭間は、さっきから与えられ続けた緊張と刺激のせいで、すっかり蜜に濡れていた。つぷん、と音を立てて、中指が第一関節まで簡単に咥えこまれる。

　く、ともう少し中に押しこんで関節を曲げると、膝の上の軀がびくん、と跳ねる。

「お、願いっ……搔き混ぜ……ない…でっ——」

　訴える声は、けれども甘えるような響きが入り交じって、シンシアは喉にゴクリと唾を飲みこんだ。そうじゃなくて——。

　やめて。と抗ったにもかかわらず、指先はむしろ舐《ねぶ》るように陰唇の割れ目を辿り、ひくついた膣壁を掠める。第二関節まで押しこまれて、引き抜かれ、また押しこまれる。

　その浅い抽送の間、シンシアは自分の軀が、ぐじゅぐじゅと淫猥な音を立てて、情欲を呼び覚ます気配に、ただひたすら堪えるしかなかった。

　どうして、こんなことに、なってしまったん、だろう——。

　考える傍から、快楽に思考が吹き飛びそうになってしまう。

「……髪を搔きまぜられて、うなじを吸われて、背中を触られて——か。おまえはこんなことを誰にでも簡単に許すんだな」

　降ってくる静かな声に、冷たい感情が籠められている気がして、シンシアは身じろいだ。

「殿下、それは違いま——わわっ」

反論の途中で、膝で腹を持ちあげられて、軀が浮いてしまう。

ユージンはその隙間に手を入れて、胸元を手繰《たぐ》ると、手先だけでコルセットの留め金を外し、シンシアの軀に残っていた下着を全部、床に落とした。

何も身につけてない軀に、鋭い視線を落としては、端整な相貌をわずかに歪める。

白い肌は、ほんのりと上気していた。

指先に触れる滑らかな肌触り。首筋に残された、他の男の痕跡。

ユージンは今コルセットを剝ぎとったばかりの背中に、指先を滑らせると、今一度、体を屈めて、唇を落とす。肌を唇で狭みあげ、やおら吸いあげ、その真っ白な背中に赤紫の跡を残していく。

「ふ、ぇ……ソレ——肌、痛い……殿下、痛い…から、やめ、て——」

鈍い痛みとむず痒さにシンシアは軀を捩らせた。

けれども肌を刺激する営みは、背中を転々としたあと、内腿におりて、敏感にさせられた絶対領域を吸いあげられた瞬間、桜桃色の唇から、艶めかしい喘ぎが漏れる。

軀を手繰る骨張った指先が、縮こまった軀の膨らみを捉えて、たっぷりとやわらかさを愉しむように胸の形を変えて揉みしだいた——その蠢きにシンシアは切ないほどの疼きが体の奥に湧きおこるのを感じ、息が苦しくなったような気がした。

で、んか——。

転がされた格好だと、ユージンがどんな顔をしているのかわからなくて、切なさばかり募ってしまう。

怒って、いる――のかな……?

そう思うけれど、同時に、どうして? と考えずにいられない。どうして殿下は、わたしがリチャードさんに抱かれそうになったこと、そんなに怒る、の――?

リチャードさんと張りあってるから――それだけ?

シンシアは肌の上を滑るユージンの指先を感じるたびに、ぶるりと体を打ち震わせて、胸の鼓動が速まる音を聞いていた。

太腿を摑んできた指が肌を滑って、もう一度湿った場処を捉えると、うしろから舌先が伸びて、秘裂にぬるりとした蠢きが伝わる。指で触れられるのとは違って、まるで見知らぬ生き物に軀を侵されるような感触に、ぞくりと淫靡な震えが起こる。

「……っや…舌、ダメ……殿下、ソレ――頭が…変に、なる……」

やわらかくも変幻自在な舌先が、すでに濡れそぼった場処を、浅く、緩く、淫らな動きで、陰唇を刺激してくる。ビクビクと体が跳ねる際には、あえかな声が喉から漏れて、華奢な軀が悦楽に疼くのを見透かされていた。

「じゃあ……俺の舌でおかしくなれ――シア」

「……ふ、ぁん――や、ぁ……」

シンシアはユージンの愛撫に艶めかしく軀をくねらせ、ソファに頭を転がしてしまう。

びくん、と狭隘《きょうあい》な場処が悦楽に反応すると、力の入らない軀が倒れそうになって、さらに尻を高くあげられたところで、ちゅ、と陰唇を吸いあげられた。

「ひゃ、ん……何、今の……ソレもやだ……吸わな、いで……殿下っ――ひゃぁんっ!!」

疼かされ、ふっくらと立ちあがった芽芯を舌につつかれて、悲鳴のような嬌声があがる。

シンシアはビクリ、と無理な姿勢に背を仰け反らせて、そのまま早くも果ててしまった。

「は……う……っ」

瞑った瞳から、涙が頬を伝って流れる。

汗ばんだ軀はしどけなく横たわったまま、熱を帯びた陰唇から、ぐずぐずと淫蜜を溢れさせていた。シンシアは無理やり快楽を感じさせられたにしても、満たされた心地に頭が甘く痺れていた。熱っぽい気怠さにぼんやりするのに、喉を塞ぐ切なさも感じてしまう。

まだ劣情の余韻が残る軀を静めるように、ぶる、と軀が震えるのに、鋭敏になった肌に何も触れないよう、浅く呼吸する。

ユージンは桜桃色の唇がそっと吐息を漏らす様を眺めて、汗に貼りついたストロベリーブロンドを耳にかけた。

「淫らな軀だな……次から次へと誘いの蜜を垂らして――この肢体でリチャードを虜囚《とりこ》にして、結婚を迫るつもりだったんじゃないのか?」

「わたし……淫らな軀なんかじゃな…い――結婚も……そんな…こと、考え…てな……」

シンシアは冷たい言葉に驚いて、体を起こそうとした。けれども、ねばついた液にまみれた蜜壺を捏ねられると、淫欲を貪った軀が淫猥な予感に震えてしまう。快楽に堪えるように、目を固く閉じていると、不意に弛緩した軀を起こされ、強引に唇を塞がれた。

「ん、ぅ……ンンっ……」

自分の陰部を弄んでいた舌先が口腔を嬲ると、奇妙な苦い味が舌の上に広がる。噎せそうになるのに、長く挿し入れられたユージンの舌が許してくれなくて、シンシアは息苦しさに呻いた。

「どうだ？　自分の淫らな蜜の味は？　舌が痺れるほど美味いんじゃないか？」

「っ…か、はっ……や、……ふ、ぅ…っ」

こんなの、苦くてちっともおいしくない――。

げほげほと咳をして、息ができると思ったのも束の間、頭のうしろに手を添えられ、また仰け反るように口付けられて、舌先が歯列をなぞる。

「ふ、う……ん――ン、ぅ……っ」

やわらかい歯肉が敏感になって、舌先で舐めとられたところから、悪寒めいた震えが走る。抵抗したくとも、喉を開かれた状態で覆いかぶさるように唇で塞がれて、ユージンの長い舌が、怯える舌を好き勝手に搦めとってしまう。舌裏を蠢くぬるりとした感触に、びくんと喉の奥がひくつく。ざわめく口腔の湿った柔肉の中を、血管の跡を辿るように、蹂躙されると、シンシアは自分の感覚すべてが、貪られ奪われていく心地に切なくなった。

ざわざわと軀中を目覚めさせる淫靡な予感に、肌が粟立って仕方ない。

むずむずと疼きだす軀は、勝手に胸の先をつんと上向かせて、ユージンの舌に口腔が嬲られ、ビクンと上気した軀が震えるたびに、コルセットの上でぷるんと揺れる。

その動きを視界の隅に垣間見たのか——さっと骨張った指先に捉えられた。親指の腹で、手探りにやわやわと乳輪を擦られると、痛いほどの甘い痺れで、はちきれんばかりに疼く。鋭敏に官能を開かれた蕾が、ほんのりと鮮やかな薄紅に染まる。
ダ、メ——これ以上、いじらないで……。
自由にならない舌先だけを動かして呟くと、切なくさせられた喉に唾を嚥下する。眦からは涙がとめどなく流れて、頬に跡を残していた。

胸の形を変えるほど、五指をやわらかい乳房にくいこませて、けれどもさっきまでの荒々しさを潜めさせて揉みしだかれると、シンシアは軀の奥から湧きおこるひりつくような悦楽に、下腹がひくりと脈動してしまう。

動いたら、欲しがってるのが伝わってしまう——。

そう思うと、舌をまさぐられながらも、首筋を愛撫する指先に、肌が熱っぽく汗ばむのさえ、感じとられるのが怖くなる。舌に蕩かされ、力の入らない軀は、もうすでにまた達してしまいそうなほど、昂ぶらされて、胸に弧を描くようにまさぐられると、ぶるりと震えてしまう。

熱い波が近づいて、シンシアは太腿を寄せて、身じろぎした。

「っは……ふぁ……殿下……も、ぉ無理——もぉ、放して…くださ、い——」

躯の奥が熱くて、その熱に浮かされて、シンシアは今にも変なことを口走ってしまいそうだった。殿下に、めちゃくちゃに、抱いてほしい――そんなことを、願い出そうな自分がいる。でも、失態を犯した今、そんなことを口にしたくない。

シンシアのささやかな自尊心が、ユージンから距離を置くための、唯一のよすがだった。

「放せ？　誰に向かって口を聞いてるんだ。胸を啄んでくださいの間違いじゃないのか？」

揶揄されるような言葉に、シンシアの白い顔に、さっと、朱がさした。

証拠を暴き立てるかのように、摑まれた膨らみの先を上向かせている。

「～～っ…違います！　そんな……こと、思ってません！」

違わない。本当は、胸の先に触ってほしい――疼く突起がそう訴えている。なのに。

「っあ……な、何?!」

躯を抱きかかえられ、耳元にユージンの息がかかったかと思うと、シンシアの真っ赤に染まった耳朶を唇に啄まれ、桜桃色の唇から、甘い声が漏れた。

「や、耳、ダ、メっ……くすぐった……」

身じろぐ躯を押さえつけられ、耳殻に舌を挿し入れられてしまう。

「口答えしていいと、誰が許した……『わたしの胸の塊を、啄んでください』――そう言えと、俺が命じているんだ」

低いテノールが耳朶を打って、シンシアはくらりと、酩酊する心地に震える。

やめて。その声で、命令――ダ、メ……。

「いえな……そ……んな、こと……や――」

「リチャードには素直に服を脱いでいたじゃないか。キスされたか？　やっぱりあいつの愛撫に感じていたんじゃないのか？」

唇が、耳裏から首筋におりていく間も、腕が華奢な軀を羽交い締めにするようにしっかりと掻き抱いていた。

「……っ、……ん、なこと……されてな、い……ふ、ぇ…」

ユージンの低い声に、首筋を食むやわらかい唇に、肌に触れる骨張った指に――感じていた。軀が疼いて、ぶるりと震えあがりそうな予感が、背筋を這い上がって怖かった。

「指が――肌に吸いつくようだ。この肌であいつを誘ったんだろう？」

ねっとりと絡みつく声音に、喉が震える。

「で、んか……殿下――ごめ…なさ…っ……も、ぉ――許し、て…くださ……ぃ」

なんでこんなことになってるのか、わからない。

でも軀中が性感帯になったみたいに震えて、ユージンの声や指先、唇にもびくびくと跳ねて反応してしまう。耳朶を唇に引っ張られると、喉が切なくて仕方ない。

「キスは、されなかったのか？」

どうにか助けてほしい一心で、かくかくと首肯を繰り返す。

キスなんて、されなかった。されなかったもの――。

シンシアはどうすれば信じてもらえるのかわからずに、涙を流した。

「――そうだな。負債の代償なんだから、口付けはいらないな」

ユージンはストロベリーブロンドの髪を指に巻きつけて、弄びながら、官能的な唇に寄せていく。

その仕種を横目に見ると、シンシアは、「あ……」と小さく吐息を漏らした。

髪の毛に感覚があるわけじゃないのに、さっきリチャードに同じことをされたのと違って、触れたところからざわめいた。とくん、と心臓が大きく跳ねた。官能を感じる軀に切なさが入り交じって、さらに甘やかに痛みを増してしまう。

「で……ん、か――」

シンシアは切なさに突き動かされるように、ユージンを呼んだ。なのに。

顎を掴まれて視線を合わされ、険を強めたハルニレの葉色の瞳と、潤んだ黄昏色の瞳が交錯する。やわらかくけぶった緑の瞳に酷薄な光が煌めいて、

「早く言え。俺も仕置きをするのに、そう気が長いほうじゃない。それとも、単語がよく聞こえなかったか？　『わたしの胸の塊を、啄んでください』――ほら、簡単じゃないか」

やさしい口調で無慈悲な宣告を口にする。

「そ、んなこ…と……い、えな――」

囁くような声で抗おうとすると、片足を持ちあげられ、ストロベリーブロンドの茂みに隠れた秘処が視線に晒された。

「こんなにいやらしい蜜を垂らす場処なのに、綺麗な色をしているんだな――おまえの髪

と、どっちが綺麗かな？　シンシア？」

秘められた場処を開かされて、笑みを浮かべない瞳に覗きこまれると、何をされるかわからない恐怖に、喉がひくりと震えた。指先が太腿の柔肌を蠢いて急かされたところで、ビクンと身を硬くする。シンシアの大きな瞳から、涙が零れた。

「ふ、ぇ……わ、わたし、の……胸の塊…を、っ…つ、啄んで…くださ…い……っく――」

シンシアが必死な言葉を吐きだしたところで、ユージンの返答は、

「ふーん……」と、素っ気ない一言。

その反応がいたたまれなくて、シンシアは羞恥に顔を真っ赤にしながら、口にするんじゃなかったと後悔した。

も、ぉ、い、や――。

手の甲で視界を遮るように顔を覆った下で、涙が頬から流れ落ちてしまう。そうして嗚咽に喉が塞がれ、身じろぎもできないでいると、ビクン、と軀が跳ねた。

「ひゃ、うっ、あ……何して……ダメ。殿下、いやぁっ」

舌先に硬くいきり立った突起を転がされ、ビクビクと華奢な軀が弓なりにしなった。

「ダメじゃないだろ……？　おまえが啄んでくれと言ったんじゃないか……」

「それは……殿下が言わせたんじゃないですかっ！　や、はぅっ……!!」

甲高い声をあげて、シンシアは軀を揺らすのに、掴まれて、側面を辿るように舌に突かれたあと、ぴん、と突起を弾かれて、声がまた一段と高くなってしまう。

腰を掻き抱くユージンの手が背中を滑るだけで、肌が粟立って、体の奥がひくんと脈を打つ。ぶるりと震えあがったところで、蕾を弄ぶ唇に、ちゅ、と吸いあげられると、官能的な戦慄がシンシアの軀を駆け抜けた。

「ぅ、あ……ふ、ぅ…ああ……わ、たし……」

心臓が、どくどくとうるさいぐらい、音を立てていた。

こんな、すぐに……達してしまうなんて、どうかしている——。

シンシアは熱い涙を流しながら、ぼんやりと考えた。なのに、舌に陥落させられた軀の奥は、まだ疼いて、物欲し気にひくついている。

「いや、ぁ、こんなの、違う……い、や……わ…たし、わたし……」

自分の淫らな軀が許せなかった。

初めて抱かれたのは、ついこの間のことなのに、ユージンの唇に自分の胸の先を嬲られたり、秘処に舌を這わされたり——膣の中に肉棒を穿たれなくても、ここまで淫情を呼び覚まされてしまっているのが、にわかに信じられなかった。

「シ、ア——。ほら……また蜜が溢れてきたな。次はここか？　シンシア——挿れてほしいのなら、強請ってみるがいい。その物言いが気に入れば、入れてやってもいい」

傲岸不遜な物言いに、シンシアは胸が切なくなるのを感じたけれど、同時に、ユージンの整いすぎるほど綺麗な顔立ちによく似合ってると思った。そして、王族としての権威を考えたら、シンシアは一も二もなく従うべきなのだろうとも。

それでも。

「……や……っ……そんなの、いらな……い、です――ふ、ぁ……や、め――」

ユージンは、片手にシンシアの太腿を持ちあげて、もう一方の指先で花唇の割れ目をつーっと辿った。何度も愉悦をかきたてられたあとだから、陰唇は蜜にまみれて、しどけなく指を咥えこんでしまう。

長く骨張った中指が緩く出し入れを繰り返して膣内の肉壁を嬲るように動くと、快楽に反応して、掻き抱かれた軀が身じろいだ。指に掻き混ぜられるだけで、軽く達してしまいそうなほどの愉悦が背筋を這い上がってくる。ぶるぶると身震いしながら、今、ユージンの肉棹に貫かれたら、どんなに気持ちがいいだろうと頭の片隅で考えてしまう。

ダメ。そんなのダ、メ。

「リチャードは、秘裂に指を入れたのか?」

指を膣の中に入れたままだというのに、まるで医者が患者に問いかける問診か何かのようだった。

「知らな……そんな、こと……してな……い――」

引き抜かれ、淫蜜にまみれた指先に陰唇の割れ目を爪弾かれると、シンシアは声を途切れさせて、軀をひくりと仰け反らせてしまう。

「は、ふぅ……っ。本当にっ、ほ、んとうに、してな……い、で……すっ!」

答えながらも、シンシアは筋肉質の胸に頭をつけて、秘部を嬲られる感覚に堪えていた。

「本当か？　こんな服、まくりあげれば、股下の開いたズロースなんて、穿いたまま、簡単に指を入れられるのに？」

　ふるふると頭を振って、下肢から這い上がる鈍い痺れに、甘い吐息を漏らしながら、どうしたら、信じてもらえるんだろう——と思う。

「して、な……リチャードさんはそんなこ、と——ぁ……んぅ……も、ダメ……殿下、わたし、頭、おかしく、な……る〜〜」

　指先に蜜壺を掻き混ぜられると、まるで頭の中も、指に掻き混ぜられたかのような酩酊感に、くらりとなってしまう。呼吸が熱っぽく荒い。

「突いてほしいのなら、もっとうまく強請れと言っただろ？　シンシア——」

「ふ、ぇ……違う……わ、たし…や、です。できま…せん……もぅ放って、おいてっ……放っておいて、くださ…い……」

　熱が下肢に疼いて、全然冷めないなら、このまま——。

「放っておけ？　なんだ、それは——」

　頭の上でくつくつと、喉の奥で笑う声がした。

「ひとりになって、何か他のもので——張り型《ディルド》ででも慰めるか？　負債の代わりだと言っているのに、そんなことを許すとでも？　ふざけるな……シンシア」

　嬲るような言葉のあとで、髪を掻き交ぜられながら甘く名前を呼ばれると、シンシアは泣きだしそうな心地にさせられた。なのに、無理やり顎をあげさせられ、視線を合わせられると、端整な顔が何故か、苦しそうな顔にも見えて、今度はどうしたらいいかわからなくなった。

「で、んか――？」

やっぱり、もう……許してくれる……の？

シンシアは濡れた瞳で、ユージンの険を強めたまなざしを眺めやる。

ユージンからは、何度もきつい言葉を浴びせかけられたけれど、結局はいつも、心からの罵りではなかったし、ちゃんと話を聞いてもくれた。メイドの身分でそれに甘えるのは卑怯かもしれなかったけれど、こんなふうに怒りをずっと見せつけられるのは苦しくて、つい慈悲に縋りたくなってしまう。

「そうだな……言えないというのなら、同じ口で――強請るのが道理じゃないか？」

ユージンは陰唇を弄んでいた指を引き抜き、がくがくと、体に力の入らないシンシアを無理やり、絨毯の上におろすと、自分は長く均整のとれた軀をソファに横たえた。

さらには優雅な仕種で、おもむろに下衣筒《トラウザーズ》のボタンを外して、前を寛がせる。

「俺の上に乗って、口で奉仕してもらおうか？」

「…………は？　え？」

「口で奉仕の意味がわからないのか？　なら、今から教えてやるから、来い」

そう言われても、わけがわからないのと、何か厭な予感に怯えるあまり、シンシアは動けなかった。

「おまえはリチャードの言う負債をなんだと思ってるんだ？　おまえが一生かかっても払えない額を肩代わりしてやるというのに、喜んで従うどころか、逆らうのか？」

ハルニレの葉色の瞳で鋭く睨みつけられると、とくんと胸が軋む。これまでは、どんなに険を強められたとしても、どこかしら親しみを感じさせてくれた瞳が、凍てつく氷のように冷たく睨むのを見ていると、体が竦んでしまう。シンシアは震える手で自分の軀を抱きしめた。

言うとおりに、するしかない——それはわかっていた。

それに他の人にされるより、ユージンに触れられるほうを自分の軀が喜んでいることも。むしろ喜びすぎて、溺れるのが怖いくらいに。

リチャードに抱かれるかもしれないと思ったときは、ただただ怖かったけれど、ユージンに貫かれて陶然となってしまうのだって、ユージンのやさしさに触れてしまったあとなだけに、自分の心が揺れ動くのを止められない。

たとえ、王族の気まぐれにすぎないとわかっていても——。シンシアは、こくり、と生唾を飲みこんで、ソファに膝をつこうとした。すると。

「違う!!」

すぐに叱責が飛んで、手を引かれて軀をぐるりと回転させられた。

「そのまま、左の膝を跨いで、そう……尻をこちらに向けたまま——」

広いユージンの胸をシンシアが跨ぐのは難しくて、しかも逃れようとするとユージンのてしまう。

「で、殿下、何を——ああうっ」

首を回して振り向こうとしたところで、舌のやわらかい感触に花唇の割れ目を辿られて、俯いてビクビクと雫型に垂れ下がって揺れる膨らみをユージンの胸に打ちつけてしまう。

「は、ふ……舌、やぅ…っやめて、ソレ、本当に——ダ、メ……なの……」

うまく身じろぎすらできないまま、甘い声を漏らすシンシアに、

「自分ばかりよがってないで、少しは俺のモノにも奉仕したら、どうなんだ?」

「……ど、どうしたら……?」

シンシアは体を互い違いの方向に重ねた状態——自らの秘部をユージンの視線に晒され、自分の目はユージンの赤黒い棒状のいちもつに繋ぎ止められて途方に暮れてしまう。

わずかに張りを保ったこの塊が、シンシアの軀を貫いたのだ。そう思うと、こんな大きなものが、よくも自分の狭窄な場処に入ったものだと、妙に感心していると、ふと、いつかメイド仲間の誰かが、男の人をどう慰めるか。という話をしていたことが頭をよぎった。

「な……舐めるの、だったかしら……?」

シンシアは手を添えて、そっと肉棒の先端に舌を伸ばした。

「ん……ぅ……」

奇妙な苦い味をうっかり飲みこんでしまうと、ひくりと喉が引き攣れる。

その苦しさに耐えながら、シンシアは親指と人差し指の間で棹を扱いて、舌先でひっかかりを舐めとった。かさの陰へと舌を伸ばして、その間もゆるゆると肉棒の根元のほうで手を動かすと、意外なほど没頭しそうになったところで、下肢を舐る感触に軀が跳ねた。

「ひゃ、う……っ、殿下……な、何してるんですか⁉」

自分の背後で――下になって横たわるユージンの手で下肢の尻肉を掴まれて内股を擦られると、ふぁっと肌が粟立って、震えあがりそうになる。

「おい、舌が――止まってるぞ」

警告めいた声に、ごくりと喉を湿らせる。

「うぅ……あ、の……な、舐めないでくださいね……？」

念を押すようにお願いすると、シンシアは肉茎に浮きあがった血管に沿って、もう一度、舌を伸ばした。舌先で肉棒の周りを丁寧に舐めとりながら、ぼんやりと考えが巡る。

こうすると、殿下も気持ちよくなるのかしら――。

メイド仲間が男根を模した張り型《ディルド》を使って、面白おかしく話してくれた技について、記憶を手繰り寄せる。そのときは暇つぶしの余興にすぎなくて、まさか役立てる日が来るなんて思ってもみなかったけれど。

たしか、こうやって――。

シンシアは亀頭のかさの陰へと舌を走らせて、棹を掴んでいた指を上下に動かしてみる。

鈴口に唇を寄せて、そっと吸いあげると、ユージンの軀がびくりと震えて、ささやかな喜びに満たされた。

殿下にも、感じてほしい――。指で支えて、ふるふると前後に揺らすと、「う……」と何かを怺えるような声が聞こえて、シンシアはうれしくなった。もっとと、上からでは届きにくい裏側へと、すぅーっと指を走らせた途端、先走りの液がびゅっと迸る。

「ふ、は…っ……！」

透明な液体が鼻先に飛び散って、シンシアは反射的に目を閉じた。

「うぅ……こんなこと……」

難しすぎる――でも。顔にかかった液を手の甲で拭って、シンシアはもう一度肉棹に顔を寄せて、口唇に咥えこんだ。ぬぷぬぷと抽送するように口唇を動かしながら、顔の届きにくい場所に指先を伸ばすのも忘れない。

「……っく……シンシア、おまえ、何も知らない振りして、どこでこんな――」

ユージンの苦しそうな呻き声に、口の中でさらに舌を動かすと、口腔の肉塊が一段と大きくなった気がする。シンシアの口唇愛撫に対抗するかのように、ユージンの舌がシンシアの淫唇を這い回り、たなごころが内腿の敏感な肌を擦っていく。その動きの艶めかしさに、自分の口元に集中しようと思っても、軀がひくりと震えてしまう。

「可愛いお尻がぷるぷると震えているぞ……シンシア。感じてるんだろ？　もうそろそろ、入れてほしくなったんじゃないか？」

意地悪な物言いに疼く軀を怺えて、舌戯に意識を集中させる。

殿下だって……こんな硬い…のに……。

両の指で肉棒の裏筋を撫でさすりながら、先端をちゅ、と吸いあげたあと、口腔に咥えた亀頭を出し入れする。シンシアは思わず、その行為に夢中になって、肉棒が奇妙に震動した意味まで頭が回らなかったけれども、口腔に咥えこんだところで、びゅるっと、白濁とした粘液が生臭く口の中に広がって、あ、と思ったときには息が苦しくなっていた。

「……っか、う……っぽ、は、ぁっ」

あまりの苦しさに噎せ返るのに、どうしたらいいかわからない。

「シンシア!? 馬鹿っ！ おまえ、何して——吐きだせっ！」

わけもわからないまま、自分の下から伸びてきた手に揺さぶられて、口から溢れた白濁とした液が絨毯に落ちる。毛の長い美しい絨毯に、染み溜まりができたのを見て、シンシアは泣きたくなった。その間もユージンは素早く動いて、ローテーブルの上に置かれていた飲み残しの紅茶をとっていた。シンシアは無理やり、琥珀色の液体を口に含まされて、

「ほら——早く吐きだせ、シンシア」

背中をトントンと叩かれて、口を開きたい衝動に駆られながらも、口腔に残っていた苦い粘液を、紅茶と共にごくりと飲み干した。

「ば、馬鹿っ！ なんで——」

「ふ、ぇ……だっ…、みんなっ…最後、は、飲む…っ…もんだ…って……いって…うぅ」

好きな人のを飲むのが、幸せだって話だった。こんなに苦しい思いが幸せなのか、シン

シアにはよくわからなかったけれど、何故だか吐きだしたくなかったのだ。けれども。

「みんなって誰だ⁉　リチャードにそうしろと、言われたのか⁉」

シンシアの背中を擦っていたユージンの顔が、険しく顰められる。

「ずいぶん慣れた舌遣いだったが、誰に仕込まれた？　おまえは——処女だったが、客から頼まれれば、口で奉仕していたのか？」

違う——メイド仲間の友だちが……。そう口にしようと思うのに、慣れないことをしたせいか、口が引き攣っていた。しかも、未だ口腔に残る苦い味に舌が痺れて、うまく言葉が出せないでいる。

「……ら…な、い——ち、が……あ、ふぁっ……ひゃ、ん！」

シンシアの頭をローテーブルにつけるようにして、尻をあげさせられた——と思うと、浮きあがった腰にユージンの膨らんだ怒張を突き立てられた。

「あぁうっ……は、ぁっ……！」

濡れそぼった蜜壺は、硬くいきり立ったユージンの肉棹を、ぬぷりと音を立てて咥えこむ。貫かれる感覚に、ぶるりと軀が悦びに震える。

「はいっちゃ……ダ、メ……やぁああっ……！」

もたらされた快楽に、さんざん焦らされて、膣の中が熱く蕩けそうになっていた。

ぐ、と亀頭の先に膣壁を抉られる感覚に、頭の中に光点が明滅するように、陶然としてしまう。その、快楽に鈍くなった頭に、冷たい声が降ってくる。

「どれくらい他の男に奉仕したんだ？　リチャードには？　答えろ、シンシア」

「殿下――殿下、わ、た……し……本当に知らな……」

頭をふるふると振ろうとしても、うしろで肌を打ちつける音が速くなって、シンシアは抽送する楔のひっかかりが、膣の肉壁を擦るたびに、甲高い嬌声を漏らしてしまう。

ダメ……もう、ダ、メ……。官能が腹部から軀中に広がり、頭が真っ白になる瞬間、

「俺は――自分のモノを他人に触られるのは、大嫌いだ――!!」

真っ白に光る頭の中に、ユージンの冷たい声が響いた。シンシアはわけもわからないまま、快楽に背を弓なりにしならせて、熱い精を体の奥に受ける。
モ、ノ――？
わたし、モノ、なの……？

甘く痺れた思考が、ふわふわと浮遊感にさ迷いながらも、切なく呻き立てる。

殿下にとって、部屋付きの船室メイドなんて、モノなんだ。

それは、そうかもしれないと思う一方で、ユージンの口から聞かされてしまうと、簡単に受け止められなかった。心に受けた衝撃のあまり、ドクドクと心臓が鼓動を速めて、目の前が真っ暗になったような気がした。

たった今、快楽を貪って気怠くなった軀が、遠くなって、急に重たくなったようだった。

そのあまりの衝撃に、泣きだすこともできないまま放置されて、茫然と時間がたつのを感じていた。

ひとりになっている——そう気づいた途端、起きだして、どうにかシャワーを浴びて体を綺麗にしたところで、心が折れた。

殿下にとっては、従属するものが自分に属しているか、そうでないかが大事で、シンシアのような仕えている人間の気持ちなんて、どうでもいいことなのかもしれない。

そう認めるのは、ひどく惨めな気分だった。

ただほんの少し、失敗しただけで、あんな恐ろしい目に遭わされて——。

理不尽なことを言ってきたのはユージンも同じだったけれど、それでもユージンの言葉に従ってしまったのは、ただ、ユージンに喜んでもらいたい一心だったのに——。

シンシアは服を着がえると、自分に与えられた一室に籠もって、ベッドの上で泣きじゃくった。

夕食の誘いを断り、お茶出しもしなかった。

そして——。

ひっそりと静まりかえった夜半になると、自分の荷物をまとめて、ロイヤルクィーンズスウィートをあとにした。

第八章　海賊船の船長に囚われの身

もう、殿下のお世話はできません。

朝一番に客室執事に申し出たものの、もともとシンシアの仕事ではなかっただけに、職務放棄に等しい申し出も、どうにかお咎めなしで元の仕事に戻ることを許された。

「あんなに楽しそうだったのに——殿下のお世話って、そんなに大変だったの？」

同室のアマデアに心配そうに声をかけられても、シンシアは黙りこむしかない。

楽しかったこともあるのに、ユージンのあの言葉を思い出すと、体が凍りついてしまう。

『俺は——自分のモノを他人に触られるのは、大嫌いだ——!!』

ふとした瞬間に、その言葉が脳裡によみがえると、目の前が真っ暗になって身が竦んでしまう。

「ちょっと、あなた……大丈夫なの？　きゃ、お湯が零れ……！　危ないじゃない!!」

甲高い叫び声にシンシアは我に返って、ポットを傾けてしまっていたことに気づいた。

お客様にかけてしまったら、火傷してしまうに違いない熱湯を、ぽたぽたと零している。

「も、申し訳ありません!!」

慌ててポットを棚に置いて、零れたお湯を拭きとる。

けれども失敗は、これだけではすまなかった。

うっかり濡れたバスローブをリネン袋に入れたまま、部屋に置き忘れてしまったり、ぼんやり廊下を歩いて、お客様の前で顔を俯せるのを忘れるのはまだしも、危なくもぶつかってしまったり、頼まれていた予約を忘れてしまったり――ひとつひとつはよくあるミスかもしれなかったけれど、日々積み重なっていくうちに、気持ちが落ちこむのをどうにもできなくなっていた。

次から気をつけよう――そう心に誓うのに、気がつくと失敗を繰り返している。

お客様に頭を下げて、平謝りしていると、情けなくてつい瞳が潤んでしまう。

「そんなに気にすることないわよ、シンシア。ね？」

アマデアに慰められ、再び気力を奮い立たせようとしたところに、夜食の注文を間違えていたと叱責され、シンシアは目を真っ赤に腫らして、とうとう泣きだしてしまった。

もう、ダメ――。

間違いや失敗は、もちろん何回もしてきた。

レジーナフォルチュナで働き始めてからも、何度も何度ももう無理と思って、辞めたいと思ったことも、一度や二度じゃない。そのたびに、アマデアをはじめ、メイド仲間にも愚痴を聞いてもらって、お互い励ましあって、なんとか続けてきた。

けれども——。

目蓋の奥に、ユージンの姿勢のいい姿がよぎり、艶やかな黒髪が——端整な顔が浮かんだ——と思うと、怜悧なまなざしが、蔑むように細められる。その冷たさを思い出すと、シンシアはいてもたってもいられなくなって、真っ赤に泣き濡れた顔を、両手で覆った。

わたし、もう、続けられない——。


「客室長、わたし、もう船室メイドを辞めます……わたし、船を降りたいと思います」

レセプションの事務室に入るなり、上司でもある客室長を見つけて、シンシアは一息に言葉を吐きだした。

唐突に聞かされた辞意の言葉に、客室長は驚いて、書いていた書類の手を止める。

「おい、シンシア……まだ航海の途中だぞ!? そんな、ちょっとぐらいの失敗で……」

「ちょっとじゃありません！」

シンシアは宥められるようにかけられた言葉を途中で遮って叫んでいた。

「ちょっとじゃないいんです……もう続ける自信がありません。次の港で下船します——」

真っ赤に腫らした顔をずっと俯せたまま、深々と頭を下げる。

「何を言って……君はアルグレーン国民だろう？ 次のって——グレナビエ港なんかで降

りて、どうやって本国に戻るつもりなんだ？」

「……それは、なんとかします。もう、決めましたから――」

メイドを辞めたところで、豪華客船に乗り続けるお金を持っているわけもない。

遠い異国で下船したところで、戻るあてなんてあるわけもない。それでも、もうすっかりと心が折れてしまって、船室メイドを続けることなんて、できそうになかった。

俯いて、しゃくりあげるシンシアを前に、客室長はどうしたものやら途方に暮れていたものの、要望を聞き入れて、本国から遠く海を隔《へだ》てたこの地で、自分の部下を放り出すつもりもなかった。

「ちょっと待て。落ちつけ、シンシア。今日はもう仕事はいい。お客様の様子見は誰かに頼むから、少し休んだらどうだ？」

客室長はそう口にして、目を走らせた黒板の上に書かれた今日の行事に目を留めた。

「そうだ。幸い今夜は仮面仮装舞踏会だ。黙っててやるから、ちょっと気晴らしをしてきなさい」

「仮面仮装舞踏会なんて気分じゃ――」

シンシアが、客室長の提案を撥ねつけようと口を開いた途端、

「シンシア!?　ここにいたの？　あなたにって、これ――」

アマデアが事務室に入ってきて、腕に抱えきれないほどの大きな長方形の箱をシンシアに押しつけてくる。

「な、何……これ？」

「〝舞踏会にて、お待ちしてます〟ですって!!　ねぇ、シンシア、これってユージン殿下からのプレゼントじゃないかしら？」

「ええっ!?　な、なんで、殿下が――!?」

否定しながらも、ユージンの名前を聞いただけで、どくんどくんと心臓が跳ねてしまう。

促されるまま、リボンを解いて箱を開くと、目が覚めるような群青――ウルトラマリンが目に飛びこんできた。その濃い青色は、珊瑚礁群の海を思わせるエメラルドブルーへと少しずつグラデーションに変化して、またスカートの切り替えにウルトラマリンが広がる――まるで海の波のようなドレス。

「きゃあああ、素敵じゃないの、シンシア!!　これ、シンシアによく似合いそう～～」

アマデアは夢見るように首を傾けて、持ちあげたドレスの上衣《ボディス》をシンシアの胸にあてる。

本当に、殿下がこれを――？

例えば、アマデアがシンシアを励ますために買うなんてことはありえないとわかっているのに、同時に、ユージンから贈られたというのも、にわかには信じられなかった。

けれども、こんなドレスを買える人間がそうそういるわけもない。

逡巡に言葉が継げないでいるシンシアの手をとって、アマデアが指に力を籠める。

「ねぇ、これを着て舞踏会にいってらっしゃいよ!!」

アマデアの興奮した声に促されてても、シンシアは頷けなかった。なのに、客室長までもが、アマデアの言葉を後押しするように、うむ。と頷きを返す。

「アマデアの言うとおりだ、シンシア。行ってくるといい」

「で、でも」

「お客様のほうは私が伺っておく。どうせ、すぐ隣りが担当なんだもの。やることにそう変わりはないわ」

押し切られるようにほとんど無理やりオフィスから送りだされて、シンシアは途方に暮れてしまった。腕に抱えこまされたドレスの箱に、そっと頬を寄せる。

もし本当に、殿下がこのドレスを贈ってくれたのなら、わたし——。

シンシアが震える唇を引き結んで、自分の部屋に向かって歩きだした。

† † †

弦楽器が奏でられ、しっとりと円舞曲《ワルツ》を響かせる夜——。

洋上の社交界では、この日も美しく着飾った人々を中心に美しい光景を繰り広げていた。広い空間にシャンデリアの白い光が煌めいて、辺りに輝きを投げかけ、美しい貴婦人の胸元を飾る宝石が、答えるように煌めきを返している。

シンシアは結局迷った挙げ句、贈られてきたドレスを身につけなかった。

一ヶ月ほど前に袖を通した海賊の女王の衣装を手直しして、二角帽子の代わりに海賊らしい赤と緑の布――ドゥーラグを頭に巻きつけ、腰に巻いているビスチェと穿いているスカートは同じものだけれど、ペチコートを見せるようにたくしあげている。さらには提督外套《アドミラルコート》の代わりに、丈の長い革つなぎのベストを羽織っていた。

飾りに身につけた幅広の革ベルトなど、いくつかの小物は同じまま、けれどもパッと見た印象で違う衣装に見えることを期待していた。

上流階級の人々は、基本的に同じドレスや仮装衣装を着回ししないから、長いクルーズの際に持ちこむ衣装のトランクは大変な量だ。ユージンのクローゼットにもたくさんの盛装やコートが並んでいたことを不意に思い出して、シンシアはふ、と微笑みを翳《かげ》らせた。

美しい羽根飾りや光を撥ね返すスパンコールのついた仮面をつけた人々――シンシアは眩しいばかりに艶やかな大広間の光景を、うっとりと眺めては、目に焼きつける。

これが、最後になるんだから――。

そう思うと、見知らぬ人々なのに、何故か急に離れがたく感じて、大きな瞳が潤んでしまう。そこに。

「お嬢さん、踊らないんですか?」

突然声をかけられて、どきりと振り向くと、どこかで見たような青年が、口元ににこやかな笑みを浮かべて立っていた。

「あ、あなたは――」

目を瞠って戸惑っていると、手をとられ、その甲に唇を落とされる。

「今日は海賊の女王じゃないんですか」

くすくすと笑う声さえ品がよく、首を傾ける美しい振る舞いにも思わず見蕩れてしまう。

「私と踊っていただけませんか？」

問いかけの形をとっていたけれど、シンシアが答える前に手を引かれ、フロアの真ん中へと誘いだされていた。以前に踊ったときと同じフロアには、あのときと同じようにエンパイアスタイルの柱が並び、植物や昆虫の形を模した手のこんだ電灯が壁を飾り、ドレープが優雅に影を落とす天鵞絨《ビロード》のカーテンが船窓を覆っている。天井に垂れ下がるクリスタルのシャンデリアが光を放ち、美しく着飾る人々をさらに美しくせしめている。

まるで、初めから示し合わせたかのように、手を合わせて、もう一方の手を腰に回されて組み合ったところで、流れてくる円舞曲の調べに体を揺らす。

「船長こそ……今日は、帽子をどうなさったの？」

青年が身につけているのは、以前の海賊船長を少し変えただけのものだった。しかも、二角帽子の代わりに、青色のドゥーラグを頭に巻きつけたのはまだしも、提督外套《アドミラルコート》が革のつなぎに変わったそのバリエーションが、またしてもシンシアの服装と似通っていた。

「どうやら、あなたとはよほど、気が合うようですね」

くすくすと笑われて、ふと、シンシアはこの海賊船長がリチャードかもしれないと以前思ったことが頭をよぎる。長く話していたら、気づかれてしまうかもしれない——そんなことを考えていたときだった。

「今度は、昼間に——お目にかかれませんか？　次の上陸ではご一緒できませんか？」

どきん、と、鼓動が一拍大きく打ち鳴る。

そのままどきどきと早鐘を打つ音が、耳元で聞こえる錯覚を覚え、フロアには円舞曲が流れているはずなのに、曲が遠離っていく気がする。

「いいえ——いいえ……わたし……次の寄港地で、船を——降りる予定なんです、の。ご期待に添えなくて、ごめんなさい」

シンシアは、ともすれば震えそうになる声を必死に抑えて、どうにか青年に告げた。

これで、今踊る曲が終われば、魔法の時間はおしまい。

クルーズのアバンチュールも幕を閉じる——そのはずだったのに、目の前にいる青年はわずかに見える口元で表情を一変させた。

「降りる——？　この船を？」

パートナーの体を軽く支えるはずの腕に力が籠められて、シンシアは思わずよろめきそうになる。まるで豹変したようだった。

「え、ええ——？」

「どういうことだ？　前から決まっていた下船だったのか？」

やさしかった声音を急に鋭く変えて問い詰める様子に、シンシアは当惑してしまった。

以前話したときに、どこまで行くとか、そんな話をしただろうか？　途中で下船する予定はないなどと話した記憶なんてなかったけれど、話を合わせておくべきだろうか。

そんな考えを巡らせて、なんとか話を捻り出す。

「そう……急に決まったことなんです。本国に帰らなくてはいけなくて……その、急に――結婚が、決まって――」

これなら貴族の娘としても、もっともらしい理由に違いない。

過去に、シンシアが担当したお客様で、そういう令嬢が実際にいた。最後の羽を伸ばしていたところに電報が入って、慌ただしく下船して帰国していったのだ。

納得してもらえたら、これで終わりにしよう――そう思っていたのに、青年はさらに表情を変えて切羽詰まった様子で迫ってきた。

「結婚⁉ それは本当の話なのか？」

きつく腕を摑まれて、シンシアは思わず怯んで沈黙する。

「……――い、たっ……」

何かが、おかしい。詰問してくる調子が、シンシアの頭の中で誰かと重なる。

「シンシア、早く答えろ‼」

久しぶりに呼ばれた声に、ごくりと喉が生唾を嚥下する。

まさか――どきどきと、心臓が鼓動を速めて、背中を冷たい汗が流れ落ちる。

「……――で……ん、か？」

あえかな声が漏れでた。

今宵は眼帯をつけてなかったから、近づいたところで、仮面の奥にハルニレの葉色《エルムグリーン》の瞳が煌めくのがはっきりと見える。

その緑色を認めた瞬間、混乱に頭が真っ白になった。


海賊の娘が踊る足を止めてしまったところで、ユージンに無理やり、手を引かれる。

舞踏会の会場をあとに、シンシアは甲板《デッキ》へと連れ出されてしまった。前に来たときが、ちょうどひと月前だったせいだろう。甲板はいつか見たように、ベンチや器具が白と黒のコントラストを描いて、頭上を見上げれば、やはり満月に近い月が海上に顔を見せて、真っ黒な海を明るく照らしていた。

「なんでですか？　わたしをからかうために、そんな格好をなさってるんですか？」

シンシアは甲板の手摺りを摑んで、これ以上連れていかれたくないと意思表示した。

「おい……何を言ってるのか、意味がわからないんだが」

「だって、その衣装――前の仮面仮装舞踏会のときに、わたしが海賊船長といたのを、ご覧になっていたんでしょう？」

そうとしか思えなくて、シンシアはからかわれているのだと、泣きたくなった。

「貴族の娘の振りして、わたしみたいな船室メイドが紛れてるの、見る、のは、楽しかったですか?!　何で、わたしを騙して――っく……」

惨めで仕方なかった。

一瞬でも舞踏会の雰囲気に流され、海賊船長に再会したのを喜んでしまった自分をさえ、恨んでしまいそうになるほど。シンシアは喉が塞がる心地を悟られないようにと、生唾を飲みこんで、震える体を抑えた。

「なんで俺が、おまえを騙すような真似をする必要がある？」

自分と違い、静かで落ちついた声に問い返されて、シンシアは言葉に詰まる。

「本当に欠片も気づいてなかったとは思いもしなかったが——最初から、仮面仮装舞踏会で海賊の女王のおまえと踊ったのは、俺だったぞ——？」

その言葉に、シンシアは俯いたままで目を瞠った。

ユージンの指はシンシアが頭に巻きつけているドゥーラグに伸びて、固く結んだ結び目を解き、うしろでまとめていたシニョンを引っ張った。はらり、と、やわらかいストロベリーブロンドの髪が肩に落ちると、その色が目に入って、茫然と疑問を口にする。

「だって……殿下は……わたしの…髪、のこと、ピンク頭って言ったのに——海賊船長は……ちゃんと、ストロベリーブロンドって……」

「おまえが、この髪の色はストロベリーブロンドだって言ったんじゃないか」

まるであたり前のことのように言われて、シンシアはくたり、と軀中の力が抜け落ちて、今にも崩れ落ちそうになりながら、囁く声で抗いを口にする。

「そ……ん、なの……う、そ——」

嘘、嘘、嘘、嘘、嘘——!!

衝撃のあまり、まるで耳鳴りがするように、頭ががんがんする。

「なんで、こんなことで嘘を吐かねばならない。大体初めから……俺はおまえだとわかっていて舞踏会で声をかけたんだ。調べたところ、客にも乗務員にも、ストロベリーブロンドの髪を持つ娘はおまえしかいなかったからな」

そう言われてシンシアは胸が苦しくなるのを感じて、動けなくなった。

「じゃ、あ……やっぱり、あの……ドレス……殿下——が?」

もしかしたら、と思っていたけれど、確認するとなると声が震えてしまう。

「ああ——青いドレスなら、贈ったが——着てはくれなかったんだな……シンシア」

青——ウルトラマリンの海の波みたいな……ドレス。

『シンシアによく似合いそう〜〜』

アマデアが言っていたの、本当に殿下からの贈り物だったんだ。

でも、わたしが贈り物のドレスを身につけていなくても、殿下はわたしのことに気づいてくださった——そう思うと、やっぱり胸が熱くなる。

すると、ユージンの骨張った指が伸びて仮面を奪い取りシンシアの顔の輪郭を辿っていく。その久しぶりの感触に、ぶるり、と体が揺れて、官能にうち震えてしまう。

ダメ——。

頭の中で、早く立ち去らないと——と警鐘が鳴り響くのに、足ががくがくと震えていた。

おとがいを、つい、とあげさせられて、見下ろしているハルニレの葉色の瞳とシンシアの黄昏色の瞳が視線を絡ませた途端、なんで気づかなかったんだろうと、自分で自分が信じられない。見れば、品のいい口元も顎も、背筋を伸ばした姿勢も——記憶の中のユージンのそれと寸分違いない。ユージンの仮面を外してみると、唇が戦慄いてしまう。

背の高さは、ユージンもリチャードもそう変わりなかったから、誤解したのも無理がないとしても、身に纏う空気が違う。足を一歩、踏み出すときの仕種。首を傾ける角度。低いテノールの声。何もかも——。

「本当に……で、んか……だったの——」

シンシアは耳を真っ赤にして、甲板の手摺りに崩れかかった。

そうだ——殿下はいつも、わたしが言ったこと、その場では否定するくせに、ちゃんと聞き入れてくださってて——だから。

だから、出港パーティーのとき、髪の色をピンク頭だと言ったあとに、シンシアがストロベリーブロンドだと言い直したことを、ちゃんと心に留めてくださっていたのだろう。

そう思うと、心の奥底に固まっていた冷たい塊が、少しだけ溶けていくのを感じる。それでも。

『俺は——自分のモノを他人に触られるのは、大嫌いだ——!!』

あの、言葉だけは——。

シンシアの喉がしゃくりあげる苦しさにひくり、と鳴った。

「わ、わたし……モノ、なんかじゃ、ありません、から——」

「今度は――なんの話だ?」

呆れたように、ユージンからため息を吐く音が降ってくる。

「……殿下にとって、船室メイドなんて、本や服と同じように、単なるモノにすぎないんでしょう? ご自分の身の回りを世話するメイドを、所有物扱いなさりたいんなら、他をあたってください――そ、れじゃ」

シンシアはなけなしの自尊心をかき集めて、精一杯の虚勢を張ったつもりだった。

これでもう、こんな切ない苦行とはお別れ。

そういうつもりだったのに、胸を押し返した手を摑まれて、引き剝がせないまま、さらに人の来そうにない奥のほうへと引きずるように連れられて、圧倒的な体格差に負けて、躯を手摺り際に追いつめられてしまう。

「勝手に自己完結するな。言ってることがまるで意味不明だぞ、シンシア」

俯く頰を両手で挟まれ、まるで子どもに言い聞かせるような仕種で、顔を覗きこまれる。

見つめる先には、いつもの――感情の読めない顔をしたユージンがたしかにいた。

怜悧な双眸は問いただす鋭さを秘めていたけれど、端整な顔には、どこか戸惑いを浮かべて、何度も触れた綺麗に梳《くしけず》られた黒髪がさらりと流れる。

「何故、泣く?」

低い声に囁かれると、それだけで喉が官能に震えてしまう。

気づかれてはいけない――シンシアはなけなしの自尊心をかき集めて、胸の震えを押さえようと、胸元で硬く拳を握りしめた。

「……泣いて、なんか……い、ません……」

虚勢を張る唇が、抗いの言葉を口にする。なのに。

「あ――……」

振り払おうとするより早く、ユージンが眦に口付けていた。

今にも零れ落ちそうな瞳から溢れる雫を唇に吸って、拭いとる。

「何し、て……んんっ」

左目のあと、右の目元にも口付けられて、そのまま、まるで予定調和のように唇に触れてくるやわらかい唇は、わずかに塩辛い。ただ口腔を侵されただけなら、まだしも、涙を拭われたり、抱きしめられて、やさしく髪を梳《くしけず》られる仕種にシンシアは激しく動揺してしまっていた。モノ扱いされているというより、まるですごく愛されているような錯覚に陥って、鼓動が跳ねてしまうのが怖い。

どうせ、期待は裏切られるのに――。

シンシアは口付けの感触に崩れて、溺れそうな心地の中で呻いた。

「は、なし……て……や…だ――」

「誰が、放すか、馬鹿」

耳元で低く唸るように声を立てられ、そのまま唇はシンシアの耳朶に触れてくる。

舌が伸びて、ぬめりとした感触が、耳裏の形を辿るように蠢く。

「あ、ぁ……や、ぅ……耳、ダ…メぇ……や、噛まな、い…でっ…ふ、ぇ……ん」

耳から首筋への敏感な肌を嬲られてから、耳朶を甘噛みされると、緩急つけた変化に肌が粟立つのを感じてしまう。

ただでさえ、甲板は開けた空間だ。

ユージンに連れられ、甲板の中でもひときわ暗いベンチの物陰にいるとはいえ、いつ、誰に見られても不思議はないと思うと、シンシアは気が気じゃなくて、こんな会話は早く終わらせてしまわなくては——そう思って、自分の軀の支配を取り戻そうと身を捩った。

「殿下、放してください……人が来たら、見られてしまいます……ひ、あ」

「そうだな——見られたら、どうしようか……シア？」

シンシアは真面目に話しているのに、ユージンは片手でシンシアのスカートを手繰って、その中に手を伸ばしてしまう。手袋をした指先が、敏感なところを掠めると、シンシアはひくん、と軀の奥が脈打つのを感じて、甲高い嬌声をあげた。

「殿下、手、中に入れちゃ、ダメぇっ……は、ぅ……」

指がズロースの中に入ってきて、割れ目を引っ掻くと、ぞわりと悪寒めいた官能が背筋を這い上がり、堪えていた軀が崩れ落ちそうになる。背中を手摺りに預けて、膝ががくがく震えてしまう。

今にも屈みこんでしまいそうになる体をどうにかとどめて、シンシアはユージンから逃れようと身構えた。なのに、逃れようとするとなおさら、執拗に軀を寄せられて、かくん、と腰の力が抜けた隙に、指先が淫唇をしっかりと捉えてしまう。

「ひゃ、う、動か、さ…な……や、ぅっ…ん！」

ひときわ甲高い嬌声をあげて、背中が手摺りをずり落ちる。

「シンシア、馬鹿……あまり大きな声をたてるな――人が来たら、困るんだろう？」

「は……だって……ひ、ぁ、や、やぁぁっ……」

秘部を擦られると、久しぶりの感触に、ぞわぞわと軀が疼いて、仕方がない。

しかも、手袋の縫い目が柔肌にあたるように蠢くと、まるで淫唇を検分されているような心地に、ひどく淫らな気持ちにさせられてしまう。

「て、手袋……い、やぁっ……」

たまらずに、目の前を塞ぐ広い胸にしがみついて、シンシアは喘いだ。

ユージンの静かなまなざしに痴態を晒しているのさえ、耐えられないほど恥ずかしくて、シンシアは耳まで真っ赤になって震えていた。その様子を観察しているのか、ユージンはその手にやわらかいストロベリーブロンドを掻きあげてくる。

露わになった耳は顔に負けず劣らず、真っ赤に染まり、ゆっくりと頬骨の輪郭をたしかめるように指が動かされ、まだ涙を溢れさせる目元に唇を寄せられた。

「ん……あ……で、ん…か――」

そのまま、耳朶に口付けて、首筋へと、やわらかい感触がおりて、シンシアは顎から喉元を甘噛みされる感触にかすかに呻いた。

人としての弱点である喉を晒してしまうと、従属させられているような心地に、切なくなってしまう。そうして疼かされて身じろぎする間も、華奢な軀は、手袋をはめた指に濡れた内腿を擦られ、布地が割れ目を辿る感触に歯を食いしばっていた。

やがて、髪から首筋へと触れ回っていた手が、ビスチェの紐を緩め、スカートからブラウスを引き抜いて中に手を入れると、コルセットに覆われた膨らみの一方を器用に掬いあげて、ゆるゆると膨らみをしだき始める。

二の腕のやわらかいところ。腋窩から、膨らみの横を通って——何度も何度も、コルセットからはみ出た乳房を持ちあげては揉みしだく感触に、シンシアはぶるりと身震いした。次第に性感帯を開かれて、まだ触れられていない胸の突起が痛いほど硬くなっている。

「ダ、メ……痛い。今、触れられたら、ダメ——。

「ひぅ、や……あっ、あ——そこ、や、め……気持ち悪……」

高まっていたところで、薄紅色の蕾の括れに手袋の縫い目があたって、ひっかかりに掠められる。

何度もされたように親指の腹に乳輪を嬲られるのが、布地の奇妙な感触と相俟って、ざわざわと悪寒めくと、いつも以上に肌が粟立ってしまう。それが耐えられなくて、シンシアは再び、切なさに息苦しくなった気がして、喉を引き攣らせた。

「は、ぁ……ひゃんっっ！　だ、ダメぇっ。や……ぁっ」

張り詰めそうなほど淫欲をかきたてられてから、胸の先で硬くなった突起を撫でさすられ、よがりを響かせた。布地のざらざらした感触に愉悦が開かれて、何度も弄ばれるうちに、ガクガクと膝が震えて、足下が覚束なくなる。軀の奥が悦楽にひくついてしまう。

こんな、場処で――。

シンシアはユージンの肩越しに辺りの景色へと視線を走らせた。

人気《ひとけ》のない甲板は少し肌寒い風が吹き抜けて、上方の暗闇へと張られたロープが重くしなって揺れていた。明るい月が空を照らし、甲板にも光を降り注ぐ。月光はモノの陰を濃くせしめ、その向こうで時折、白波が青白く浮かびあがるのは神秘的な光景に映る。

波が船体にあたって砕ける音がひっきりなしに響く中、風が吹き抜けて肌を嬲るのさえ、シンシアは湧きおこる背徳めいた淫欲に突き動かされ、震えあがるほど感じてしまっていた。

「殿下なんて――殿下なんて嫌いです……大嫌い……放し、て」

手袋をつけた手に触られるのが厭なのに、感じてしまっていることが堪えられなくて、シンシアはユージンの軀を引き剝がそうとして、あえかな声で訴えた。

「……嘘をつけ」

端的に囁かれたのと、淫唇にぐじゅり、と指を入れられたのは、ほとんど同時だった。

「あ……や、ぁっ！　ダメ……指、とって……やだ――もぉ、やめて――」

指を挿し入れられる瞬間、立てられた濡れた音が、ずいぶんと生々しく聞こえて、シンシアは怖くなってしまっていた。ユージンの腕に必死でしがみついて堪えるのに、指先はずぷずぷと音を立てて膣口を抽送している。その卑猥な音が、やけに大きく周囲の暗闇に響いている気がして、シンシアはくらくらと眩暈が止まらない。

「嘘ばっかり言っている口からやめてと言われても――素直に聞いていいものか、考えてしまうな」

低い声が、甘く耳朶を打つ。少しばかりやさしい響きで話しかけられると、陶然とした心地に震える。想像することさえ淫らがましい痴態を甲板の上で晒されているのに、甘やかさに喉が震える理不尽に心が軋《きし》んだ音を立てていた。

「――シン……シア?」

じっと見つめてしまったせいだろう。名前を呼ばれると、つい甘えるような声で呼びたくなってしまう。

「……な、に――で、ん…か……?」

掠れた声に応えるように、ハルニレの葉色の瞳が近づくと、シンシアは意図せずに濡れた睫毛を俯せていた。

「ん、ぅ……」

口付けを受けて、きゅんと喉が切なくなるままに、苦情を封じられてしまう。

舌先が唇を割って口腔を侵す間に、軀の狭隘な場処は、手袋をしたユージンの指先に思うままに蹂躙される。

長い舌に舌を搦めとられると、喉が仰け反って、さらに奥まで舌の侵入を許してしまう。

「……っ、あ……は、ぁっ……キス、や——もぉ、や、だ——」

やっと解放されたところで、あえかな声を吐きだすと、力の入らない腕を摑まれて、床に崩れそうになる軀を腕に搔き抱かれる。
ダ、メ。このままじゃ、わたし、殿下に逆らえない——。
襟ぐりの開いた胸元に唇を落とされ、強く吸いあげられる感触に震えながら、シンシアは必死に自制心を取り戻そうと足搔いた。

「か、からかうのは、このぐらいにして、やめて、ください……」

どうにか囁くような抗いの声を吐きだした。

「からかう？　いったいなんの話だ？」

「殿下にとって、船室メイドを好きに扱うのなんて、ほんの遊びにすぎないのでしょう？」

そう告げるシンシア自身、自分の言葉に胸が締めつけられていた。

本当はシンシアだって、ユージンと一緒にいるのは、とても楽しかった。

もちろん緊張していたのは事実だったし、ただの船室メイドにすぎない自分なんて、王子であるユージンが連れて歩くのはおかしいと思ったし、奇異の目で見られるのはいたたまれなかった。けれども、お世話させていただくのはうれしかったのだ。本当はもっと、ずっと、殿下に紅茶を淹れてさしあげたかった。

でも。

こんなのはユージンにとって、長いクルーズの間の暇つぶしにすぎないのだろう。

そう思うと、今すぐにでも目の前から消えて、ベッドに入りこんで、泣きだしてしまいたい――なのに、戦慄く躯の抵抗を封じられるままに、スカートを手繰られ、穿いていたズロースをおろされてしまう。足首を掴まれて、甲板の上で膝を立てさせられると、熱をはらんだ割れ目が、風に晒された。

冷えた空気に触れる刺激に、ひくり、と花唇が震える間に、ユージンはカマーバンドをずらした下で、下衣筒《トラウザーズ》のボタンを外し、前を寛《くつろ》がせていた。

その動きを目にしてはっと我に返り、逃れようと身を捩ったところで、腰を押しつけられて、シンシアは、ユージンの怒張が、はちきれんばかりに膨らんで、屹立していることに、初めて気づいた。

おもむろにその硬さを淫唇に押しつけられると、また、怜悧な双眸の前に痴態を晒す羽目になる気がして、躯がびくんと震えてしまう。逃れて後退《あとずさ》りしようにも、背は壁にあたり、開かれた両足は膝裏を抱えこまれて、動けない。

「やぁっ、や、だ――嫌ですって、いってるの、に……挿れちゃ、ダ、メ……～っ」

暴れることもままならないまま、ぐ、と腰を押しつけたところで、シンシアの秘処は硬い切っ先をゆるり、と受け入れてしまっていた。

「あ、ああ……や、ぅ……ダ、メぇ……お、ねがい……ぅ、ぁ」

しっかり押さえこまれた膝裏を寄せられ、また、ず、と肉棒が中に押しこまれていく。

「ほら、おまえがどんなに嫌だと言っても、躯は受け入れているじゃないか」

ひやりとしてしまうような冷たい声にも、ぎくりと軀が震えて、膣が収縮してしまう。

「や……ち、がうの……これは——だって……やめて。殿下、お願い、もう挿れないで……や、だ、ぁっ」

シンシアはどんなに抗っても、力ではユージンにかなうわけがない。

しかも充分に濡れた秘部は、ユージンの肉棒を受け入れるのに異存はないようだった。

「そうやって、素直に認めないからだ。俺のことが好きなくせに——嫌いとか言うから、軀に聞いてやる」

そういうと、膣を穿っている切っ先を緩く引いて、また奥へと押しこんでくる。

浅いところを出し入れされていると、膣の中が熱く解かれて、膣壁が擦れるたびに、膨らんだ怒張をもっと奥へと導きたがっているのを感じる。

「早く、正直に言ったほうが、楽に気持ちよくなれるぞ……シア」

甘い声で促されて、シンシアはぶるぶると震えながら、かぶりを振る。

抽送を続けられながら、ブラウスをまくりあげられ、身につけたままずれたコルセットから、まだ収まっていたほうの膨らみも引き出されてしまう。酷薄な唇が、薄紅に立ちあがった胸の果実を甘噛みすると、一瞬、シンシアは声にならない悲鳴をあげた。続けて、舌先に転げまわされ、壊れたように嬌声が迸ってしまう。

「——っ、ひゃ、あああ!!　～～や、ぁ……ん……は、ぅぅ……」

「声が大きい。シンシア……人が来たら、気づかれるぞ……こんなところを、誰かに見られたいのか――?」

ユージンは言葉の冷静さとは相反するように、性急な動きで、熱を帯びた肉棒でまた中を突いて、シンシアの軀を揺さぶった。

官能にうち震える軀を押し開かれ、ユージンの熱い楔に侵入を許してしまうと、軀の奥深くが、もっと暴かれたがって仕方ないように感じていた。浅く抽送を繰り返される愉楽とは別に、まだ奥に余裕があるうちに肉棹を引き抜かれるだけでも、膣壁が収縮した途端、もっともっと――と急きたてられる気がしてくる。

抽送に軀を揺すられて、コルセットから引き出された双丘が揺れるのに、じん、と先が痺れて、シンシアの喉は甘く喘ぎ声をあげた。

「や、だ……動かな……でっ!」

ちゅくん、と淫蜜が肉棒に掻き出される音が耳に届いて、ああ、と思う。

これ以上揺さぶられていたら、身も世もなくユージンに縋りついて、もっとと強請ってしまうに違いない。はぁ、はぁと熱っぽい息が、乱れてうるさい。

「シ、ア……」

熱っぽい声で愛称を囁かれると、とくん、と鼓動が跳ねる。

や、めて――。

「名前、呼ばない、でっ!」

ユージンの低い声で名前を呼ばれると、喉の奥がきゅう、と塞がる心地に息苦しくなってしまう。もっと声を聞きたいのに。もっと名前を呼ばれたいのに。

シア、と耳元に囁かれると、苦しい。自分だけを特別に気にかけてくれているような錯覚に陥って、そのたびにそんなことはないのだと、自分に言い聞かせていないと、心が揺れて仕方ない。

「名前を呼ぶのは駄目と言うなら、必要なとき、どうすればいいんだ？」

唇が耳殻を食べて、シンシアはふるりと、身震いした。

「……ほ、他の人を……呼べば、いい、じゃないですか……もう、わたしは、殿下の担当から、降りたんです…からっ」

「俺は認めた覚えはない」

きっぱりと否定されたところに、頬を撫でられる感触にびくり、と身を竦めた。

手袋した手で触れられるのは、やっぱりモノ扱いされているのだと、思い知らされているようで、そのたびに心が軋んでしまう。

「ふ、ぇ……う、ぅ……っ」

ユージンが、嗚咽を漏らす細い軀を、感情の見えないまなざしで見下ろしながら、嗜虐的な気持ちに突き動かされていることなど、シンシアは想像だにしていない。

少し汗ばんだ肌に貼りついた髪を手繰られ、口付けを受ける間に、腰を寄せ、角度に変化をつけて突きあげられ、桜桃色の唇から、あえかな息が漏れる。それを見てユージンが、さらに啼かせたい衝動に駆られているのにシンシアは気づかないまま——。

「そうだな……じゃあ、別の呼び方にしようか？　『可愛いそこのメイドさん』とか、『ストロベリーブロンドの彼女』とか——それとも、昼間でも、『女王陛下《ユアマジェスティー》』とお呼びするべきかな？」

　楽しげな声が、からかいを含んで浴びせかけられる。

「そんな、言い方、変……です。殿下が……おっしゃるようなこと、では——ひゃ、ぁ、あ、やぅっ」

　指先に胸の先を抓まれ、背中をひゅっと電気が走ったかのように、愉悦が駆け抜けた。

「動いてほしいんなら、そう命じればいい……海賊の女王」

　官能的なテノールに、頭が痺れて、従いそうな心地にさせられる。

　手袋をした手に胸の先端を抓まれて、ざわざわと愉楽をかきたてられると、

「ち、が〜……ひゃ、う！　あ、ぁ……や、ぁっ！　や、ひゃ、う——んっ」

　あられもない声が、ユージンの動きに合わせて、次から次へと喉からあがって、止まらない——助け、て……溺れそうな心地で、ユージンのシャツをぎゅっと摑んだ。そこに。

「し……シンシア、ちょっと声を抑えろ。本当に人が来る」

　ぎくり、と、緊張に軀が竦む。

「っ、シンシア——馬鹿……そんな、に締めつけるな……」

　抱きしめる腕の上で囁く声に、

「そんなこといわれても——ふ、ぅ……あっ」

混乱した頭で勝手に口が答えたところに、声が近づく。

「……捜しには行きましたが、殿下は、出かけられているみたいですよ？　例の娘も休みでいないそうで――チップをやった乗務員は、食堂やバーにはいないって……」

異国のアクセントに彩られた言葉が、風に乗って聞こえてくる。

声が近づいて、シンシアの軀が緊張にビクン、と震えるとユージンの腰が動いて、シンシアは喘ぎを怯える喉が引き攣れた。

声が出ちゃう――そう思ったところで、大きな手に口を塞がれた。

「ンンっ……ふ、ぐっ、ぅ」

押さえつけられた口から、くぐもった声が漏れる傍まで、足音が近づいてくる。

物陰に潜むすぐ傍まで近づかれ、痴態を見られるのでは――そう怯えては、狭隘な場処が引きしまる。かたん、とすぐ近くで物音がして、見られる――そう思うと、怯えるシンシアの軀は、逆にずくずくと淫蜜が溢れて、きゅんと快楽を響かせてしまう。膣に咥えこむ肉棒を締めつけて、その途端、シンシアを抱くユージンの腕がピクリと身じろいだ。

「うぅ……」

塞がれて自由にならない口のすぐ傍で、ユージンも荒い呼吸を繰り返していた。

華奢な軀を割り開く楔を引いてはまた、ぐ、と奥へと突き立てる。その瞬間、

「こんな服いらないって言ったのに送りつけてきて――目の前で叩き返してやらないと気がすまない――」

苛立つ声を聞きながら、シンシアはびくんと、体の奥が痙攣したように脈動するのを感じた。そのまま、突きあげる熱に呼び覚まされるように、淫猥な感覚が軀を駆け抜ける。

「ンンっ――――~~~~!!」

頭が真っ白になった感覚に、びくりと体を大きく震わせるのに、口を塞ぐ指に思わず、歯を立ててしまっていた。

泣き濡れた瞳が揺れて、甲板を蠢く影をぼんやりと捉える。

「殿下のせいで、好みの娘を口説きそこなったところで、俺にあたるのはやめてください」

「あたるなどと――おまえの仕事ぶりが足らなかったのを注意しただけじゃないか。それに、まだあいつに負けたと決まったわけでもない。他を捜しに行くぞ……」

やりとりする声が、近づいたあとでまた遠離って、いつしか聞こえなくなったときには、シンシアの軀は達してしまっていた。くたりと力を失った軀から楔を引き抜かれて、膣壁を嬲る愉楽に、ぶるりと残滓《ざんし》を吐きだしていく。

気怠い官能に思考も軀も囚われて、シンシアは身じろぎできなかった。

「リチャードめ……」

シンシアは頭の上で低くくぐもった声が吐きだされるのを、うまく聞き取れずにぼんやりと視線をさ迷わせた。

「……シアは、本当に――金髪碧眼には興味がないのか?」

「ふ、ぇ……金髪――何……?」

問いの意味がわからずに、シンシアが惚けた声をあげると、ユージンはシンシアの頭を掻き抱いて、何が気に入らなかったのか、背中に手を入れて、コルセットの紐を緩めて、背中に手を入れてきた。

「学生のころ、リチャードになびく娘は、あの髪と瞳の色がいいのだとよく言っていた」

「髪の——い、ろ……？　殿下の？」

聞かされたことがよく理解できずに、シンシアはぼんやりと問いかける。

ユージンの黒髪がさらりと流れるところは、いつも綺麗だなと見蕩れてしまっていた。ハルニレの葉色の怜悧な双眸だって、ずっと見ていて飽きないくらい素敵だと思う——言葉にすることは、あまりにも不遜すぎて、できそうになかったけれど。

「で、んか——」

あえかな声で呼びかけると背中を手袋の感触が蠢いて、再び肌が、ざわざわと粟立った。たまらずに、びく、と背を仰け反らせて、少し力を取り戻したばかりの軀が、腕の中でもぞもぞと身じろいでしまう。それがユージンの不満の琴線に触れたらしい。

「動くな、シンシア」

強い口調で言われて、シンシアはどうしたらいいかわからなくなった。

じっと頭を肩口に預けていると、そこでやっと腕の力を緩められて、はふ、と息継ぎができた——そう安堵したところで、胸元に、さら、と流れるような黒髪が触れる。

あ、と大きく胸が上下するその先に、ユージンが唇を寄せて、鮮やかに薄紅色して膨らんだ先端へと舌が伸びる。今、達したばかりの軀はあっというまに淫欲を取り戻して、緩んでいた胸の先が硬くすぼまってしまう。

その塊をくるんとつつき転がされて、蕾が揺れると、再び割り広げられた膣壁がきゅんと締まって、びくびくとままならない震えが這い上がる。

「やぁ！　ダ、メ。また、きちゃう…の!!　で、んかっ……そ、こ、突かな、い…で――」

「それは――もっと、という意味じゃないのか？」

シンシアの訴えとは逆のことを言われて、違う、と即座に首を振るのに、

「おまえは二言目には、やめて。とか、駄目。とか言うが――おまえがそんな顔をするから、もっとめちゃくちゃにしてやりたくなる」

「は、う……そんな……」

まるでシンシアのせいみたいな言い方に、ひどいと思う。

「もぉ、放してって……こんなに、お願い…しているのに――」

ユージンは傍若無人《ぼうじゃくぶじん》で、最初からシンシアの言うことをいつも聞いてくれてなかったけれど、こんなにも嫌だと何度も言っていることを汲みとってくれないのは、やっぱり自分のことなんてモノのように感じられてるのかと思えて切ない。

「このままやめられたら、おまえだって辛いだろう？　一度達したぐらいじゃ足らないって――顔に書いてある。それとも、結婚するとかいう男のところに、これから行くのか？」

そう言われた途端、肉棒を引き抜かれて、シンシアは喘いだ。

何か反論を口にするどころではない切迫感に意識を攫われそうになって、そこにまた、ぐ、と膣壁を穿たれ、汗ばんだ軀が揺れる。

「そんなの、知らな……嘘、だもの――！　ひ、や……あ……」

びくびくと痙攣したように身震いして、口から漏れる音はまともな言葉にならなかった。

そのシンシアの視点の定まらない顔を冷え切った双眸で見下ろして、ユージンは告げた。

「……中に出すぞ」

言われて、シンシアははっと顔をあげる。

「待って、そ、れは……も、ぉ、いやぁっ、あ、ふ、ぁ……ダ、メぇ～～」

シンシアの形ばかりの抵抗など意に介さないまま、出し入れの律動が速まって、シンシアも体の奥から疼いて震えるほどの喜悦に、短い嬌声を漏らし続けるだけにさせられる。

「や、ぁっ……!!」

ほとんど悲鳴のような抗いは、なんの意味もないまま、ぶるりと、膣の中が脈動して、熱い精が奥へと放たれる。その熱を受けて、狭隘な場処が快楽に導かれ、シンシアは雷に打たれたように、細い軀を弓なりにしならせてしまう。

「でん、か――あ、あああぁあっ」

喉から、甘い嬌声が迸りでて、軀がまたぶるり、と愉楽にうち震えた。

「シア――シンシア……」

愛おしげな声で耳元に唇を寄せられ、蕩けそうになる頭が、それでも悲鳴をあげる。

「名前、呼ばない、でって……い、った……の、にぃ!!」

名前を呼ばれてしまうと、ずっとどうにか堪えていた何かが崩れ落ちてしまう――。

「シンシア?」

「どう、して? どうしてこんなこと……する…んですか? で、殿下に、とっては……お遊び、でも、わたしは……わたしはこんなの、嫌です――好き勝手…され、て…モノ扱いされ…て――こんなの、耐えられ、ません……ふ、ぅう……」

熱い涙が頬から流れた。

快楽の余韻が残る軀は、弛緩したまま気怠くて、シンシアはユージンの肉棒を咥えこんだまま、身じろぎもできないでいる。少し緩んだ楔を引き抜かれると、白濁とした粘液が膣から零れて甲板の上にぽたりと落ちる。

「モノ扱い? さっきも何か口走っていたが、おまえ、何か思い違いをしてないか?」

「そ、れは、殿下のほう……じゃないんですか。リ、リチャードさんの服を汚してしまったとき、で、殿下が怒って、ご自身でおっしゃったんじゃないですか。『俺は自分のモノを他人に触られるのは、大嫌いだ』って――」

忘れたとは言わせない。

だってシンシアはその言葉のせいでユージンのそばにいられなくなったのだ。

思い出すだけで、瞳から涙が溢れて、シンシアは手の甲で頬を拭った。そこに洟をすりあげたところで、ユージンが傲岸不遜な物言いで言う。

「自分の恋人が、他の男に抱かれそうだったんだから、怒って当然だろう？」

言われた言葉の意味がわからなくて、シンシアは頭が空白になった気がした。

「こ、恋人って……誰が、ですか？」

目を瞠るシンシアに、ユージンは呆れた視線を向けてくる。

「おまえに決まってるだろう」

「は？　――……わ、わたし⁈　う、嘘‼　嘘です！　なんで？　わたし、いつ、殿下の恋人？　に、なったんですか？」

混乱に声が上擦って、頭の中は疑問符で占められる。すると。

シンシアを見つめる緑の瞳に、ちらりと怒りの色が浮かんで、頬にさっと赤みがさした。

「お、ま、え、な――‼」

怒気を含んだ声に、びくりと軀を竦めた。その間もシンシアの混乱は止まらない。

なんで？　いったい、どういうこと⁉

第九章　恋人だから××する

夜風に肌を晒され、シンシアが小さなクシャミをすると、ユージンは「部屋で話すぞ」と、シンシアをコートで包んで、有無を言わさず腕に抱きあげて歩きだした。

甲板《デッキ》層から、すぐ下の九階層までおりて部屋に入ると、久しぶりに見るロイヤルクィーンズスウィートの瀟洒なインテリアに、シンシアは気持ちが落ちつくのを感じてしまう。

エメラルドグリーンのやわらかい革で仕立てられたソファにおろされるなり、視線の先に時計を捉えて、そういえば、と思い出した。

「殿下、もうナイトティーの時間じゃないですか？　わたし、お湯を頼んできましょうか？」

なんの気なしに立ちあがると、腕を引かれ、またソファに座りこまされてしまう。

「お湯をとりに行く振りをして、逃げるつもりか？　まだ、話は途中だぞ」

硬い声から、ユージンはまだ怒りが冷めてないのだとわかって、胸が苦しくなる。

「わたしはもう、話すことなんてありませんっ！　からっ！」

腕の支配をなくそうと引っ張ると、手の慣性のまま覆いかぶさるようにユージンが膝をついて、ソファがぎし、と軋んだ音を立てた。

顔のすぐ上に息づかいを感じて、心臓が跳ねてしまう。軀が震えて力が入らないまま、ドキドキと速まる鼓動を耳のそばで聞く錯覚を覚える。頬に骨張った手が触れ、何かされるのかと身構えて目を瞑ったのに、ユージンは細い肩にかぶせていたコートを脱がせただけ。敷いてしまったところが皺になっているかも——そんなことが頭を過ぎる。

「殿下、コート……かけて、きましょうか……」

ほとんど無意識に声をかけると、ユージンはシンシアをじろりと睨みつけ、面倒くさそうに、コートをソファの背にかけてしまった。

そんな、睨まなくても、いいのに——。

さっき殿下は、わたしを恋人だと言ったけれど、やっぱりあれは何かの間違いだ——。

シンシアはしゅんと気落ちして俯いてしまう。すると、いつものようにシンシアの左側に腰かけたユージンが手を伸ばして、ぽすん、と頭に手を乗せてきた。その感触に再び、ああ。とシンシアは胸が苦しくなった。

やっぱり嘘だったんだ、恋人だなんて。

「手袋したまま、恋人に触れる人なんて、いません——」

頭にかかる手を払いのけながら、シンシアは俯いたのに、ユージンはなんの気なく、

「ああ」と呟いて、指の先を噛んで引っ張ると、右手から手袋を引き抜いて、床に落とす。

大きな骨張った手。長い指。

何度も触れたその感触が、シンシアの頬を撫でる。

指先は少し冷えていたけれど、手のひらは温かくて、その手がシンシアの輪郭を辿るように滑って、つい、とおとがいを上向かせると、ハルニレの葉色《エルムグリーン》の瞳が近づいて、シンシアの濡れた黄昏色《トワイライトブルー》の瞳と視線を絡める。その瞬間、時間が止まったような気がして、怜悧な双眸に囚われてしまう。視線が、魅入られたように繋ぎ止められていると、鋭いまなざしがわずかにやわらいで、近づきながらゆっくりと睫毛を俯せた。

「――……ん」

ただ触れるだけの口付けが唇から甘やかに響いて、喉を切なくさせられてしまう。

離れて、また角度を変えながら口付けられて、軽く下唇を啄まれる。上唇も、口の端も、じん、と甘い痺れが走り、ふっくらと鮮やかに染まる唇を食べられて、シンシアは溺れそうな心地でユージンの首に腕を絡める。

「シンシア……」

唇が離れて、名前を囁かれると、とくん、と心臓が跳ねる音がした。

首のうしろに回されたユージンの両手から、何か引っ張る動きが感じられて、ぱさりと絨毯に落ちる軽い物音。なんだろう、と思うまもなく、両手に頬を挟まれると、今度は触れる両の手のひらから手袋が外され、素肌になっていた。

「おまえは、恋人じゃない男に、こんなふうにキスを許すのか?」

「ふ、ぇ?」

「今も——氷河のツアーのときに、白夜の恋人の話をしたあとに顔を寄せたときも、おまえは抗いの素振りひとつ見せなかった。だから、それは了承の証なのだと思っていた」

シンシアは話をするユージンの端整な顔に目を奪われ、言葉を聞いているのに、よく理解できずにいた。

了承の証——って、何?

混乱に思考が乱れたところに、また整った鼻梁が近づいてくる。

「ん……ぅ、ふ……」

横髪を掻きあげられ、指を頭に挿し入れられる。髪を掻き混ぜられる感触に陶然として、されるままになってしまう。甘く痺れる唇を開かれて、舌が口腔に進入する——それがたまらなく心地よくて、恍惚とした気持ちに満たされる。

「あ、ふ……っ……ンぅ……」

舌を搦めとられる感触に、喉が震えた。

「おまえは……客の誰とでも、なんの抵抗もなく、こんなキスをするのか?」

「……キ、ス……?」

もう一度、意地悪く問い返されるのに、官能をかきたてられて余韻が残る頭で舌がもつれ、途切れ途切れに聞き返していた。

「俺にはわかってる。おまえは、俺のことが好きなんだ」

「な、なんですか、それっ⁉」

今度ははっきりとした言葉で、シンシアは真っ赤になって答えていた。

「そんなの、殿下が決めることじゃないじゃないですかっ」

たしかにシンシアはずっとユージンに惹かれていた。

端整な顔立ちに、少し強引な物言い。時折見せる、子どもっぽい顔さえ――すっかり魅了されてしまっている。けれども同時に、侍従のハリスや貴族たちから向けられる視線を、どうすることもできない。だから、この気持ちは殿下に告げられない――シンシアは辛い気持ちを怺えて、我慢してるのに。

「俺が決めるとかじゃない。そんなこと――目を見れば、すぐわかるだろ」

「勝手なこと、言わないでください‼」

「強情っぱりめ……最初の仮面仮装舞踏会の夜、やっぱり攫ってしまえばよかった……おまえが『駄目』と言うから、それ以上しなかったのに――」

ユージンは嘆息しながら、また首を傾けてきたから、シンシアはその唇を避けようと身じろいだ。

「嘘――や……ダメ――こんなの、夢だもの……目が覚めたら――」

全部嘘になるに決まってる。

「シンシア――夢じゃない……夢じゃないんだから、いいかげん認めろ。氷河のときだって、おまえは拒絶するような態度も抗いの言葉もなかったじゃないか」

軽くなじられて、シンシアは一瞬、言葉を失う。

氷河で白夜の話をされたとき、『好きな人とはずっと一緒にいると決めている』――そう言われて、口付けられた。それを拒絶しなかったことは、たしかに了承の証ととられても仕方なかったかもしれない。

「……でも、だっ、て……あれは――殿下が、目を見つめるから……だ、から……」

言葉にしながら、こんなこと、言い訳になってないと思う。

「シンシアだって、俺のこと、見つめていただろう?」

そう言って、俯き加減の顔を覗きこまれようとして、シンシアは手の甲で顔を隠した。

「ダ、メ……見ないで……殿下に、見つめられる…と、わたし――」

ユージンを避けようと、ソファの上で身じろぎしたところでバランスを崩し、ソファの肘かけに倒れこんだ。その隙に、あ、と声をあげるまもなく、デコルテにやわらかい感触を受けて、ピクリと身を竦めてしまう。見ると、顔を覆う手の下で、ユージンの黒髪がうずくまっていた。ブラウスをまくりあげられ、コルセットの上で揺れる双丘に唇がおりていくと、これから起きる出来事に期待する軀が疼いて、ひくり、と喉が震えてしまう。

「やだ……ダ、メ……って、いってるの、に――ふ、ぁっ！」

ぬぷり、と湿ったやわらかいモノに、胸の先端を舐められる感触に甲高い声が出る。

「おまえの声音は、ちっとも駄目って言っていない」

きっぱり断定されて、シンシアは羞恥に顔を真っ赤にした。

震える手で、ユージンの頭を引き剝がそうとすると、さらりと流れる黒髪が指に触れて、気持ちいい。顎の下に蠢くつむじを眺めていると、どこか、陶然とした心地が湧きおこって、どきどきと、心臓が鼓動を速めてしまう。

だって、剝き出しにされたお腹に指を這わされて、抗おうとする指の一方を摑まれて、指と指の間に舌を這わされるのは——嫌いじゃない。ちっとも嫌じゃない、けど。

「……って、殿下は……ふ、ぅ」

シンシアは黄昏の蒼穹を映した瞳を潤ませて、くぐもった声をあげる。

「俺が——なんだ？」

こんなの、からかってるだけなんでしょう——？

そう言おうとして、シンシアはぽろぽろと涙を零した。

「どうせ——船をおりたら、おしまい……なのに、なんで、そんな——気を持たせるようなこと、言うんですか？　貴族とか、王族にとって、わたしみたいなの、落とす…のは、遊戯《ゲーム》…みたいなもの、でしょう？　わたしが好きって、答えた途端、殿下は……興味をなくして、それ、で終わり……ってこと、でしょう？」

初めは、心の奥底でそれでもいい——と思っていたのに、目を見つめられて口付けられると、やっぱりそれだけじゃ嫌だと思う自分に、気づかされてしまった。

沈黙のまま、髪を掻き混ぜられる感触が、心地よくて、ずっと撫でていてほしくなるから——振り払いたくなる。

「シンシア——おまえは……二言目には、船室メイドなんかとか王族はとか言うが、俺のことを差別しているはおまえのほうじゃないのか？」

静かな物言いに、潤んだ瞳をはっと瞠った。

「それは、だって……だって、わたしみたいなのが、殿下と結婚なんて…ありえない……じゃないですか——なのに、軀の中に…出して……こ、子どもでもできたら……こ、子どもだって、可哀想じゃないですか……」

わたしだって、すごく惨めなんだから——と思うと、また嗚咽に喉が塞がってしまう。

「子どもなんて産めばいいだろう。大体、誰がおまえと結婚しないと言ったんだ？」

「——は？」

「指輪か。そういえばドレスは贈ったが、指輪を用意してなかったな」

「…………え？」

驚きのあまり顔をあげて、ユージンを見ると、顎に手を添えて、考えこむような目つきをしている。

「次の寄港地に宝飾店があれば、すぐに用意してやる。それでいいな」

それでいいなって——何!?

「お、おっしゃる意味がわかりません！　指輪とかそういう問題じゃなくて、わたしは船室メイドあがりなんて、殿下の配偶者にふさわしくないという話をしているだけで!!」

シンシアは大きな瞳をまるくして、上擦った声でまくしたてた。

なのにユージンは、嫌そうにかすかに眉根を寄せて、顎を聳やかせる。

「俺は——おいしい紅茶を淹れられる人と結婚するつもりだと、話さなかったか？」

ユージンは言いながら、華奢な体の背後に手を回して、スカートのボタンやらペチコートのリボンやらを外すと、シンシアの両膝を片手に抱えて、腰から引き下ろしてしまった。

「ちょっ……何、するんですか!!」

「こうすれば、すぐ部屋の外には出られないだろ」

冷静な返しに、シンシアは言葉を詰まらせる。

そもそも、部屋におりてくる間、コートに覆われていただけで、シンシアの身なりは乱されたまま。ズロースは中途半端に膝にたまった状態だし、ブラウスの下だって、胸の膨らみがコルセットからはみ出ている。女海賊の衣装とは言え、はすっぱにもほどがある。

対してユージンは少しカマーベルトがずれているだけで、舞踏会の服装から、ただ上着を脱いだだけに見えた。さらりと流れる黒髪は、少しだけ顔に貼りついていたけれど、見た目にはほとんど問題ない。

静謐な印象を与える、高貴なる美しい佇まいの王子様。

ああ——とシンシアは桜桃色の唇から、感嘆ともため息ともつかないような声を漏らしてしまう。

殿下って、本当に王子様なんだな……。

いくら好きな顔立ちでも、王子様じゃ、どうしようもない——そう思いつつも、シンシアは目が離せない。蕩ける瞳を奪う整った顔が、少し嫌そうに眉根を寄せて、呆れたような声をあげる。

「貴族の遊びだとかなんだとか——おまえは、俺が無理やりおまえを抱いたと思ってるみたいだが、抱かれてもいい——そう言ったのはおまえが先なんだからな」

「…………は?」

「先にプロポーズしてきたのだって、そう」

「ええっ⁉」

「『ジーンは、シアに、あーりーもーにんぐのお茶を淹れてくれますか?』——そう聞いてきたのは、おまえにとってプロポーズも同然だろう?」

「そ、それ……ええっ——⁉」

口角をあげて皮肉そうに笑みを浮かべた顔——その鋭い目線に囚われると、まるで自分が鷹《たか》や鷲《わし》なんかの猛禽《もうきん》に狙われる子猫の心地にさせられる。

なんで? わたし、そんなこと、どっちも知らない。覚えてない——。

困惑のあまり、体中にどっと冷や汗が溢れてくる。

「……わたし、いつ、そんなこと、言いました?」

震える唇のそばに整った鼻梁をつけられると、自分の動揺など、手にとるように見透かされている気がして、息が苦しい。

「どちらも氷河ツアーのあとだな。白夜の話は——俺にとっては、プロポーズみたいなものだったし、おまえは俺の口付けを拒否しなかった。俺に抱かれてもいいと言ったし、俺に向かって、『アーリーモーニングティーを淹れてくれますか?』とプロポーズしてきたから、俺も淹れてやった——シンシア、おまえ、それを飲んだのまで、忘れてはいまいな?」

耳元で囁く低い声は、ほとんど脅迫のように響く。

開いた口が塞がらない。そもそもシンシア自身さえ、なんで殿下にそんなことを言えたのかと、問いただしたい。くらくらと眩暈がして、今にも意識が遠離りそうだった。

「つまり……わたしが、殿下の白夜の話を聞いて、口付けを拒否しなかったから、わたしと殿下は——そこで、こ、恋人同士になったと——!?」

「当然だな」

「それでわたしが、抱かれてもいいといったから、殿下は、わたしの、こと……抱いたと——そうおっしゃるんですか!?」

「たった今そう言わなかったか? それとも俺にもう一度繰り返せと——?」

つまり、その翌日、掃除しているわたしに絡んできて抱いたのも、情欲の名残なんかじゃなくて、恋人同士だから。夜になるたびに、求めてきたのも、恋人同士だから。

「リチャードさんに抱かれそうになったのを怒ったのも——」

「自分の恋人《モノ》が、他の男に抱かれそうになっていたんだ。怒って当然だろう?」

自分のものって、つまり、そういうこと——!?

シンシアは頭が混乱して、もう沸騰寸前だった。耳まで真っ赤になって、体中に力が入らない。中途半端に絨毯につけている右足の先から、そのままソファから崩れ落ちてしまいそうだった。

「だって……で、も…なんで？　なんで殿下が……わたしなんかに、プロポーズするんです…か？　わたしなんかのどこが……いつ、殿下の、お気に…召したんです…か？」

そんなこと聞いてどうなるの？　そうも思うのに、ずっと心の奥底で渦巻いていた疑問を口にせずにいられない。

「いつ、どこが？」

硬い声に問い返されて、ソファがぎしりと軋んだ音を立てる。ユージンは体を起こして、シンシアの顔の脇に両手をついて、目を合わせていた。

「おまえが、出港パーティーでよろけて、俺の膝の上でぼーっと間抜け面して――おまえのその――大きな瞳が、零れそうになっていたときかな？」

「は？」

それのどこに、恋に落ちる要素があるんですか――!?

シンシアはユージンの言葉に心の中で盛大につっこんだ。けれども、そういえば――とパーティーの際、ユージンの膝の上で、視線が絡んだように感じたことを思い出す。

あれはやっぱり、気のせいじゃなかったんだ――シンシアは自分から尋ねたこととはいえ、顔から火が出そうなほど動揺して、心臓が壊れそうになってしまう。

「おまけに、ひっかかった髪は、ひどく絡まって全然とれないし、とれたらとれたで、反抗的な態度でものを言うし――」

「あれは殿下が、わたしの髪をピンク頭とか、変な呼び方されたからです!!」

シンシアだってあれは失態だったとわかっているのに、そんな言い方されると頰を膨ませたくなる。けれども、睨みつけたところで、ユージンは呆れた視線を返してくるだけ。

「どうだか。見ていると、おまえはどじというか、なんというか――時々、妙な失敗ばかりしているじゃないか」

「うぅ、そ……これは……」

本当のことすぎて、返す言葉がない。

「間抜けな娘だな……と心に残った――そのうえ、淹れてくれた紅茶は美味かったから、気になって調べさせた」

「気になってって……あ――」

『調べたところ、客にも乗務員にも、ストロベリーブロンドの髪を持つ娘はおまえしかいなかったからな』

あれのこと――!? そう言われて初めて、侍従のハリスに睨まれていた理由がわかった。王子に迷惑かけたから以上に、ユージンが気にしているというなら、王子の侍従としては、そんな娘をユージンの目に触れるところに置きたくなかったに違いない。

シンシアはいまさらながら明かされた事実に、ただただ茫然としてしまっていた。しかも初めから、舞踏会でユージンに船室メイドのお遊びだとばれていたなんて――。

「仮面仮装舞踏会のときに……わかっていたなら……そう言ってくだされば、よかったじゃないですか……そうすれば、わたし――」

殿下と一緒に踊ったりしなかった。アーリーモーニングティーを旦那様にベッドまで運んでもらいたいなんて、子どもじみた夢を話したりしなかった。

シンシアの黄昏色した大きな瞳に涙が潤んでくる。

「何故そんなことを告げなければならない？　俺は海賊船の船長《キャプテンオブパイレーツ》で、おまえは海賊の女王《パイレーツクイーン》。そういう趣向だったはずだろう――？　それに、俺のことばかり非難するが、おまえだって、すました声を出してたぞ」

「それは……だって……貴族のお嬢さんらしくって……思って……」

何故と言われても困ってしまう。シンシアだって必死だったのだ。けれども全部見透かされていたかと思うと、真っ赤な顔をさらに赤らめてもなお、身の置きどころがない。

「踊りながら、話してるうちに――気になるだけじゃすまなくなった。それで――もう一度会いたくて呼んだのに……おまえはまったく気づいていなかったわけだな」

じろりと整った眉根を寄せ、まなざしが鋭くなると、怜悧な美しさに拍車がかかる気がして、シンシアは睨まれて身を竦めながらも、その顔から目が離せない。

「そもそも、おまえだっておかしいと思わなかったのか？　船室メイドを一緒に部屋に住まわせるなんて」

「そ、れは……思いましたけど……でも、客室長が――」

どう考えても、あれはシンシアの意志で、拒否できるような状況じゃなかった。

「ああ、〝殿下の命令には絶対服従〟な」

あっさり言われて、シンシアは表情を変えた。

「なんで、ご存じなんですか⁉」

勢いこんでユージンのシャツを摑むと、目を瞠ったまま問いかける。

「酔ったとき、おまえが自分で明かしてたぞ。まぁ、俺には都合がいい命令で何よりだった。客室長に褒美を出してやるべきかな」

シンシアは驚きのあまり、顔を真っ赤にしたまま、口をパクパクさせて、ユージンが満足げに目を細めている顔を見つめるしかない。

「どうした？　ゆでだこが口をパクパクさせて――変な顔だな」

くすくす笑いながら、シンシアの乱れた後れ毛をやさしい手つきで掻きあげてくる。

これまでも、何度も何度も、まるで愛されているみたいだと感じたその仕種が、本当に恋人のための行為だったのだと思うと、触れてくる指先が熱く感じられて、指が肌を滑ったところから、悦楽が響く。

「可愛い顔が、真っ赤で――面白いことになってるぞ……シア」

そう言って、頭を掻き抱かれると、目が眩むような切なさで胸がいっぱいになって、息ができない心地にさせられる。

「く、くるし……で、んか……い、きできな……」

腕の中で必死に訴えると、

「そんな強く抱きしめてないじゃないか」

不満そうな答えが返ったけれど、軀は少し離れて、代わりに温かい骨張った手がシンシアの卵形した輪郭を辿る。その指の動きに肌が粟立つのもままならないうちに、顎までおりた指先に、おとがいをあげさせられて、視線が絡みあう——それが、合図。

目を見ちゃ、ダ、メ——。

理性が警告を発したのはほんの一瞬で、まるで自然の成り行きかのように、惹かれあって、唇に唇が近づくのを受け入れてしまっていた。

「……ん」

唇の間に唾液が糸を引いて、離れていくのが、淋しい。

遠離った唇が喉元におりて、舌が伸ばされると、肌が粟立ってしまう。

そのまま首筋を辿られると、切ない喉から、あえかな息が漏れる。

「シンシア——俺はおまえのことが好きだ。愛してる——だから、結婚してくれるな？

俺だけの花嫁になれ——シア」

愛してるなんて、この綺麗な顔に言われて、ときめかない娘なんているんだろうか——。

「まだ航海は長いし、リチャードみたいなのに、また馬鹿な真似をされても業腹《ごうはら》だ。だから、結婚の秘跡を授かるのだけは、船の上ですませておきたい——」

シンシアは心臓が壊れたようにバクバクと音を速めるのに、どうにか冷静さを取り戻そうと足掻いていた。

「そ、そんなこと——」

結婚の秘跡を授かる——司祭が執り行う儀式。

ただ結婚誓約書にサインをするぐらいなら、王族であるユージンなら、いくらでもなかったことにできるかもしれないけど、儀式というのは全然、意味が違う。

「そんなこと、したら……殿下は、離婚、できないんです、よ……あっ」

肌を吸いあげられ、喘ぎ声をあげる自分の声が、どこか遠くで聞こえる気がした。

「——だからなんで、離婚しなければならないんだ」

嘆息するユージンから、さらりと黒髪が流れる。

「だって……殿下は……王子殿下で……船室メイドのわたしなんかが、殿下の花嫁として、許されるわけないじゃないですか……」

さっきから何回もそう言ってるのに——。

「許可ならもうとった」

ユージンはあたり前のように言って、シンシアのブラウスを頭から脱がせている。長い指で、緩んでいたコルセットの留め金をするりと外してしまう。

「は?」

「ハリスに命じて、本国にはもう連絡して許可をとった。両親からも、もちろん了解ずみだ。本国に戻ったら、結婚誓約書にサインをするだけでいい」

ユージンの言葉が、シンシアには一瞬本気で理解できなかった。

けれどもユージンは、思考停止したシンシアの躯から、コルセットと肌着を剝ぎとると、あたり前のように言葉を続けて、身に纏う開衿のシャツのボタンにも手をかけていた。

「両親から了解も取りつけたし、あと必要なのは、指輪だけだ」

両親というのは、つまりシンシアの住むアルグレーン連合王国の王と女王だろうか。なんでそこに、シンシアの意志が入っていないのか——シンシアはユージンの言葉にくらくらと脳震盪《のうしんとう》めいた眩暈を感じながらも、抗いの言葉を口にする。

「そ、そんなの……無理、です！　ダ…メです…結婚なんて……」

ユージンと結婚なんて、絶対に無理に決まってる。

シンシアがぶんぶんとかぶりを振るのを、ユージンは冷たく見下ろした。

「……おまえが、俺の結婚の申しこみに頷かないというのは、さんざん気を持たせて、俺のことを弄んで捨てるということか？」

「な、なんですか、それ!!」

シンシアはわけもわからずに、少しふて腐れたようなユージンの顔に見入った。

こんな顔するの、珍しい——。たまに見せる子どもっぽい顔は、きっと親しい人にしか見せないものだと思うと、その眩暈がするような光栄に喉が鳴ってしまう。シャツのボタンがすべて外され、はだけられた胸元に手を伸ばしたくて仕方ない。くっきりと影を残す鎖骨に、どくろのついた金の十字架が煌めくのさえ、シンシアは目が釘付けになっていた。

「違うのか？」

もう一度、問われて、はっと我に返る。

「ち、違います!!　殿下のこと捨てるなんて、そんな!!　そうじゃなくて——だって殿下とは身分が違うんですから、わたしなんかと結婚したら、殿下の評判に傷がつきます！　それに、ミスターハリスはあんなに反対していたじゃないですか！」

「あのな……ハリスなんて関係ないし、あれはあれで、おまえが——俺に与えた影響を好ましく思っているところもあるんだぞ」

「わたしが殿下に与えた影響って——なんですか、それ——」

配下のものは、王族であるユージンの言葉をいつも期待している——それに気づかせてくれたのは、クィーンズグリルの件で、シンシアが言ったことのせいなのだと、気づいていないのは本人だけ。

「しかも、外聞のことを言うなら、本国の両親にまで報告しておいて、おまえに逃げられたというほうが、よほどたちが悪いとは思わないのか？」

言い聞かされる主張はもっともだったけれど、シンシアだって簡単に譲れない。

まだ若いユージンは、国の跡継ぎとして優秀だと評判で、その怜悧な見目麗しさもあって、アルグレーンの至宝などと言われている。対して、シンシアは身分もなければ、紅茶をおいしく淹れる以外なんの取り柄もない。

ユージンの隣に立つのが、シンシアみたいな人間であっていいはずがないのに――。

シンシアがふ、と表情を翳らせたところで、ユージンはシンシアの膝裏に手を回して、太腿の狭間を空気に晒した。

「きゃ……ちょっと、殿下、何を――」

「何故、そんな顔をする？　おまえは何故そんなに、俺から離れようとするんだ？」

「殿下には……きっと、わかりません……殿下には――関係ないことですから」

こんな惨めな気持ちは、高貴な生まれの上に、顔立ちも綺麗なユージンには、きっとわからないだろうと思う。

「関係がない――今そう言ったのか？」

怒りを抑えた鋭い声音を聞いても、シンシアは唇を尖らせたまま、躯を屈めて、床に落とされたスカートに手を伸ばした。と思った。見据えていたスカートに触る寸前で遠離って、あれ？　と、疑問を感じたところで、躯をユージンの肩に担がれていた。

「で、殿下!?　何するんですか!!　放してください――ひ、ぁ?!」

じたばたと暴れると指が内股を滑り、秘部に近いところを撫で回される感触に、びくん、と躯が崩れかかってシンシアは逆さまになりながら、ユージンの背中にしがみつく。

「本当に関係がないと思ってるのかどうか、おまえの躯に聞いてやろうか――」

ユージンは片手にシンシアの両膝を抱えて、空いている手で、シンシアの尻肉を掴んだかと思うと、双丘の頂点に口付けた。

「ちょっ……で、んかっ！　何して……あっ、噛まないでください!!」

すべすべと肌触りをたしかめるように、内腿を擦ったかと思うと、臀部を顔に寄せて、甘噛みしてくる。軀が揺れて、ユージンが半円を描く螺旋階段を登っているのだとうっすら理解する間に、肌を吸いあげられて愉悦にうち震える。赤紫の痣ができただろうなとの考えが掠めても、快楽に支配されて、意識はぼんやりしたまま。なのに。

「おまえは華奢に見えて、尻があまり小さくなくていい」

そう言われた途端、かっと頭に血が上った。

「な、何を言うんですか!!　どうせわたしはお尻がでかいですよっ！　そんなこと、わざわざ口にしなくてもいいじゃないですか!!」

まくしたてるうちに、二階について、寝室の扉を開ける音に気づかずにいた。

「安産型でいいと、褒めてるんだが？　子どもは産んでくれないと困るからな」

寝室のベッドにおろされ、軀の上にのしかかられたところで、視線を合わせられる。

からかいを含んだ口元に、怜悧な相貌――優雅な美しさを見せつけてくる黒髪の王子様は、腕に絡んだやわらかいシャツを脱ぎ捨てて、下衣筒《トラウザーズ》の前を緩める。肌着を脱ぐ仕種さえ、まるで人から見られることを意識しているように様になっていた。

アルグレーン連合王国の至宝の裸体を目の前にして、引きしまった胸に肩口を預けたい衝動と闘いながらも、シンシアは胸が苦しくなってしまう。

「殿下は――子どもを、産んでくれるなら、誰でもいいんじゃないですか……？」

骨張った指先に臍周りを撫でさすられていくと、軀の奥底で期待に昂ぶるのを感じるのがやるせない。けれども、ユージンが目を瞠って問いかけてきたことに、今度は胸じゃなく、頭が痛くなった。

「なんだ、シンシア――おまえは、子どもが嫌いなのか？」

会話が嚙み合ってない――シンシアは混乱に、くらりと眩暈を覚えた。

「そうじゃなくて――あ……」

ユージンはさらりと流れる黒髪をシンシアの頰に落として、息がかかるほど近くで首を傾げてみせると、硬くなった怒張をシンシアの下肢の狭間に押しつけてきた。

ぬるりと亀甲が割れ目を辿ると、まるで軀に雷が走ったみたいに、子宮から頭の芯まで愉悦が走る。身震いする感触に、シンシアは自分の軀がユージンに抱かれた跡を――その淫欲をはっきりと刻みつけられていることをあらためて思い知らされた気がした。

「あ、くっ……動かな……ふ、ぁっ」

膣から湧きおこる淫情に堪えていると、骨張った手を胸の膨らみに伸ばされて、肌が粟立ってしまう。

「シンシア――シ、ア」

口の中で転がすように愛称を呼ばれ、口付けられるのは、ひどく幸せな心地に満たされる。心臓がとくとくと勝手に鼓動を速めてしまう。わずかに身じろぎすると、膝を立てたところに、ユージンの肉棹が陰唇をぐ、と割って入ってきた。

　さっきから何度もよがらされたせいで、すっかりと愛液にまみれた場処は、初めこそ狭隘な膣壁が抵抗を見せたけれど、シンシアが一呼吸繰り返すうちに、ふ、とユージンのモノを飲みこんで、息が荒くなった。

「ふ、あ……で、んか……殿下――触っちゃダメ――わたし……」

　躯の奥が熱い――。膝を抱えられて、ず、と奥まで入ったところで、感じる場処をひっかかりに擦られる感触に、組み敷かれた躯がびくん、と跳ねる。たまらずにユージンの髪にしがみつくと、耳元でくすりと笑う音が聞こえた。

「おまえは可愛いな……シンシア」

　その言葉に、シンシアは頭が真っ白になった。

「と、突然、何を言うんですか～～!!」

　一拍おいて、耳まで真っ赤に染まると、またくすくす笑いがして、耳朶をぱくりと食べられていた。引っ張られて、耳裏に舌が這う感触に甘やかな声が漏れてしまう。

「……っ、あ…や、ぁ……ダ、メ……そ、こ、感じちゃう、から――」

「知ってる。可愛いおまえの子どもだったら、きっと可愛いに決まってる。俺は可愛い子どもが欲しい……」

　言っている意味が、もうよくわからなかった。それなのに、耳殻を唇に挟まれると、喉の奥が切なく震えてしまう。シンシアが悦楽に震えて反論できないでいると、それならと言わんばかりに、抽送が一段と速くなって、膣内を大きく硬い肉棹がごつごつと動く感触に、躯がびくびくと痙攣したように身震いしてしまう。

シンシアは溺れそうな心地から、わらにも縋る思いで、ユージンの首にしがみついた。

「は、ぁっ……や、ぁ……で、んか、烈《はげ》し、く……しない、でぇっ……」

引き攣れた喉から、甲高い嬌声があがる。

その訴えに、抱きしめる腕が、ぴくりと嫌な反応を返した。

「――ユージンだ」

辛抱強く言い聞かされる声に、シンシアはまたしても会話が噛み合ってないと、頭の隅で考える。

「な……に……？　殿下――ひゃんっ!!」

呼びかけたところで、胸の先を抓まれて、変な声が漏れた。

「殿下じゃなく、ユージンと呼べといったのを、おまえがすっかり忘れているようだから――もう一度言っておく」

「――……え？　そんなの……そんなこと、聞いてませんけど？　……ん、あっ!!」

指の腹にふに、と先端を弄ばれて、躯がびくんと跳ねてしまう。

「最初におまえのこと、抱いたときに言った。ジーンと呼んでもいい、とも――。おまえは俺の花嫁になるんだから、特別に許す」

こんなこと言うのに、なんでそんな、上から目線なんですか!!

反抗して言い返したかったけれども、『特別』という言葉の魔力に、心臓がとくん、と鼓動を速めた。本当は――ずっとシンシアは、ユージンを名前で呼んでみたかったのかもしれないとも思う。でも、シンシアはただの船室メイドで、ユージンはロイヤルファミリーの一員だから、そんなこと、ダメ――。でも、呼びたい――そんな逡巡に理性が抵抗していたのは、実際にはほんのわずかな時間だった。

シンシアは熱い口腔を開いて、はう、と苦しそうに息を吐きだすと、喉をひき絞るように、呪文のような言葉を――ユージンの愛称を音に変える。

「……ジーン」

口の中で小さく呟くと、よくできましたと言わんばかりに、唇に、唇を寄せられた。触れあうだけのキス。

軽く唇を啄まれながら、『ジーン』という呼び名は、かすかに覚えがあると思う。

陶然とした心地に理性を蝕まれながらも、シンシアはまだ納得できなかった。

「シンシア……おまえの中は気持ちいい。ずっと……おまえが、俺のことを気持ちよくさせてくれると誓え――」

わたしが、殿下のことを気持ちよく――シンシアだって、そうしたい。

でも、前にそう思って頑張って奉仕したとき、ユージンは――。

思い出して、シンシアは急に喉が塞がる心地に震えた。

「で、も……前に、わたし、殿下のこと、慰めてさしあげたとき……他のお客様にも、したのか……って怒りだしたもの……そんなことしてないって、言ったのに――～～!!」

突然、堰《せき》を切ったようにしゃくりあげ始めたシンシアを見て、ユージンはシンシアの頭を抱きしめて、髪を愛撫した。

「ふ……あ……で、んか……殿下なんて――」

嫌い――そう言おうとした唇にそっと指をあてられ、言葉を遮られる。

「わかったから……おまえの言うことを信じるから……シア、約束してくれ。次からは、あんなことになる前に、必ず俺を呼ぶって」

辛抱強い声音で言い聞かせられて、少し辛そうに微笑んだ顔が近づいた。

「……ん、う……」

唇に触れて、離れて、また唇を摘む。その間に。

「は、い――シンっ……で……んか……」

シンシアはどうにか首肯を返した。

「ユージン」

即座に言い直されて、やっぱり簡単に譲ってはくれないんだ……と、ため息が漏れそうになる。ちらりと上目遣いにユージンの涼しげな顔を窺うけれど、じっと見つめる怜悧なまなざしはどう考えても、妥協してくれそうもない。

ううううう――と、シンシアは目を閉じて、名前を呼んでみる想像をしてみるけれど、とてもとても平常心で呼ぶ日が来るとは思えない。でも。

『特別に許す』――そう言われたときの瞬間を思うと、心臓がとくん、と高鳴って、それは、『呼んでみたい』と言ってるかのようだった。

「ゆー……じ、ん……――じーん……」

むごむごと俯いたまま、口の中で呟くと、胸に陶然とした甘やかさが広がって、シンシアは顔を真っ赤にして、にへらと相好を崩してしまう。

「で、も……殿下――」と、何の気なしに口にしてしまってから、

「ペナルティ」

そう言われた途端、シンシアははっと目を瞠って、逃れようと身じろぎした。

「えっ、あっ！　なし！　今の、なし!!」

慌てて宣言したものの、時すでに遅し。といわんばかりに、奥を突きあげられていた。

「ふ、ぁ、やぁっ……烈し……の、ダ、メぇ……っ！」

軀の中に、電気が走ったような喜悦が響いて、シンシアはびくん、と身震いした。

あまりに急な快楽に戦いて、逃れようとするのに、膝裏を抱えあげられて、ままならないまま、また少し引かれてから、ぐ、と奥を穿たれる。

「あ、熱い……で、ん……」

か――そう言おうとして、どうにか口を噤んだ。

またうっかり殿下と呼びかけないように、喘ぎ声と共に、手で口を押さえこむ。

「シンシア、手で口、押さえるな――おまえの声が聞きたい」

ユージンはシンシアの中で抽送を繰り返して、突くたびに揺れる軀に声をかけてきた。

でもシンシアは口を押さえながら、どうにか首を振って命令を退ける。

躯が熱くて、どうにかなってしまいそうだった。

さっきから何度も愉楽をかきたてられていたから、膣壁は突きあげられるたびに、蕩けそうなほどの愉悦を感じているのに、少し角度を変えられて、今まで触れていなかった場処を掠めると、さらなる悦楽が湧きおこり、膣道がきゅん、と収縮する気配に、シンシアはびく、と躯を仰け反らせてしまう。

「ふ、う……ンンっ……」
ダ、メ……こんなのこわい。
シンシアは涙を流して、震えあがるほどの悦楽の嵐に耐えていた。

これまで何度か抱かれたときは、王族の気まぐれだと——単なる情欲を処理するための行為だと思っていた。けれども、そうではなくて、愛しているからするのだと聞かされると、突きあげるユージンの肉茎が熱く感じられて仕方ない。ユージンの骨張った指が肌を嬲る感触に、躯も心も震えてしまう。次から次へと湧きおこる淫情が熱を帯びて、いつまでも去っていかない心地に翻弄されて身悶える。

「は、ぁ……熱い——熱くて、変になる……です……も、ぉ、や……」

シンシアはどうしたらいいかわからなくなって、口を押さえるのも忘れて、手の甲で目蓋を覆い隠した。桜桃色の唇からむずかるように声を漏らすと、ユージンはもっと声が聞きたいとばかりに、膝ごとシンシアの体を抱えこみ、くるりと躯の上下を逆にさせる。

「ふ、ぁ……な、に……？　あ——」

　向かい合い、抱き合うような格好で太腿を開かされているのが恥ずかしいのに、顔が見えて安心してしまうだけでなく、ユージンの整った輪郭に胸がときめいてしまう。視線が合うと、ハルニレの葉色の瞳がやわらかく細められるのにさえ、心臓が壊れたかと思うほど。

「で、……あ……うぅ——ゆ……じ、ん」

　シンシアは殿下と呼ぼうとして、なんとかユージンと名前を呼んでみたけれど、途中で真っ赤になって、目を逸らしてしまった。

「シンシア、もっと——もっと名前を呼んでくれ」

　顔に手を伸ばされて、頬に口付けられるのが、くすぐったい。

「ゆーじん……じーん……シンっ……」

　そのまま、唇はシンシアの桜桃色の唇を捉えて、ふっくらとなった下唇を啄んで、自然、舌を絡めてくると、シンシアは喉が切なくて仕方なくなった。

「んぅ……あ、ふ……じ……ーん……じーん」

　貪るように、唇も舌もつつきあっているうち、ユージンの手がシンシアの胸の膨らみに伸びて、弧を描くように撫でさする。すると、下肢を嬲られていたせいで緩んでいた胸の蕾が再び硬くいきり立ち、軽く指と指の間に挟まれて、シンシアは「ふあっ」と、喘ぎともいえない声をあげてしまう。そこに、ユージンの唇が少しずつ喉元へとおりていき、唇が首筋を食む感触に、細い体がびくんと震えた。

シンシアは息も絶え絶えになりながら、あえかな嬌声を漏らす。

「あ、ふ、ぅ……熱い――じーん……ま…って……お願い……」

快楽に思考を蝕まれながら呼びかけると、今度はぴんと上向いた胸の果実を食べられた。

「きゃ、う！　や、胸の先、は、ダ、メ――」

途端、刺激的な官能が湧きおこって、シンシアは、ままならない軀をぶるりと震わせた。

「こんなにおいしそうに熟れたのは、食べてってことだろう？　……ん」

味わうように、喉を鳴らされて、悦楽に震えあがりながらも顔が真っ赤になっていた。

舌先にくるんと嬲られて、鋭敏にさせられたところを、引き続き、執拗に嬲られ、空いたほうの膨らみに手を伸ばされると、はう、と甘い吐息が漏れるだけで、抗いの言葉も口を突いて出なくなった。

「シンシア――もっと？」

からかうように聞かれても、もっと。とも、いらない。とも、言葉が吐けない。

ふるふると首を振ると、何を思ったのか、下肢の狭間に手を伸ばしてきて、少し楔を引き抜かれて、腰を浮かせたところを、すーっと指が滑ったところで、びくんと軀が仰け反ってしまう。何度も楔を打ちつけられた媚肉はぐずぐずと濡れそぼって、さっきから壊れたように、淫らな蜜と白濁した粘液が溢れて止まらなかった。

膝裏を抱え、シンシアの腰を揺らすようにしてまた、剝き出しになった媚肉に反り返った肉棹をあてがわれると、快楽を感じすぎて、もう感じられないと思ったのに、じわじわと、膣壁が擦れながら押し開かれる感触に、シンシアの臍周りがひくん、と引き攣れる。

「ふ、ぇ……やぁ……ぐりぐりするの、ダメ…です！　ひゃ……あたっちゃ……う……」

ゆっくりと膣に形を刻みつけるように、ユージンの肉棒が狭隘な場処を押し開いていく中、くんっ、と強く中に押しこまれた途端、シンシアの細い軀が、ぐらり、と背を仰け反らせて震える。

「シ、ア――もっと動いてほしいなら、そう強請ってみろ――」

くすくすと笑われたところで、シンシアは固く目を瞑り、大きな瞳から涙を一筋零した。

「ふ、ぇん……や、ぁっ……熱、い……で、んか……殿下ぁっ――」

シンシアは逃れようとするかのように軀を揺らして、逆に自ら腰を揺らすようになっていることに気づかないまま。さらに膣を抉られる感触に、顔を手の甲で隠して、熱い息を吐きだしてしまう。ともすると、仰け反って背中から倒れそうになるシンシアの腰をユージンはしっかりと摑んで、抱きしめる。

「しょうがないやつだな――動くぞ、シンシア――」

低い声で囁かれると、声が腰に響いて、喜悦が軀を震えあがらせるあまり、かくん、と崩れそうになって、頭を肩口に乗せるようにして、シンシアは熱に火照った軀をユージンの胸に預けた。

「う、あ……や、ぁっ……じー……ん……っ、じー…ん――」

譫言《うわごと》のように名前を呼ぶシンシアを見て、ユージンはくすり、と微笑む。

「……甲板でやるのと、どっちが、感じる？　シア……」

甘い声で低く囁かれても、そんなことに答えられるわけがない。

甲板。と答えたら、きっとまたあの暗がりで、人の声がする前で声を塞がれて喘がされる気がするし、部屋の中と言ってみても、またこんな痴態を繰り返されるのもシンシアには、耐えられそうにない。あるいは、やっぱり本当に部屋のほうがいいのか、と比べてみろと言わんばかりに再び甲板に連れられる予感がしなくもない。

だから——。

ふるふると首を振って、ユージンの胸にしがみつきながら、シンシアが口にしたのは、

「殿下……好、き——」

熱い息で、もう許してと言わんばかりに必死の告白をした。なのに。

「〝殿下〟——？」

皮肉げに繰り返されて、しまった。と思ったときには、胸の先端を口に含まれていた。

「ひゃんっ！　やぁっ、や、ぅ……あ、だっ……て、やっ、ダメ！　噛まない、でっ!!」

そうお願いしたのに、鮮やかさを増した薄紅の蕾に歯を立てられて、泣きそうな声をあげてしまう。ぼろぼろと大粒の涙を青紫色した瞳から零して、右手の甲で真っ赤な顔を隠すようにして、しゃくりあげ始めた。

「……んで、そん…な、いじわる、ばっ…かり、するんです…か？　つく……名前っ、ち

よっ……間違えた、だけ、なのに!!」

ひどいひどい。と、シンシアが次から次へと涙を零していると、ユージンは嘆息して、顔を覆う手を摑んで押し除けて、涙に濡れた黄昏を映す瞳の眦に口付けた。唇で涙を拭って、頰に跡を残す筋に舌を這わせる。唇の端に口付ける。

その仕種のやさしい感触にシンシアの心が震えてしまう。

「ふ、ぇぇ……じーん、じー…ん――」

嗚咽にしゃくりあげたせいで、少し舌っ足らずな呼び声に、ユージンが反応して、息を呑む。その音をうっすら知覚して、シンシアは、あ、と思った。

媚肉を貪っていた楔が、少し引き抜かれて、また押しこまれる――膣壁を擽る感触に、「ひ、ぅ」と短いよがり声をあげて、喉を引き攣らせた。

「あ……や、だっ……波が――きちゃ…う――」

軀の中を駆け上がる鋭い官能に腰が震えてしまう。淫欲が熱く軀を支配する感覚に、熱い吐息が漏れたところで、顎を摑まれて、顔をあげさせられると、悦楽に蕩けた瞳が潤んで、揺れる。自分では、誘うような色を湛えていると気づかないままに――。

「シア……舌を出せ」

言われて、回らない頭では一瞬、理解できなかったものの、口の端に催促されるように口付けを受けて、ようやく気づく。そろそろと、震える舌をさしだすと、ユージンの長い舌先につつかれる――その擦れたところがぞわぞわと悦楽で騒ぎ立てる。

「ンンっ……じ、……ん……っと――」

触れあったところから蕩けそうな心地に、シンシアはもっと、と強請るように顔を近づけて、舌に舌を絡めていた。唾液が口元から零れて、唇が合わさったところで、ごくん、とどちらのものともつかない唾液を嚥下する。首を少し傾けたところで、ユージンの手が腰から腋をさすりあげて、シンシアは肌が音を立てて粟立ったような気がした。

そこに、ぬぷ、と泡と水が入り交じるような抽送の律動が下肢から響き、自分の膣がきゅう、と悦がって締まるのを感じた途端、たまらずに軀を折ってしまう。

「ひゃ、ん……あ、ダメ。じーん…も、ぉ、我慢、できな――ひ、あ、ぁあっ～～!!」

軀の奥を穿った肉棹がぶるり、と脈動する感触と、軀がびくん、と大きく跳ねたのはほとんど同時だった。

シンシアは甲高い嬌声をあげ、背を弓なりにしならせて、頭の芯まで愉楽に蹂躙される感覚に意識が飛びそうになりながら、

「可愛いシア――愛してるよ……」

甘やかに、耳元で囁く声を聞いていた。

エピローグ　船上の結婚式

エメラルドグリーンの海に、眩しいばかりの青空が広がっていた。

この日――豪華客船レジーナフォルチュナの甲板は、人が溢れかえり大変なにぎわいだった。大勢の乗客だけでなく、特別に許されて手の空いた乗務員たちも集まって、これから始まる催しを、みな、微笑みを浮かべて待ちかねている。

その喧噪のすぐ下――静けさが漂うロイヤルクィーンズスイートでは、シンシアが慣れないドレスに身を包んで、鏡の前で、最後の口紅を引いていた。

「シンシア、準備はいいか？　そろそろ時間だぞ」

呼びかけられ、シンシアは化粧台のスツールから肩越しに振り向く。

近づいて来るユージンの服装は、真っ白な燕尾服に正装用のスターチドブザムの白いドレスシャツ。

美しい立ち居振る舞いに、まるでアクセントのように、黒髪がさらりと流れる姿を目に留めると、さすがに見慣れてきたはずなのに、やっぱり感嘆のため息が漏れてしまう。

「シンシア？」

もう一度呼びかけられ、シンシアは、はっと我に返り、スカートの波打つひだを手に絡めて立ちあがった。

細い軀に纏っているのは、過日、ユージンから贈られたウルトラマリンのドレス。

一歩、足を踏み出すと、光沢のあるシルクが擦れて音を立てる。脚に絡みつくドレスを捌いて動くたびに、ウルトラマリンから薄い水色へと変わるグラデーションのフレアスカートが揺れて、波が動いているような錯覚を覚える。

ユージンがさしだした手に手を重ねると、すぐさま手の甲に軽く唇を落とされた。そんな些細な仕種さえ、手慣れて自然な動きに見えながらも、とても優雅なものだから、シンシアは見蕩れてしまって、ぼーっとなってしまう。

「……そのドレス、とてもよく似合っている」

ユージンはシンシアの肩に、薄布をかぶせてエスコートするように肩に手を回すと、じっと見上げる黄昏の蒼穹を映したような瞳に気づき、少し屈むように長い首を伸ばした。

「ん……あ、ダ、メ……口紅が落ちちゃう……の……」

触れあうだけのキスから、唇を食まれそうになって、シンシアは小さく抗った。

すると一瞬、近づいていたハルニレの葉色の瞳の片方がぴくりと引き攣ったけれど、ユージンは不満に思いながらも、今日だけはシンシアの訴えを受け入れて、代わりに耳朶に口付けることにしてくれたらしい。

「わ、ちょっと！　そ、れは、それで——……待っ…や、ぅ……」

弱い耳朶を引っ張られて、耳殻に舌を伸ばされると、シンシアは甘い嬌声をあげてしまう。その反応に気をよくして、ユージンが楽しそうに口角を緩めて、シンシアの後れ毛を搔きあげるのに気づかないまま。

「本国で式をするときは、真っ白なドレスにしようか——最近、白いドレスで式を挙げるのが流行ってるとか。それから——そう。大きなバスタブを部屋に備えつけるのもいいな……一緒に入れるくらい広いやつ。それとも、狭いほうが軀が近づいていいか？」

「そんなの……わ、わたしはどちらでも……」

今、息づかいを肌に感じるほど近いことに、顔が赤く染まってしまう。

「どちらでもじゃなくて、たまには我が儘くらい言え。俺が——いくらでも叶えてやる」

まるで子どもみたいなことを真顔で言われ、シンシアはくすくすと笑ってしまっていた。

半分命令のような、そうでないような——。

シンシアが否定しなければ、ユージンにとって肯定になるのかもしれないと思いながら、小さく首肯する。

「……はい。楽しみにしてます、ね」

真っ赤に頬を染めたところで、ユージンが少し目を瞠ってから、また顔を近づけてくる。

やっぱり、口紅が落ちちゃうかな——そう思いつつも応えて、首を傾けながら口付けを受けるのに、少し、慣れてきた気がした。

† † †

シンシアがアマデアに手を引かれ、ユージンが船長と甲板に姿を見せると、集まっていた人からわぁっ、と歓声があがり、人々の手から降り注ぐ花びらの嵐に襲われる。

そこに、轟くような低い汽笛が響きわたり、目の前をレジーナフォルチュナによく似た白い船——姉妹船にあたるプリンセスローズがお祝いの並走を始めた。

応えるように、レジーナフォルチュナからも汽笛が鳴り響き、甲板にいた人々はいきなり始まった巨大な客船同士の抜きつ抜かれつの競争に沸き立つ。

互いに甲板に立つ人の顔が見えるほどの距離に、同じ国の船がある。

それは広い海原を旅してきたあとでは、ほっとしてしまう瞬間——誰もが顔をほころばせている。

風を切って並走を続けるプリンセスローズからも、祝福の花びらが撒かれ、海風に逆巻きながら、レジーナフォルチュナまで届いて、ひらりひらりと舞い踊る。

その花吹雪の中を、シンシアは船室メイド仲間からも、もみくちゃになって祝福されながら、どうにか船尾にいる司祭のところまで辿り着くと、そういえば、先日この辺りでユージンに襲われたんだったと思い出して、頬を赤く染めた。

紅い絨毯を敷かれた上を歩いていくと、期せず、ユージンのハルニレの葉色の瞳とシンシアの黄昏色の瞳が視線を交える。

「『愛・感動・驚きが待ち受ける——。魅惑と波乱のクルーズへようこそ！』か——」

それは、このクルーズの募集広告に謳われていたキャッチコピー。

一般のお客様向けの広告なんかを王子であるユージンが見ていたことを意外に思いながらも、シンシアは生来の気のよさでくすす笑いながら、問いかける。

「今のところ、いかがですか、お客様。愛も感動も驚きもありました？　魅惑や波乱はいかがでしょう？」

畳みかけるような売りこみに応え、ユージンが口角をあげて、まなざしを細める。

「そう、だな……魅惑も波乱も堪能したが——」

言葉尻を濁し、怜悧な相貌にやわらかい微笑みを浮かべて、ストロベリーブロンドに触れてくるから、シンシアはこんな人前で——と内心に冷や汗を掻きながらも、胸の高鳴りを抑えきれないでいた。シンシアが潤んだ大きな瞳でじっと見つめていると、黒髪に怜悧な相貌を持つ王子様は、にやり、と思惑を秘めた態で、端整な顔を歪める。

「『愛と感動を』じゃなくて、『愛と官能をあなたに』——ってキャッチコピーはどうだ？」

歪めた——と言っても、そもそもが怜悧な顔立ちなので、遠目には、さわやかな笑顔に見えないこともないだろうに、言ってる言葉はとてもいただけない。

「そ、そんなの、広告にならないですよ！」

シンシアが顔を真っ赤にして叫ぶと、ハルニレの葉色の瞳に睫毛が伏せられて、薄く開いた唇が近づいて、触れる。

「先着限定一名様限り――」

白い女王――レジーナフォルチュナは二十ノットの速度で南下、紺碧の海原に波を蹴立てて、航行中。

シンシアは手の届かないと思っていた黒髪の王子様がすぐ側にいるのを横目に眺めては、そっとため息を漏らす。

初めて間近で見たとき、まるで魔法にかかったように――目が離せなかった。

その顔が今、シンシアに向けられ、微笑みを返している。

歩くたびに触れあうユージンの手にそっと手を伸ばして指を絡めてみると、骨張った指が握り返す感触に、にへらと相好を崩す。

シンシアは、真夜中の鐘が鳴っても、解けない魔法を手に入れた。

ふたりだけの甘いクルーズは、まだまだ始まったばかり――。

あとがき

こんにちは。もしくは、はじめまして。藍杜雫《あいもりしずく》です。

どうにか、二冊目の本『ロイヤル・スウィート・クルーズ』を出させていただけることになりました。

今回のお話は、超！　王！　道！　な豪華客船でのシンデレラストーリーです。

それで何故か前作の運河汽船やゴンドラに引き続き、二作続けての船ものです。もちろん、別なプロットも出していたのですが、たまたま通ったのがこれだったのですね。

可愛い船室メイドさんが、いあわせた王族の無理難題に振り回されて～～という王道すぎる話なのに、メイド服メイド服素敵！　とか、豪華客船でクルーズ旅行！　とか、もう、それだけでときめく！

横浜なんかに住んでいると、子どもの頃から、豪華客船が港にくるというのは、それだけで一大イベントだったのですが、そんな憧れを詰めこんでみました。前作『ご主人様と甘い服従の輪舞曲《ロンド》』は、すれ違い属性な感じでしたが、今回は主に勘違い成分過多ないちゃラブでお贈りしてます。

前作につけていただいたあおりとか読んでいるときに「そっか、これ、身分差ものなんだ！」とか、「シンデレラストーリーなんだ!?」とか初めて思い……。※適当につっこんどいてください（笑）。　じゃあ自分なりに考えるシンデレラストーリーとは何!?　と思って出したのが、今回の『ロイヤル・スウィート・クルーズ』のプロットでした。

実はまさかこれが通るとは思わず、あとからわたわた調べものしてたり……というのは、豪華客船はともかく、船にはそれなりに乗っているはずなのに、いざ書くとなると、あれ、船ってどこから乗るんだっけ？　みたいな一種のパニックになり……。最後に乗ったフェリーが車に乗ったまま乗船するタイプだったせいもあると思うのですが、ホント人間の記憶ってあてにならない……。※船のどてっぱらに扉があります。

いつかクルーズもいいなー。横浜大桟橋から、パスポート持って飛鳥Ⅱで出航——とか、乗れるものなら、乗ってみたいです。ちなみに大桟橋から船に乗るだけなら、お茶とか食事ができるロイヤルウィングとかありますー。おいでませ、横浜（笑）。それとは別に、ちょっとしたお遊びで、某船にゆかりの船の名前をキャラクターにつけて遊んでいました。お気づきの方はひっそり、楽しんでいただけたらと思います。

いやでも、豪華客船は本当に隔絶した世界なので、シンシアとかこのあと、宮殿とか行って大丈夫なんだろうかとか、部屋とか掃除したがったりするんだろうかとか、うっすら想像して楽しんでました。

それでもって、この本が出るまで、いろんな方にご助力いただきました。

担当のKさま。藍杜から「プロットどうやって書いたらいいか、わかりません」といわれたときには、多分、途方に暮れられていたかと……藍杜はちょっと目の粗いザルみたいな大雑把なところがあるので、そこを細かく丹念に拾い上げてくださり、お話をブラッシュアップできるように根気よく指導してくださいました。ありがとうございました！

イラストを描いてくださった山田《やまだ》パンさま。曖昧なイメージをかっこよく、可愛く、表情豊かに描いてくださいました。心の潤いです！　いろんな衣装のシンシアとユージンが素敵ですよね!?　どうもありがとうございました。

友人諸氏。いっぱい励まして支えてくれたおかげで、二作目を世に出せました～!!　出せたよ～（泣）。中でも友人S。色々とありがとうございました。え、すみません。色々反省してます。お詫びに（というわけでもないけど）今回は黒髪ヒーローです（笑）。

さらには、このお話が本になるにあたり、関わってくださった全ての方に厚く御礼申し上げます。多分、この本が読んでくださってる方のお手元に届くまでも、いろんな方の手を経ているのだと思います。どうもありがとうございました。

そして、最後に読んでくださった皆様に最上級の感謝を贈らせてください！

手にとってくださり、ありがとうございました。明るく楽しく～～と思って書いたお話なのですが、楽しんでいただけたでしょうか？　どこかしら気に入ったり、心に残ったところがありましたら、うれしいです。

また次の本で、お目にかかれたらいいな、と祈りつつ……。

藍杜雫

ロイヤル・スウィート・クルーズ

ティアラ文庫をお買いあげいただき、ありがとうございます。
この作品を読んでのご意見・ご感想をお待ちしております。

✦ ファンレターの宛先 ✦
〒102-0072　東京都千代田区飯田橋3-3-1
プランタン出版　ティアラ文庫編集部気付
藍杜雫先生係／山田パン先生係

ティアラ文庫WEBサイト
http://www.tiarabunko.jp/

著者――藍杜雫（あいもり　しずく）
挿絵――山田パン（やまだ　ぱん）
発行――プランタン出版
発売――フランス書院
〒102-0072　東京都千代田区飯田橋3-3-1
電話（営業）03-5226-5744
（編集）03-5226-5742
印刷――誠宏印刷
製本――若林製本工場

ISBN978-4-8296-6652-4 C0193